护士执业资格考试同步辅导丛书

儿科护理学笔记

（第二版）

主　编　张梅珍

副主编　吴岸晶

编　者　（按姓氏汉语拼音排序）

郭　琳（湛江中医学校）

李继伟（珠海市卫生学校）

梁文丽（广东药学院护理学院）

刘红霞（湛江中医学校）

吴岸晶（广州卫生学校）

谢琼华（河源市卫生学校）

张梅珍（广州卫生学校）

科　学　出　版　社

北　京

内 容 简 介

　　本书是护士执业资格考试同步辅导丛书之一。按照最新颁布的护考大纲修订。全书共有十三个章节，围绕儿科护理学总论，儿科常见病、多发病患儿的护理，采用"两栏一框"，即考点提纲栏、模拟试题栏、锦囊妙"记"框进行编写。考点提纲栏是以考试大纲为依据，提炼教材精华，凸显高频考点编写教材内容；模拟试题栏从专业实务、实践能力两方面，对应考点提纲进行命题，题型主要为 A_1、A_2、A_3、A_4 型题，题量丰富，帮助考生随学随测，提升应试能力；锦囊妙"记"框通过趣味歌诀、打油诗和顺口溜等编写格式，帮助考生巧妙和快速记忆知识点。

　　本书可以有针对性地帮助考生进行《儿科护理学》考前系统复习，有效地提高考生参加护士执业资格考试的通过率，同时也可作为自学考试、专升本考试、成人高考及在校生学习期间的参考资料。

图书在版编目(CIP)数据

儿科护理学笔记 / 张梅珍主编 . —2 版 . —北京：科学出版社，2011.9
（护士执业资格考试同步辅导丛书）
ISBN 978-7-03-032188-6

Ⅰ. 儿… Ⅱ. 张… Ⅲ. 儿科学：护理学-护士-资格考试-自学参考资料
Ⅳ. R473.72

中国版本图书馆 CIP 数据核字(2011)第 174402 号

责任编辑：邱　波／责任校对：张怡君
责任印制：刘士平／封面设计：范璧合

科 学 出 版 社 出版
北京东黄城根北街 16 号
邮政编码：100717
http://www.sciencep.com

骏 杰 印 刷 厂 印刷
科学出版社发行　各地新华书店经销

*

2010 年 2 月第　一　版　开本：787×1092　1/16
2011 年 9 月第　二　版　印张：10
2012 年 1 月第七次印刷　字数：305 000

定价：**22.00 元**
（如有印装质量问题，我社负责调换）

第二版前言

"护士执业资格考试同步辅导丛书"（第二版）包括《基础护理学笔记》《内科护理学笔记》《外科护理学笔记》《妇产科护理学笔记》《儿科护理学笔记》共 5 册，是以 2011 年全国护士执业资格考试大纲为指导，在承袭第一版教材优势的基础上，对结构和内容进行了调整后修订而成。

在编写结构方面，本丛书根据最新考纲高度概括的特点，将第一版"三栏一框"的编写格式精简为"两栏一框"：①考点提纲栏：以考试大纲为依据，摒弃了一般辅导书中烦琐的文字叙述，采用提纲挈领的编写格式，提炼教材精华，辅以助记图表，降低学习难度；同时，将常考的关键字词加粗标出，对重要的知识点在加粗的基础上标注星号，以凸显历年高频考点内容，强化记忆。②模拟试题栏：涵盖考试大纲知识点，从专业实务和实践能力两方面对应考纲进行命题，避免试题与实际考试题型脱节的情况，题型全面，题量丰富，帮助考生随学随测，提升应试能力。③锦囊妙"记"框：通过趣味歌诀、打油诗和顺口溜，帮助考生巧妙、快速地记忆知识点。

根据最新考纲中考试范围的变动，新版丛书在内容上进行了补充调整，以便更完善地覆盖考点：①在考点提纲栏部分增加了精神障碍患者的护理、中医护理。②在疾病护理中增加了护理问题，同时加大了与护理相关的社会人文知识内容的比例等。③在模拟试题栏部分，将四个模块的命题格式调整为专业实务和实践能力两个模块。书后附模拟试卷一套，供学生进行自我检测。

本丛书可以有针对性地帮助考生进行考前系统复习，有效提高使用者参加护士执业资格考试的通过率，是临床护士、社区护士顺利通过护士执业资格考试的好帮手；同时，也可作为护理专业自学考试、专升本考试、成人高考及在校生学习期间的参考资料。

本丛书在编写过程中得到了广州卫生学校、广州医学院第三附属医院、广东省新兴中药学校、广东省江门中医药学校、广东省珠海市卫生学校、浙江省桐乡市卫生学校、其他各位编者所在单位及科学出版社卫生职业教育出版分社的大力支持和帮助，在此深表感谢！编写期间参考了大量国内相关书籍和教材，一并向相关编者致以谢意。

受编者水平所限，本丛书难免在内容上有所疏漏，在文字上有欠妥之处，恳请广大读者不吝赐教和指正，以促进本丛书日臻完善。

编　者
2011 年 7 月

第一版前言

"护士执业资格考试同步辅导丛书"是以全国护士执业资格考试大纲为指导,以科学出版社及其他出版社出版的中、高等(包括本科、大专、中专)护理专业内科护理学、外科护理学、儿科护理学、妇产科护理学、基础护理学教材内容为基础,结合编者多年来全国护士执业资格考试辅导的成功经验组织编写,本着"在教材中提炼精华,从零散中挖掘规律,到习题中练就高分,从成长中迈向成功"的宗旨,为考生顺利通过护士执业资格考试助一臂之力。

"护士执业资格考试同步辅导丛书"包括《内科护理学笔记》、《外科护理学笔记》、《儿科护理学笔记》、《妇产科护理学笔记》、《基础护理学笔记》共5本。编写内容涵盖了考试大纲要求的知识点,采用"三栏一框"的编写格式:①护考目标栏:以国家护士执业资格考试大纲为依据,明确考点,使学生对需要掌握的内容做到心中有数。②考点提纲栏:以考试大纲为依据,采用提纲挈领、助记图表等形式,摒弃了一般教材和考试指导中烦琐的文字叙述,提炼教材精华,在重要的知识点前标注1~2个星号,凸显历年高频考点;常考的关键字词加黑标出,强化记忆。③模拟试题栏:涵盖考试大纲知识点,其中《内科护理学笔记》、《外科护理学笔记》、《儿科护理学笔记》、《妇产科护理学笔记》从基础知识、相关专业知识、专业知识三方面,《基础护理学笔记》围绕专业实践能力,对应考点提纲进行命题,避免一般教材章节后试题与实际考试题型脱节的情况,题型全面,题量丰富,帮助考生随学随测,强化记忆,提升应试能力。④锦囊妙"记"框:通过趣味歌诀、打油诗和顺口溜等形式,帮助考生巧妙、快速地记忆知识点。

根据国家最新颁布的《护士条例》及《护士执业资格考试办法》规定,护理专业毕业生在拿到毕业证当年即可参加国家护士执业资格考试。本丛书可以有针对性地帮助考生进行考前系统复习,有效地提高考生参加国家护士执业资格考试的通过率,是临床护士、社区护士顺利通过国家护士执业资格考试的好助手;同时,也可作为护理专业自学考试、专升本考试、成人高考及在校生学习期间的参考资料。特别需要提出的是,尽管目前的国家护士执业资格考试不考X型题,为保证本丛书覆盖知识点的完整性,再现往年真题的风貌,本丛书仍保留了X型题,供老师和同学们参考借鉴。

本丛书在编写、审定过程中,得到了广州医学院护理学院、广州医学院第三附属医院、新兴中药学校、江门中医药学校、南方医科大学南方医院、各位编者所在单位及科学出版社卫生职业教育出版分社的大力支持和帮助,在此深表感谢!编写期间参考了大量国内相关书籍和教材,一并向相关编者致以谢意。

由于编者水平所限,本丛书难免在内容上有所疏漏,在文字上有欠妥之处,恳请广大读者不吝赐教和指正,以促进本丛书日臻完善。

编　者

2009 年 9 月

目　　录

第1章 绪 论

第1节 儿科护理学的任务和范围

一、任务

1. 研究小儿生长发育特点、疾病防治和保健规律。
2. 提供"以小儿家庭为中心"的全方位整体护理。
3. 提高疾病治愈率,降低小儿的发病率和病死率。
4. 保障和促进小儿的身心健康。

二、范围

1. 研究对象:自胎儿至青春期的小儿。
2. 范畴:"以小儿家庭为中心"的身心整体护理。

第2节 儿科护理学的特点

一、解剖

1. 小儿外观不断变化。
2. 小儿各器官的发育遵循一定规律。

二、生理

不同年龄小儿的生理、生化正常值各不相同。

三、病理

对于同一致病因素,小儿与成人,甚至不同年龄小儿的病理反应和疾病过程会有相当大的差异。

四、免疫与预防

★1. 小儿出生后 6 个月内,因从母体获得抗体 IgG,故对麻疹、腺病毒感染等有抵抗。

★2. 母体 IgM 不能通过胎盘,故小儿易患革兰阴性细菌感染。

3. 小儿皮肤、黏膜娇嫩,淋巴系统发育不成熟,体液免疫和细胞免疫均不健全。

五、疾病预后

1. 小儿起病急,变化快,如诊治及时、护理恰当,疾病恢复也快。
2. 小儿修复和再生功能旺盛,后遗症少。
3. 病情危重时,可能在未见明显临床症状时即发生死亡。

六、心理行为

1. 小儿身心未成熟,依赖性强,合作性差。
2. 小儿心理、行为发育受家庭、学校和社会的影响。

模拟试题栏——识破命题思路,提升应试能力

专业实务

A₁型题

1. 儿科护理学的范围是
   A. 小儿的生长发育、疾病防治
   B. 所有小儿的身心护理
   C. 患儿的疾病护理
   D. 患儿的身心护理
   E. "以小儿家庭为中心"的身心护理

2. 关于儿科护理学的特点,下列说法**不正确**的是
   A. 小儿外观不断变化
   B. 小儿各器官发育遵循一定规律
   C. 小儿基础代谢较成人旺盛
   D. 新生儿期易患革兰阳性细菌感染
   E. 小儿起病急,变化快

   解析:由于母体IgM不能通过胎盘,故小儿易患革兰阴性细菌感染。

3. 新生儿可从母体获得,但3～5个月后逐渐消失的抗体是
   A. 免疫细胞   B. 补体
   C. IgG   D. IgM
   E. IgA

4. 关于小儿生长发育的主要特点,下列说法**错误**的是
   A. 小儿极易发生关节脱臼及损伤
   B. 不同年龄的小儿有不同的生理生化正常值
   C. 小儿病理变化常与年龄有关
   D. 小儿比成人易发生水和电解质紊乱
   E. 小儿修复及再生能力较成人弱,病后容易遗留后遗症

5. 小儿疾病的发生发展与成人有许多不同点,下列说法**错误**的是
   A. 小儿起病急,变化快
   B. 小儿患病临床表现不典型
   C. 诊治及时、护理恰当,疾病恢复也快
   D. 小儿病情发展不典型而较慢
   E. 小儿修复和再生功能旺盛,后遗症少

参考答案

1—5 EDCED

(张梅珍)

第2章 小儿保健

第1节 小儿年龄阶段的划分和各期特点

根据小儿生长发育不同阶段的特点,将小儿年龄划分为以下7个时期。

一、胎儿期

1. 年龄:从受精卵形成到胎儿出生为止,约40周。

2. 特点:胎儿生长发育迅速,完全依赖母体而生存。

二、新生儿期

★1. 年龄:自胎儿娩出、脐带结扎到出生后满28天。

2. 特点 { (1)小儿脱离母体开始独立生活,需要适应外界环境。

★(2)小儿生理调节能力、适应能力差,发病率高,病死率也高,尤其是出生后一周内的新生儿发病与病死率极高。

三、婴儿期

★1. 年龄:自出生到满1周岁之前。

★2. 特点 { (1)生长发育最迅速的时期。

(2)对营养需求量高,但消化功能发育不完善,易发生营养和消化紊乱。

(3)来自母体的抗体逐渐减少,自身免疫功能尚未成熟,易患感染性疾病。

四、幼儿期

★1. 年龄:自1周岁到满3周岁前。

★2. 特点 { (1)生长发育速度减慢,但语言、思维和社交能力的发育日渐增速。

(2)自主性和独立性增强,但危险意识差,是最易发生意外事故的时期。

(3)乳牙出齐,乳食渐改为普食。

(4)与外界接触增多,自身免疫力仍低,传染病发病率仍较高。

五、学龄前期

★1. 年龄:自3岁后到6～7岁入小学前。

★2. 特点 { (1)小儿体格发育稳步增长,智能发育更趋完善。

(2)自我观念开始形成,好奇、好问、好模仿,具有高度的可塑性。

六、学龄期

1. 年龄:自入小学前(6～7岁)到青春期前。

★2. 特点 { (1)智能发育更加成熟,除生殖系统外,其他各系统器官的发育已达成人水平。

(2)理解、分析、综合能力逐渐增强,是长知识、学文化的重要时期。

(3)也是心理发展上的一个重大转折时期,应加强教育,促进其德、智、体、美、劳全面发展。

七、青春期

1. 年龄:从第二性征出现到生殖功能基本成熟、身高停止增长的时期。一般女孩从 11~12 岁到 17~18 岁,男孩从 13~14 岁到 18~20 岁。

★2. 特点
- (1)**生长发育再次加速**,呈现第二个生长高峰。
- (2)第二性征逐渐明显,**生殖系统的发育渐趋成熟**。
- (3)认知能力渐成熟,自我认同感建立,受外界影响较大,常出现心理、行为精神方面的问题。

第2节 不同年龄期小儿的保健要点

一、新生儿保健

1. 家庭访视
- (1)访视次数:一般在生后**第1个月应访视4次**
  - ①出院后 1~2 天内的初访。
  - ②生后 5~7 天的周访。
  - ③生后 10~14 天的半月访。
  - ④生后 27~28 天的满月访。
- (2)访视内容
  - ①询问新生儿出生时情况、吃奶、睡眠、大小便情况及母亲泌乳情况等。
  - ②详细全面体格检查,包括观察新生儿面色、呼吸、皮肤黏膜和脐部,测量体重、身长、测体温、脉搏等。

2. 指导日常护理
- (1)保持居室空气清新,新生儿室内温度应保持在 **22~24℃**,湿度在 **55%~65%** 为宜。新生儿尤其是低体重儿在寒冷季节更应注意保暖。
- (2)提倡母乳喂养,及早开奶、按需哺乳。人工喂养首选配方奶粉。
- (3)新生儿的衣服宜选用柔软的棉布制作,包裹应宽松,使新生儿手足能活动;尿布须用柔软、吸水性好的浅色棉布,尿布应及时更换,每次大便后要用温水清洗臀部,预防尿布皮炎(红臀)的发生。
- (4)新生儿应每日洗澡,保持皮肤清洁。

3. 预防疾病和意外
- (1)注意保持室内空气清新;减少亲友探视,避免交叉感染。
- (2)注意哺乳卫生,注意新生儿食具的消毒。
- (3)注意日常观察:如反应、哭声、进食、大小便等。
- (4)**按时接种卡介苗及乙肝疫苗,出生后两周应口服维生素 D,预防佝偻病的发生。**
- (5)防止跌伤、烫伤,俯卧、蒙头过严或母亲哺乳姿势不当乳房堵塞小儿口鼻导致的窒息等意外。

4. 指导早期教育:鼓励家长多拥抱、抚触新生儿,刺激感知觉发育。有条件的可进行游泳训练,为小儿心理—社会的发展奠定基础。

二、婴儿期保健

1. 合理喂养,预防营养障碍与消化紊乱性疾病
- (1)提倡母乳喂养,按时添加辅食,指导断奶并安排好断奶后饮食。
- (2)对人工喂养或混合喂养者指导选择配方乳粉及科学的哺喂方法。

2. 日常护理
- (1)每日洗澡,保持皮肤清洁;选择简单、宽松的衣着,以利穿脱和四肢活动。最好不穿开裆裤,尤其是女婴,以防感染。
- (2)保证充足的睡眠,**6 个月前每天睡 15~20 小时,1 岁时每天睡 15~16 小时。**

3. 增强体质,预防疾病
- (1)坚持空气浴、日光浴、水浴("三浴")和被动婴儿操锻炼。
- (2)按时完成 1 岁以内的基础计划免疫,预防感染性疾病的发生。
- (3)定期做健康检查,了解小儿生长发育和健康状况,<6 个月的婴儿每 1~2 个月体检一次,>6 个月者每 2~3 个月检查一次。

4. 预防意外:意外事故是婴儿最常见的死因之一,包括异物吸入、窒息、中毒、烧伤、烫伤、溺水、跌伤等,应加强防范。

5. 早期教育

(1)大小便训练:婴儿**3个月后开始把尿**,会坐后可练习坐便盆大小便。

(2)视听能力训练

①对3个月内的婴儿,可以在婴儿床上悬挂颜色鲜艳、能发声及转动的玩具,逗引婴儿注意,经常面对婴儿说话、唱歌。

②对3~6个月婴儿可选择各种颜色、形状、发声的玩具,逗引婴儿看、摸和听。

③对6~12个月婴儿应培养稍长时间的注意力。

(3)动作的发展

①2个月的婴儿可开始练习空腹俯卧抬头。

②3~6个月,婴儿喜欢注视和玩弄自己的小手,能够抓握细小的玩具,应利用玩具练习婴儿的抓握能力。

③7~9个月,用能够滚动的、颜色鲜艳的软球等玩具逗引婴儿爬行。

④10~12个月,婴儿会玩"躲猫猫"的游戏,鼓励婴儿学走路。

(4)语言的培养:婴儿出生后就要利用一切机会和婴儿说话或逗引婴儿"咿呀"学语,利用日常接触的人和物,引导婴儿把语言同人和物及动作联系起来。

三、幼儿期保健

1. 合理喂养:此期小儿乳牙逐渐长齐,断奶后饮食逐步变为普通饮食,仍应注意供给足够的能量和优质蛋白。食物应细、烂、软、碎,烹调应多样化,注意食物的色、香、味,以增进幼儿食欲。每天以三餐主食另加2次点心为宜。

2. 日常护理

(1)睡眠:**保证每日睡眠12~14小时**,训练定时而有规律的主动入睡习惯,并逐步养成正确的睡眠姿势及独立睡眠的能力。

(2)进食:营造良好的进餐氛围,培养良好的饮食习惯,逐步养成独立进食的能力。不要边玩耍边喂食。

(3)大小便训练:养成主动坐盆,不随地大小便的习惯,**小儿于1岁左右即能主动表示要大、小便。**

(4)卫生习惯:教育小儿养成良好的卫生习惯,如饭前、便后洗手,睡前洗脸、洗脚等清洁卫生习惯。

3. 增强体质,预防疾病:加强体格锻炼,可利用空气、日光及水浴锻炼身体,通过做简单的体操及游戏等增强体质;继续按计划进行预防接种,每3~6个月健康检查1次,了解小儿生长发育和健康状况,预防各种疾病的发生。

4. 预防意外

(1)此期小儿已经具备独立的活动能力,好奇心强,识别危险能力不足,故易发生意外事故。

(2)应注意异物的吸入、烫伤、跌伤的预防与教育。同时给小儿营造舒适、安全的活动环境,消除安全隐患。

5. 早期教育

(1)指导家长培养幼儿良好的生活及卫生习惯(如前述)。

(2)应注意加强品德教育,从培养行为习惯入手,使其在与人分享、诚实友爱、尊敬长辈等行为体验中受到教育。

(3)应重视与幼儿的语言交流,鼓励幼儿与人对话,指导幼儿使用正确的语言与人交流,促进幼儿言语的发育。

(4)通过游戏、唱歌、讲故事、亲子活动等方式学习语言,学习社会交往能力,增加爱抚和情感交流机会,促进幼儿身心的健康发展。

四、学龄前儿童的保健

1. 合理喂养:学龄前儿童饮食接近成人,食物制作应多样化,粗、荤、素要搭配合理。鼓励孩子参与食物的制作和餐桌的布置;家长可利用此机会进行营养、食品卫生及防止烫伤等知识教育。

2. 日常护理:合理安排生活制度,做到作息规律,保证睡眠,**每日睡眠时间为11～12小时**。此期小儿已有一定的自我照顾能力,虽然有时动作还不很协调,常需他人协助,但应给予鼓励,使其尽快实现自我照顾。

3. 增强体质,预防疾病:继续加强体格锻炼,保证每天有一定时间的户外活动,接受日光照射,呼吸新鲜空气。

4. 预防意外:防止烫伤、外伤、异物吸入、中毒等意外事故。

5. 加强学前教育:培养独立生活能力和学习能力。以游戏的方式,促进智力发展,培养讲卫生、讲礼貌的良好习惯和爱集体、爱劳动等良好的道德品质。

五、学龄期儿童的保健

1. 合理喂养:此期小儿应保证足够的营养摄入,注意膳食结构的合理搭配,以满足其生长发育、紧张学习和体力活动等需求。

2. 日常护理:**保证每天9～10小时的睡眠时间**;此期小儿恒牙逐渐替换乳牙,应注意保持牙齿清洁,限制含糖量高的零食以保护牙齿健康;此期学习压力较重,应注意用眼卫生,保护视力。

3. 增强体质,预防疾病
①保证每天有一定时间的户外活动和体格锻炼时间,坚持体育锻炼,增强体质。
②每年健康检查1次,继续监测生长发育和健康状况,预防传染性疾病、肠道寄生虫病、近视等易发疾病。
③定期口腔检查,预防龋齿。
④培养正确的坐、立、行和读书、写字的姿势,预防脊柱异常弯曲等畸形发生。

4. 预防意外:此期易发生的意外伤害有车祸、溺水、外伤和骨折等,应加强宣传教育,注意防范。

5. 教育:加强学校卫生指导,提供适宜的学习条件,培养良好的学习兴趣和习惯,促进德、智、体、美、劳全面发展;注意心理健康教育,防止精神、情绪和行为等方面的问题发生。

六、青春期保健

1. 合理喂养:此期体格发育迅速,必须供给充足的营养,增加蛋白质、维生素及矿物质如铁、钙、碘等的供给。

2. 日常护理:合理安排学习和生活,保证充足的睡眠和休息。

3. 增强体质,预防疾病:加强体育锻炼,可选择适宜的体育项目如球类、游泳、跑步、跳高、溜冰等。

4. 预防意外:此期易发生的意外伤害有车祸、溺水、外伤、骨折、中毒、人为的人身伤害等,应加强宣传教育,注意防范。

5. 青春期教育
①提供适宜的学习条件,培养良好的学习习惯,打好科学文化基础,重视素质教育,树立正确的人生观。
②**加强青春期生理和心理卫生知识、性知识及法律知识教育**,培养良好品德,建立健康的生活方式。

第3节 生长发育

一、生长发育的规律

1. 连续性和阶段性:体格发育在出生**半年内生长速度最快**,以后逐渐减慢,到青春期又加快。

★2. 各系统器官发育的不平衡性:**神经系统发育先快后慢**,生殖系统发育先慢后快,淋巴系统先快而后回缩。

★3. 生长发育的顺序性:生长发育遵循**由上到下、由近到远、由粗到细、由简单到复杂、由低级到高级**的规律。

4. 个体差异。

二、影响生长发育的因素

★**遗传因素和外界环境因素**是影响小儿生长发育的两个**最基本**因素。

1. 遗传因素。

2. 环境因素
- (1)孕母情况。
- (2)营养。
- (3)生活环境。
- (4)疾病和药物。

三、体格增长常用指标

1. 体重
- ★(1)测体重的意义:是指身体各部重量的总和,是反映小儿生长发育与**营养状况**的重要指标,也是小儿临床用药、静脉输液的重要依据。
- ★(2)正常情况:正常新生儿出生体重平均为 3kg。出生后第一个月增加 1~1.5kg,3 个月时体重是出生时的 **2 倍(6kg)**,1 周岁时增至出生时的 **3 倍(9kg)**,2 岁时增至出生时的 **4 倍(12kg)**。2 岁以后到青春期前平均每年增长 2kg。
- ★(3)估算公式
  - **1~6 个月:体重(kg)＝出生时体重(kg)＋月龄 × 0.7(kg)**
  - **7~12 个月:体重(kg)＝6(kg)＋月龄×0.25(kg)**
  - **2~12 岁:体重(kg)＝年龄×2＋8(kg)**

2. 身高(长)
- ★(1)测身高的意义:是指头顶到足底的全身长度,是反映**骨骼发育**的重要指标。
- ★(2)正常情况:正常新生儿出生时平均身长为 50cm,1 周岁时为 75cm,2 周岁达 85cm。
- ★(3)估算公式:**身高(长)(cm)＝年龄 ×7＋70(cm)**
- (4)身高包括头部、躯干(脊柱)和下肢的长度。这 3 部分的发育速度为:一般头部发育较早,下肢发育较晚。某些疾病可使身体各部分比例失常,因此临床上需要分别测量上**部量(从头顶至耻骨联合上缘)**和下部量(从耻骨联合上缘至足底),以检查其比例关系。新生儿上部量与下部量比例为 60%：40%,中点在脐上;2 岁时中点在脐以下;6 岁时中点移至脐与耻骨联合上缘之间;**12 岁时上、下部量相等,中点在耻骨联合上缘。**

3. 坐高:指从头顶至坐骨结节的长度,出生时坐高为身高的 67%,6 岁时为 55%。

4. 头围
- ★(1)测量方法和意义:经眉弓上方、枕后结节绕头一周的长度为头围。头围大小**反映脑、颅骨的发育程度。**
- ★(2)正常情况:正常新生儿头围平均为 **34cm,1 岁时约 46cm,2 岁时约 48cm**,15 岁时为 54~58cm(接近成人)。

5. 胸围
- (1)测量方法和意义:胸围是平乳头下缘绕胸一周的长度。胸围的大小与肺和胸廓的发育有关。
- (2)正常情况:出生时胸围比头围小 1~2cm,平均为 32cm;**1 岁左右胸围与头围相等**;1 岁以后胸围应逐渐超过头围。其差数(cm)约等于其岁数减 1。

6. 腹围
- (1)测量方法:平脐(小婴儿以剑突与脐之间的中点)水平绕腹一周的长度。
- (2)2 岁前腹围与胸围大致相等,2 岁后腹围较胸围小。

7. 上臂围
- (1)测量方法及意义:沿肩峰与尺骨鹰嘴连线中点的水平绕上臂一周的长度。代表上臂骨骼、肌肉、皮下脂肪和皮肤的发育水平以评估小儿营养状况。
- (2)评估标准:**上臂围>13.5cm 为营养良好;12.5~13.5cm 为营养中等;<12.5cm 为营养不良。**

8. 牙齿
- ★(1)人的一生有 2 副牙齿,即乳牙(共 **20 个**)和恒牙(共 **32 个**)。
- ★(2)出生后 **4~10 个月**左右乳牙开始萌出,12 个月尚未出牙者可视为异常,乳牙于 2~2.5 岁出齐。
- ★(3)**2 岁以内小儿的乳牙数目约等于月龄减 4~6。**

锦囊妙记

小儿运动发育:二抬四翻六会坐,七滚八爬周会走。

9. 囟门
- (1)前囟
  - ★1)测量方法:为顶骨和额骨边缘形成的菱形间隙,前囟的测量应以**对边中点连线**为准。
  - ★2)特点:出生时 1.5～2cm,以后随着头围的增长稍增大,6 个月以后逐渐减小,**1～1 岁半闭合**。
  - ★3)临床意义:前囟早闭或过小见于小头畸形、迟闭或过大见于**佝偻病、先天性甲状腺功能低下症等,前囟饱满常提示颅压增高,而前囟凹陷则常见于极度消瘦或脱水患儿。**
- (2)后囟:出生时很小或闭合,最迟生后 6～8 周闭合。

四、感觉、运动功能和语言发育

1. 神经系统发育:在基础代谢状态下,小儿脑耗氧占总耗氧的 50%,而成人仅为 20%。

2. 感知觉发育
- ★(1)视觉:新生儿视觉不敏感,第 2 个月开始头眼协调注视物体,**3 个月时出现头、眼的协调运动,4～5 个月时开始认识母亲。**
- ★(2)听觉:新生儿出生 3～7 后听觉已相当良好,**3～4 个月时头可转向声源,听到悦耳声音时会微笑,**6 个月时对父母语言有明显的反应,1 岁时能听懂自己的名字。
- (3)嗅觉和味觉:4～5 个月时对食物的微小改变已很敏感,故应适时添加各类辅食,使之习惯不同味道。
- (4)皮肤感觉发育
  - 1)触觉:新生儿触觉很灵敏,到 6 个月左右皮肤有触觉的定位的能力。
  - 2)痛觉:新生儿对痛觉的反应迟钝,2 个月后逐渐改善。
  - 3)温度觉:新生儿温度觉很灵敏,环境温度骤降即啼哭,保暖后即安静。
- (5)知觉:小儿 1 岁末开始有空间和时间知觉;2 岁能辨上、下;4 岁辨前后;5 岁辨左右。

3. 运动功能发育
- ★(1)粗运动(又称大运动):**小儿 3 个月俯卧位可以抬头,6～7 个月能独自坐稳,8 个月会爬,1 岁能行走,**2 岁会跳,3 岁能快跑。
- ★(2)精细运动(又称小运动):小儿 6～7 个月时出现换手与捏、敲等动作;**9～10 个月时示指和拇指可以捏起细小的东西;**12～15 个月时学会用勺,乱涂画;2～3 岁会用筷子,并能解开衣扣。

4. 语言发育
- ★(1)发音阶段:新生儿已会哭叫,2～3 个月能咿呀发音,6 个月时发辅音,**7～8 个月能发出"爸爸"、"妈妈"等语音。**
- ★(2)理解语言阶段:**10 个月有意识叫"爸爸"、"妈妈"。**
- (3)表达语言阶段:1 岁小儿开始会表达语言。

第 4 节　小儿营养与婴幼儿喂养

一、能量与营养的需要

1. 能量的需要
- ★(1)小儿对能量的需要包括 5 个方面:基础代谢、食物的特殊动力作用、活动、生长和排泄丢失,其中生长所需是小儿所特有。
- ★(2)小儿总能量的需要:**婴儿 460 kJ/(kg·d)**[110kal/(kg·d)],以后每增长 3 岁,减去 42kJ(10 kcal),至 15 岁时为 250kJ(60 kcal)。

一哭二笑三认母;四月大笑五认生;七月无意说爸妈;

八月有意仿大人;十月招手会再见;一岁以后能说话。

★(1)产能营养素:蛋白质、脂肪、糖类三大营养素提供的能量比分别为**15%、35%、60%**。

2. 营养素的需要

★(2)非产能营养素:包括维生素和矿物质,婴幼儿**最易缺乏的元素是钙、铁、锌和铜**。

★(3)水:婴儿每日需水量约为**150ml/kg**,以后每增 3 岁,减去 25ml/kg,至每日为45~50ml/kg。

二、婴儿喂养

1. 母乳喂养

(1)母乳的成分。

★(2)母乳喂养的优点

1)母乳营养丰富,比例合适:母乳所含蛋白质、脂肪、糖的比例适宜,为 1∶3∶6,适合婴儿生长发育。

2)母乳易消化、吸收和利用:母乳的蛋白质含**乳清蛋白多**,酪蛋白少;脂肪中含**不饱和脂肪酸多**,又含较多的溶脂酶;糖类含乙型乳糖,有利于双歧杆菌生长。

3)**钙磷比例合适**,**为 2∶1**,易于吸收。

4)含铁量与牛奶相似,但母乳吸收率远高于牛奶。

5)含较多的消化酶如淀粉酶、乳脂酶等,有助于消化。

6)母乳可增强婴儿免疫力:母乳中含有多种免疫成分,如母乳中含有**分泌型 IgA**(SIgA)、巨噬细胞、乳铁蛋白、溶菌酶、双歧因子等,这在预防肠道或全身感染中均起一定作用。

7)母乳喂养简便易行:母乳不需要加热消毒,不易污染,可促进子宫恢复,并可增加母子感情。

8)哺乳母亲较少发生乳腺癌、卵巢癌。

★(3)母乳喂养的护理

1)时间和次数:胎儿娩出后最迟**不超过半小时**开始喂奶,2 个月内按需喂哺。

2)防止溢乳和窒息:哺乳结束后应将**婴儿竖抱起**,用手掌轻拍背部,以帮助吞咽下的气体排出。将婴儿保持**右侧卧位**,以防呕吐造成窒息。

★(4)断奶

1)应在出生后 4~5 个月时开始添加辅食,以补充小儿营养所需,又为断乳做准备。

2)逐步减少哺乳次数,于 **10~12 个月可完全断乳**。

3)若遇炎热的天气或婴儿患病时可推迟断乳,但最迟**不得超过 1 岁半**。

2. 混合喂养。

3. 人工喂养

(1)鲜牛奶

★1)牛乳中含较多的**酪蛋白**,不易消化;含**饱和脂肪酸多**,不利于消化;含乳糖量少,以**甲型乳糖**为主,易造成大肠埃希菌生长。

2)钙磷比例不当(**1.2∶1**),不利于钙的吸收。

3)矿物质含量高,加重了肾脏负荷。

4)故喂哺时应先稀释、煮沸、加糖。

(2)牛乳制品

★1)全脂乳粉,用鲜牛乳经加工处理,易消化。按重量 **1∶8**(1g 乳粉加水 8g)或按容积 **1∶4**(1 匙乳粉加水 4 匙)冲调即成全乳。

2)配方乳粉(母乳化奶粉)全脂奶粉用现代工艺加工使其营养成分尽可能接近于"人乳"。在不能进行母乳喂养时,配方乳为**优先选择的乳类来源**。

(3)人工喂养的注意事项

1)乳汁的浓度和量:不可过稀、过浓或过少。

2)乳液温度与乳头:乳液与体温相似,乳头软硬应适宜,乳头孔大小以奶瓶盛水倒置时液体呈滴状连续滴出为宜。

3)哺喂过程

①哺喂前,准备好婴儿及奶具。

②哺喂时,斜抱婴儿,将乳瓶斜置,使乳汁充满乳头。

③哺喂后,抱起婴儿轻拍后背,使吞咽的气体排出。

4)所有用具每次用后均要洗净、消毒。

★(1)原则:由少到多、由稀到稠、由细到粗、由一种到多种,在小儿生病或炎热的夏季应减少或暂停添加辅食。

★(2)添加辅食顺序:见表2-1。

4. 辅助食品的添加

表2-1 添加辅食顺序

月龄	添加辅食品种
出生15天	给浓缩鱼肝油滴剂或维生素D制剂
3～4周	**水状食物为主**,供给富含维生素C的液体,鲜果汁、青菜汤
4～6个月	**泥状食物为主**,婴儿糕、稀粥、蛋黄、鱼泥、豆腐、菜泥
7～9个月	**末状食物为主**,烂面、饼干、蛋、鱼、肝、肉末
10～12个月	**碎食物为主**,稠粥、软饭、面条、豆制品、碎菜、碎肉

第5节 计划免疫

一、获得性免疫方式

1. 主动免疫。
2. 被动免疫。

二、疫苗种类

1. 主动免疫制剂包括:菌苗、疫苗、类毒素。
2. 被动免疫制剂包括:免疫球蛋白等。

三、计划免疫程序

★我国卫生部规定,小儿在**1岁**内必须完成卡介苗、脊髓灰质炎、百白破混合制剂、麻疹疫苗和乙肝疫苗的接种。接种程序见表2-2。

表2-2 小儿计划免疫程序

预防疾病	结核病	脊髓灰质炎	麻疹	百日咳白喉破伤风	乙型肝炎
接种疫苗	卡介苗	脊髓灰质炎三价混合减毒活疫苗	麻疹减毒活疫苗	百日咳菌液、白喉类毒素、破伤风类毒素混合制剂	乙型肝炎疫苗
初种次数	1	3	1	3	3
初种年龄	**生后2～3天**	**第一次2个月** **第二次3个月** **第三次4个月**	**8个月以上易感儿**	**第一次3个月** **第二次4个月** **第三次5个月**	**第一次出生时** **第二次1个月** **第三次6个月**
接种方法	皮内注射	口服	皮下注射	皮下注射	肌内注射
接种部位	左上臂三角肌上缘		上臂外侧	上臂外侧	上臂三角肌
每次剂量	0.1ml	1丸	0.2ml	0.5ml	5μg
复种		4岁时加强一次	7岁时加强一次	1.5～2岁、7岁各加强一次	
禁忌证	出生体重＜2.5kg、患结核、急性传染病、肾炎、心脏病、湿疹、其他皮肤病、免疫缺陷者	免疫缺陷、免疫抑制剂治疗期间、发热、腹泻、急性传染病者	发热、鸡蛋过敏、免疫缺陷者	发热、有明确过敏史、神经系统疾病、急性传染病	肝炎、急性传染病、其他严重疾病者

续表

预防疾病	结核病	脊髓灰质炎	麻疹	百日咳白喉破伤风	乙型肝炎
注意事项	**2个月以上婴儿接种前应做 PPD 试验,阴性者才能接种**	冷开水送服或含服,服后 **1 小时内禁热饮**	接种前一个月及接种后 2 周避免用胎盘蛋白、丙种球蛋白制剂	二次接种可间隔 4～12 周	

四、预防接种的注意事项

1. 环境准备。

2. 心理准备。

3. 严格掌握禁忌证。见表 3-2。

4. 严格执行免疫程序。

★5. 严格执行查对制度及无菌操作原则:接种活疫苗时,只用 **75%乙醇消毒**;抽吸后如有剩余药液放置不能超过 **2 小时**;接种后剩余活菌苗应烧毁。

五、预防接种的反应及处理

1. 一般反应
　(1)局部反应:接种 24 小时左右局部会出现红、肿、热、痛,有时伴有淋巴结肿大,持续 2～3 天不等。
　(2)全身反应:于接种后 5、6 小时体温升高,持续 1～2 天,此外,还伴有头晕、恶心、呕吐、腹痛、腹泻、全身不适等反应。

2. 异常反应
　★(1)过敏性休克
　　1)表现:于注射后数分钟或 0.5～2 小时内出现烦躁不安、面色苍白、口周青紫、四肢湿冷、呼吸困难、脉搏细速、恶心呕吐、惊厥、大小便失禁以至昏迷。如不及时抢救,可在短期内有生命危险。
　　★2)护理:使患儿平卧、头稍低,注意保暖,吸氧,并立即皮下注射或静脉注射 1:1000 肾上腺素 0.5～1ml,必要时可重复注射,病情稍稳定后,应尽快转至医院抢救。
　(2)晕针
　　1)表现:小儿常由于空腹、疲劳、室内闷热、紧张或恐惧等原因,在接种后数分钟内出现头晕、心慌、面色苍白、出冷汗、手足冰凉、心跳加快等症状等。重者知觉丧失、呼吸减慢。
　　2)护理:立即将患儿平卧、头稍低,保持安静,给予少量热开水或糖水,必要时可针刺人中、合谷穴,数分钟后仍不能恢复正常者,皮下注射肾上腺素。
　(3)过敏性皮疹。
　(4)全身感染。

模拟试题栏——识破命题思路,提升应试能力

一、专业实务

A₁ 型题

1. 新生儿期是指
　A. 从孕期 28 周到生后 1 周
　B. 从孕期 28 周到生后 2 周
　C. 从出生到生后满 2 周
　D. 从出生到生后满 28 天
　E. 从出生到生后满 30 天

2. 婴儿期是指
　A. 出生至 28 天
　B. 从出生到满 1 周岁前
　C. 生后 13 个月至 2 岁
　D. 出生至 2 岁
　E. 1～3 岁

3. 新生儿期特点中哪一点是**错误**的
   A. 易发生适应环境不良综合征
   B. 常因分娩带来产伤和窒息
   C. 免疫功能差,感染性疾病多见
   D. 发病率高,病死率也高
   E. 生理调节功能比较成熟

4. 幼儿期的特点**不包括**
   A. 体格生长发育速度较婴儿期减慢
   B. 智能发育较婴儿期突出
   C. 语言、动作及心理方面发展较慢
   D. 前囟闭合,乳牙出齐
   E. 能控制大小便

5. 学龄前期儿童的特点中哪一点是**错误**的
   A. 体格发育稳步增长,但较前减慢
   B. 脑发育完全成熟
   C. 智力发育增快,知识面迅速扩大,可塑性大
   D. 应该加强学前教育
   E. 共济运动发育良好

6. 小儿第一次生长发育高峰发生于
   A. 婴儿期   B. 幼儿期
   C. 学龄前期   D. 学龄期
   E. 青春期

7. 身体的下部量指的是
   A. 坐骨结节到足底   B. 耻骨联合上缘至足底
   C. 耻骨联合下缘至足底 D. 脐部到足底
   E. 脐与耻骨联合中点到足底

8. 婴儿前囟闭合的时间为
   A. 0.5~1 岁   B. 1~1.5 岁
   C. 1.5~2 岁   D. 2~2.5 岁
   E. 2.5~3 岁

9. 关于小儿身长增长规律以下哪项**不正确**
   A. 前半年平均每月增长 2.5cm
   B. 后半年平均每月增长 1.5cm
   C. 第一年身长平均增加 25cm
   D. 第二年平均增加 10cm
   E. 2~12 岁平均身高＝年龄×8＋85

10. 衡量营养状况的重要指标
    A. 体重   B. 身长
    C. 前囟   D. 牙齿
    E. 头围

11. 关于小儿头围的说法下列不正确的是
    A. 新生儿约 34cm   B. 婴儿期增长最快
    C. 反应脑和颅骨的发育 D. 3 个月时 40cm

E. 1 岁头围达 50cm

12. 上部量和下部量相等,中点恰在耻骨联合上缘的年龄是
    A. 6 岁   B. 8 岁
    C. 10 岁   D. 12 岁
    E. 14 岁

13. 正常小儿头围与胸围相等的年龄是
    A. 10 个月   B. 1 岁
    C. 2 岁   D. 2.5 岁
    E. 3 岁

14. 下列关于小儿动作发育,哪项是正确的
    A. 8 个月会爬   B. 4 个月开始抬头
    C. 8 个月开始能坐   D. 12 个月试独站
    E. 18 个月开始会独走

15. 下列哪一条符合牙齿的一般正常发育
    A. 乳牙共 24 只
    B. 最晚于 8 个月开始出乳牙
    C. 乳牙最晚于 1.5 岁出齐
    D. 乳牙数＝月龄－(4~6)
    E. 8 岁开始换牙

A₂型题

16. 为幼儿园 2 岁幼儿体检时,所测得的平均身长应该是
    A. 50cm   B. 60cm
    C. 75cm   D. 85cm
    E. 95cm

17. 患儿,男,8 个月,因发热、咳嗽 3 天,呼吸困难 2 小时入院。为便于抢救用药,估算其标准体重为
    A. 6kg   B. 7kg
    C. 8kg   D. 9kg
    E. 10kg

18. 为 1 岁小儿测头围时,其正常值应约为
    A. 34cm   B. 44cm
    C. 46cm   D. 48cm
    E. 50cm

19. 3 岁小儿身长 95cm,体重 15kg,乳牙 20 个属于
    A. 体重、身长超过正常范围   B. 身材异常高大
    C. 肥胖症   D. 正常范围
    E. 营养不良

20. 一健康儿,前囟约 0.5cm×0.5cm,出牙 8 个,体重 10kg,开始能独走,学会叫灯等的名称,其年龄大约是
    A. 10 个月   B. 12 个月

C. 16 个月   D. 18 个月

E. 20 个月

21. 一小儿会走,会叫"爸爸"、"妈妈",并能听懂大人的简单吩咐,该小儿的年龄是
     A. 5 个月   B. 6 个月
     C. 8 个月   D. 10 个月
     E. 18 个月

22. 健康小儿能抬头,且头能随看到的物品及听到的声音转动,其最可能的月龄是多少
     A. 2 个月   B. 3 个月
     C. 4 个月   D. 5 个月
     E. 6 个月

23. 衡量小儿生长发育重要指标为体重,下列说法**错误**的是
     A. 新生儿出生体重平均为 3kg
     B. 生后前半年每月增长 0.7kg
     C. 后半年每月增长 0.5kg
     D. 2 周岁约为出生体重的 4 倍
     E. 2 岁后每年平均增长 1.5kg

24. 小儿体重 11kg,身长 80cm,出牙 12 只,前囟已闭,胸围大于头围,最可能的月龄是
     A. 18 个月   B. 8 个月
     C. 9 个月   D. 24 个月
     E. 30 个月

25. 儿童保健门诊评估一 3 个月大的婴儿动作行为发育情况时正确的是
     A. 会坐   B. 会爬
     C. 扶腋下能站起   D. 用手握持玩具
     E. 直位时能抬头

26. 6 个月的健康婴儿体重为 7kg,为适应正常的生长发育需要,每日要供给热量
     A. 2302kJ   B. 3220kJ
     C. 3558kJ   D. 4186kJ
     E. 2511kJ

27. 为一产妇做母乳喂养指导时,解释母乳具有增强免疫力的作用是因为
     A. 母乳中含有分泌型 IgA
     B. 母乳中含乳铁蛋白少
     C. 母乳中无巨噬细胞
     D. 母乳不易污染
     E. 母乳含铁丰富

28. 开始给小儿添加鱼肝油的时间应为
     A. 出生后 24 小时   B. 有个体差异

C. 出生后 2~4 周   D. 出生后 1~3 个月

E. 出生后 6 个月

29. 指导 8 个月小儿喂养时,**不应**添加的辅食是
     A. 米糊   B. 碎肉
     C. 菜泥   D. 土豆
     E. 饼干

30. 接种活疫苗时,局部皮肤消毒应用
     A. 0.5% 聚维酮碘   B. 2% 聚维酮碘
     C. 2% 碘酊   D. 75% 乙醇
     E. 2% 碘酊 + 75% 乙醇

31. 4 个月健康女婴,现采用人工喂养,家属到儿童保健门诊咨询喂养方法。此时护士应指导添加的辅食是
     A. 肉末   B. 蛋黄
     C. 米饭   D. 土豆
     E. 饼干

32. 婴儿女,7 天,母乳喂养,体重 3.0kg,护士指导家长小儿室内应保持的温度是
     A. 16~18℃   B. 20~22℃
     C. 22~24℃   D. 24~26℃
     E. 28℃

33. 男婴,母乳喂养,体重 8kg,身长 72cm,坐稳并能左右转身,能发"爸爸"、"妈妈"的音节,刚开始爬行,其月龄可能是
     A. 3~5 个月   B. 6~7 个月
     C. 8~9 个月   D. 10~11 个月
     E. 12 个月

34. 幼儿,男,2 岁,体格检查:头围 48cm,胸围 49cm,身长 85cm,估算其体重应是
     A. 6kg   B. 7kg
     C. 8kg   D. 9kg
     E. 12kg

35. 婴儿,女,生后 3 天,已按时完成疫苗接种,准备出院。指导家长婴儿第二次乙肝疫苗接种的年龄是
     A. 1 个月   B. 2 个月
     C. 3 个月   D. 4 个月
     E. 5 个月

36. 婴儿 1 个月,母乳喂养,为保证婴儿的营养摄取,护士对家长进行辅食添加的指导,正确的是
     A. 由粗到细   B. 由稠到稀
     C. 由少到多   D. 由多到少
     E. 可同时添加多种

A₃型题

(37、38题共用题干)

幼儿,男,1岁2个月,体检检查:体重9.2kg,身高78cm,前囟尚未闭合。

37. 家长询问护士小儿前囟关闭最迟的时间,正确的回答是
    A. 8个月　　　　　　B. 10个月
    C. 12个月　　　　　 D. 18个月
    E. 24个月

38. 指导家长了解囟门迟闭常见的原因是
    A. 脑萎缩　　　　　 B. 小头畸形
    C. 脑发育不良　　　 D. 营养不良
    E. 维生素D缺乏性佝偻病

二、实践能力

A₁型题

39. 乳牙萌出延迟是指
    A. 4个月龄婴儿未萌出乳牙
    B. 6个月龄婴儿未萌出乳牙
    C. 8个月龄婴儿未萌出乳牙
    D. 10个月龄婴儿未萌出乳牙
    E. 12个月龄婴儿未萌出乳牙

解析:婴儿生后4~10个月乳牙开始萌出,12个月未萌出者为乳牙萌出延迟。

40. 2岁以内幼儿乳牙总数可按下列哪个公式推算
    A. 月龄一(2~4)　　B. 月龄一(2~6)
    C. 月龄一(2~8)　　D. 月龄一(4~6)
    E. 月龄一(6~8)

41. 下面所述婴儿的总热量中哪项所需热量是婴儿所特需的
    A. 基础代谢　　　　 B. 食物特殊动力作用
    C. 生长发育　　　　 D. 运动
    E. 排泄损失

42. 正常健康婴儿,每日每千克体重所需热量(kcal)与水量(ml)是
    A. 90,100　　　　　 B. 100,110
    C. 110,120　　　　　D. 110,150
    E. 120,160

43. 有关婴儿喂养知识中哪一项是**错误**的
    A. 最好选母乳,因其含优质蛋白和乳糖,钙、磷比例合适
    B. 生后1~2个月加辅食,10~12个月断奶
    C. 饮食中蛋白质、糖、脂肪的含量各占总热量的 50%,35%,15%
    D. 动物蛋白质生物学价值较高
    E. 婴儿每日热量需要量是460kJ/kg,水150ml/kg

解析:饮食中蛋白质、糖、脂肪所提供的热量分别是15%、50%、35%,故C是错误的。

44. 7个月婴儿的辅食可选择
    A. 碎肉和菜汤　　　 B. 肉末和鸡蛋
    C. 面条和青菜汤　　 D. 带馅的食品
    E. 碎肉和饼干

45. 能开始喂婴儿淀粉类食物的年龄是
    A. 2个月　　　　　　B. 3个月
    C. 4个月　　　　　　D. 5个月
    E. 6个月

46. 将4勺全脂乳粉配成全乳应加水
    A. 4勺　　　　　　　B. 8勺
    C. 12勺　　　　　　 D. 16勺
    E. 20勺

47. 新生儿第一次接种乙肝疫苗在出生后
    A. 8小时内　　　　　B. 10小时内
    C. 12小时内　　　　 D. 24小时内
    E. 48小时内

48. 按计划免疫程序8个月小儿应接种
    A. 卡介苗　　　　　 B. 乙肝疫苗
    C. 流脑疫苗　　　　 D. 乙脑疫苗
    E. 麻疹疫苗

A₂型题

49. 为2岁小儿测得的头围为54cm,应考虑下述哪种疾病
    A. 营养不良　　　　 B. 脑积水
    C. 脑发育不全　　　 D. 病毒性脑炎
    E. 中毒性脑病

50. 婴儿体重4.5kg,前囟1.5cm×1.5cm,后囟0.2cm,能微笑,头不能竖立,最可能的年龄是
    A. 7天内　　　　　　B. 2个月
    C. 4个月　　　　　　D. >4个月
    E. >5个月

51. 男孩10岁,平素怕打针,接种流感疫苗后出现头晕、心悸、面色苍白,出冷汗。查体:体温36.8℃,脉搏130次/分,呼吸25次/分,医生诊断为晕针。此时,护士应为患儿采取的体位是
    A. 头高足低位　　　 B. 头低足高位

C. 侧卧位　　　　　　D. 俯卧位

E. 平卧位

52. 女孩,5 岁,发育正常,为其测得的体重是 18kg,
　　估算其身高为

　　A. 95cm　　　　　　　B. 105cm

　　C. 115cm　　　　　　 D. 125cm

　　E. 135cm

53. 在儿童保健门诊为 1 岁婴儿体检时,测得头围
　　46cm,估计其胸围是

　　A. 34cm　　　　　　　B. 40cm

　　C. 46cm　　　　　　　D. 48cm

　　E. 50cm

54. 小儿出生后 1 天,护士应为小儿接种的疫苗是

　　A. 卡介苗,乙肝疫苗　B. 麻疹减毒活疫苗

　　C. 百白破混合制剂　　D. 流感疫苗

　　E. 乙脑疫苗

55. 新生儿期保健重点不包括

　　A. 合理喂养

　　B. 生后一个月访视 3～4 次

　　C. 早产儿应保暖

　　D. 按时接种卡介苗和乙肝疫苗

　　E. 进行生长发育监测

A₃/A₄ 型题

(56、57 题共用题干)

　　某男孩,8 岁,参加学校的体能训练,为了了解其
身体发育情况,对其进行相关指标测量。

56. 按生长发育公式估算,此年龄儿童的体重约为

　　A. 18kg　　　　　　　B. 20kg

　　C. 24kg　　　　　　　D. 28kg

E. 30kg

57. 按生长发育公式估算,此年龄儿童的身高约为

　　A. 95cm　　　　　　　B. 105cm

　　C. 115cm　　　　　　 D. 125cm

　　E. 135cm

(58～60 题共用题干)

　　女婴,足月产,出生后第一天,体重 3.2kg,身长
52cm,面色红润,吞咽良好,母亲已开始母乳喂养。

58. 指导母乳喂养时母亲宜取

　　A. 半卧位　　　　　　B. 坐位

　　C. 右侧卧位　　　　　D. 左侧卧位

　　E. 平卧位

59. 哺乳结束后,母亲应将新生儿抱起,轻拍背部,其
　　目的是

　　A. 促进消化和吸收　　B. 防止溢乳

　　C. 避免哭闹　　　　　D. 促进睡眠

　　E. 使新生儿舒适

60. 喂养后应置新生儿于

　　A. 半卧位　　　　　　B. 坐位

　　C. 右侧卧位　　　　　D. 左侧卧位

　　E. 平卧位

参考答案

1—5 DBECB　6—10 ABBEA　11—15 EDBAD

16—20 DCCDB　21—25 EBEAE　26—30 BACBD

31—35 BCCEA　36—40 CDEED　41—45 CDCBC

46—50 DDEBB　51—55 EBCAE　56—60 CDBBC

(张梅珍)

第3章　新生儿及患病新生儿的护理

第1节　正常新生儿的护理

正常新生儿是指出生时胎龄满 37～42 周,体重>2500g,身长>47cm,无畸形和疾病的活产新生儿。

一、新生儿分类

★1. 根据胎龄分类
- (1)足月儿:胎龄在 37～42 周之间的新生儿。
- (2)早产儿:胎龄>28 周且<37 周的新生儿。
- (3)过期产儿:胎龄>42 周的新生儿。

★2. 根据出生体重分类
- (1)正常体重儿:出生体重在 2500～4000g 之间。
- (2)低出生体重儿:出生体重不足 2500g 的新生儿,其中极低出生体重儿体重<1500g,超低出生体重儿体重<1000g。
- (3)巨大儿:出生体重>4000g。

3. 根据出生体重和胎龄的关系分类
- (1)适于胎龄儿:出生体重在同龄平均体重第 10～90 百分位数者。
- (2)小于胎龄儿:出生体重在同龄平均体重第 10 百分位数以下的新生儿。
- (3)大于胎龄儿:出生体重在同龄平均体重第 90 百分位数以上的新生儿。

★4. 高危儿
- (1)母亲有异常妊娠史的新生儿:孕期合并各种疾病如糖尿病、妊娠高血压疾病、感染等;孕期吸烟、吸毒、酗酒等;过去有死胎、死产史。
- (2)异常分娩的新生儿:各种难产儿。
- (3)出生时异常的新生儿:(Apgar)评分<7 分、早产、过期产、多胎儿、小于胎龄儿、先天畸形等。

**二、正常新生儿特点

1. 外表特征
- (1)出生时哭声响亮,四肢屈肌张力高。
- (2)皮肤红润,胎毛少,覆盖有胎脂。
- (3)耳郭发育好。
- (4)乳晕明显,可摸到结节。
- (5)指甲长过指端,足底皮纹多。
- (6)男婴睾丸已降入阴囊,女婴大阴唇完全遮蔽小阴唇。

2. 体温
- (1)中枢发育不完善,调节功能差。
- (2)体表面积大,散热比成人快 4 倍。
- (3)体温易随外界温度变化。
- (4)新生儿产热主要依靠棕色脂肪的代谢。棕色脂肪分布在中心动脉附近、肩胛间等处。
- (5)"适中温度",又称中性温度。指在一种适宜的环境温度下,机体耗氧量少,代谢率低,蒸发散热也少,又能保障正常体温。正常新生儿穿衣、包被,室温维持在 24℃,便可达到中性温度的要求。

3. 呼吸:呼吸中枢不成熟,以腹式呼吸为主,呼吸节律不规律,40~45 次/分。

4. 循环:心率快,平均 120~140 次/分。波动较大,范围在 100~150 次/分。

5. 消化:**胃呈水平位,贲门松弛,幽门紧张,易发生溢乳**,生后 24 小时内开始排墨绿色胎粪,3~4 天后转为黄色粪便。

6. 血液系统:血红蛋白含量相对较高。

7. 泌尿系统:肾功能差,易发生水肿或脱水。一般在 24 小时内排尿。

8. 神经:新生儿脑相对较大,大脑皮质发育尚未完善,常出现无意识、不协调的活动。

9. 免疫系统:可由胎盘从母体获得 IgG,数月后渐渐消失,而自身免疫功能尚未完善特别是分泌型 IgA 缺乏,故新生儿易患各种感染,尤其是呼吸道和消化道感染。

★三、新生儿特殊生理状态

1. 生理性体重下降:新生儿在生后数日内因丢失水分较多,出现体重下降,但一般不超过 **10%**,生后 10 天左右,恢复到出生时体重。

2. 生理性黄疸:生后 **2~3 天出现,5~7 天最重,10~14 天消退**,患儿一般情况良好,食欲正常。

3. 生理性乳腺肿大:足月新生儿生后 **3~5 天**,乳腺可触及蚕豆到鸽蛋大小的肿块,多于 **2~3** 周消退,无须处理。

4. 假月经:部分女婴在**生后 5~7 天**可见阴道流出少量的血液,**持续 1~3 天后停止**,一般不必处理。

5. 口腔内改变:新生儿上腭中线和齿龈切缘上常有黄白色小斑点,俗称"**板牙**"或"**马牙**",不需处理。面颊部的脂肪垫俗称"**螳螂嘴**",对吸乳有利,**不应挑割**,以免发生感染。

★四、护理

1. 新生儿室条件:室内干净、清洁、整齐,阳光充足、空气流通,**温度 22~24℃**,湿度 **55%~65%**。床与床之间的距离为 **60cm**。

2. 保持呼吸道通畅。

3. 保持体温稳定。

4. 预防感染。

5. 皮肤护理:脐部经无菌结扎后,逐渐干燥,**残端 1~7 天内脱落**。每日检查脐部,并用 75% 乙醇消毒,保持局部皮肤干燥,防止感染造成脐炎。

6. 喂养:**生后 30 分钟**左右可抱至母亲处给予吸吮,鼓励**母乳喂养**。母亲无法哺乳时,首先试喂 10% 葡萄糖水,吸吮及吞咽功能良好者,可给予配方奶,每 3 小时一次。

7. 预防接种:卡介苗、乙肝疫苗。

第 2 节　早产儿的特点及护理

★一、早产儿的特点

早产儿又称未成熟儿,是指胎龄大于 28 周,但不满 37 周的活产婴儿。

1. 外观特征
- (1)早产儿体重大多在 2500g 以下,身长不到 47cm。
- (2)皮肤发亮、水肿、红嫩,胎毛多,头发呈绒线毛头状。
- (3)耳壳软,耳晕不清楚。
- (4)哭声低弱,颈肌软弱,四肢肌张力低下。
- (5)指甲未达指端,足底纹少。
- (6)男婴睾丸未降或未全降至阴囊,阴囊少皱襞;女婴大阴唇不能盖住小阴唇。

2. 体温 ｛
(1)早产儿体温中枢调节功能差。
(2)棕色脂肪少,产热能力不足。
(3)体表面积相对较大,散热快。
(4)体温低于正常者多见。

3. 呼吸系统 ｛
(1)早产儿呼吸中枢发育不成熟,呼吸节律不规则,可发生**呼吸暂停**。
(2)早产儿的肺部发育不成熟,**肺泡表面活性物质少,易发生肺透明膜病**。
(3)有宫内窘迫史者,易发生吸入性肺炎。

4. 循环系统:安静时,心率较足月儿快,平均 120～140 次/分(足月儿安静时心率 120 次/分),血压也较足月儿低。

5. 消化系统。

6. 泌尿系统。

7. 神经系统。

★二、早产儿的护理

1. 环境:早产儿室内温度应保持在 24～26℃,晨间护理时,提高到 27～28℃,相对湿度 55%～65%。

2. 保暖 ｛
(1)一般体重小于 2000g 者,应尽早置婴儿暖箱保暖。
(2)**婴儿暖箱的温度与患儿的体重有关**,体重越轻箱温越高。
(3)因头部面积占体表面积 20.8%,散热量大,头部应戴绒布帽,以降低耗氧和散热量。
(4)各种操作应集中,并在远红外辐射床保暖下进行。
(5)没有条件者,采取简易保暖方法。
(6)尽量缩短操作时间,每日测体温 6 次,注意体温的变化,如发现异常,及时通知医生。

3. 合理喂养的护理 ｛
(1)出生体重在 1500g 以上而无发绀的患儿,可在出生后 2～4 小时喂 10%葡萄糖溶液 2ml/kg,无呕吐者,可在 6～8 小时喂乳。
(2)出生体重在 1500g 以下或伴有发绀者,可适当延迟喂养时间。喂乳量应根据消化道的消化及吸收能力而定,以不发生胃内潴留及呕吐为原则。
(3)喂养方法:最好用母乳喂养,无法母乳喂养者以早产儿配方乳为宜。
(4)评估:准确记录 24 小时出入量,每日晨起空腹测体重一次,并记录,以便分析、调整营养物质的补充。

4. 维持有效的呼吸 ｛
(1)**有缺氧症状者给予氧气吸入**,吸入氧浓度及时间应根据缺氧程度及用氧方法而定,常用氧气浓度 30%～40%。
(2)若持续吸氧时间最好不超过 3 天,或在血气监测下用氧,防止氧中毒。

5. 预防出血:早产儿**易缺乏维生素 K** 依赖凝血因子,出生后应按医嘱补充维生素 K,预防出血。

6. 预防感染的护理 ｛
(1)早产儿与足月患儿应分室居住,病室每日紫外线照射 1～2 次,每次 30 分钟。每月空气培养一次。
(2)每日沐浴 1 次,脐带未脱落者,沐浴后,用 2.5%碘酊和 75%乙醇消毒局部皮肤,保持脐部皮肤清洁、干燥。
(3)每日口腔护理 1～2 次。
(4)制定严密的消毒隔离制度。

7. 密切观察病情。

第3节　新生儿窒息

一、概述

　　新生儿窒息是指胎儿娩出后 1 分钟,仅有心跳而无呼吸或未建立规律呼吸的缺氧状态,为新生儿死亡及伤残的主要原因之一。

★二、病因

1. 孕母因素。

2. 胎盘和脐带因素。

3. 分娩因素。

4. 胎儿因素。

★三、临床表现

1. 轻度窒息:Apgar 评分 4～7 分。全身皮肤青紫,呼吸表浅不规则,心率减慢,对外界刺激有反应,肌张力好,四肢稍屈。

2. 重度窒息:Apgar 评分 0～3 分。新生儿皮肤苍白,无呼吸或呼吸微弱,心跳不规则,心率＜80 次/分且弱,对外界刺激无反应,肌张力松弛。

四、辅助检查

血气分析、血糖、血电解质等。

五、治疗原则

按 A(清理呼吸道)、B(建立呼吸)、C(维持正常循环)、D(药物治疗)、E(评价)进行复苏。

六、护理问题

1. 气体交换功能受损。

2. 有受伤的危险。

3. 恐惧(家长)。

★七、护理措施

1. 配合医生按 ABCDE 程序进行复苏:正压人工呼吸的频率是 40～60 次/分。心脏按压用拇指法或双指法,按压胸骨下 1/3 部位,深度为胸廓按下 1～2cm,频率 100 次/分。

2. 保暖:在整个抢救过程中必须注意保暖,应在 30～32℃ 的抢救床上进行抢救,胎儿出生后应立即揩干体表的羊水及血迹,减少散热。

3. 复苏后护理。

4. 对母亲的护理。

第4节 新生儿缺氧缺血性脑病

一、概述

新生儿缺氧缺血性脑病是由于各种围生期因素引起的缺氧和脑血流量减少或暂停而导致胎儿和新生儿的脑损伤。是新生儿窒息后的严重并发症。

二、病因

1. 缺氧:围生期窒息、反复呼吸暂停、严重的呼吸系统疾病、右向左分流型先天性心脏病等。

2. 缺血:心脏停搏、严重的心动过缓、重度心力衰竭等。

★三、临床表现

1. 轻度:表现为兴奋、易激惹,肌张力正常,呼吸平稳,拥抱反射活跃,吸吮反射正常,无惊厥。症状多在 3 天内逐渐消失,预后良好。

2. 中度:表现为嗜睡、反应迟钝等抑制状态,肌张力降低,前囟张力正常或稍高,吸吮反射和拥抱反射减弱,瞳孔缩小,对光反射迟钝等。出现惊厥。症状持续7～10天以上,可能有后遗症。

3. 重度:表现为意识不清、昏迷状态,肌张力低下,惊厥频繁,呼吸不规则或暂停,前囟张力明显增高,吸吮反射和拥抱反射消失,双侧瞳孔不等大、对光反射消失,甚至出现呼吸衰竭。重度患儿病死率高,存活者常留后遗症。

四、辅助检查

1. 血液检查:血清肌酸磷酸激酶同工酶(CPKBB)、神经元特异性烯醇化酶(NSE)等。

2. 脑电图。

3. 头颅B型超声(简称B超)及计算机层析成像(简称CT)。

五、治疗原则

1. 支持疗法:吸氧、纠正酸中毒、低血糖等。

2. 控制惊厥:**首选苯巴比妥钠。**

3. 治疗脑水肿。

六、护理问题

1. 低效性呼吸型态与中枢神经系统损害有关。

2. 营养失调:低于机体需要量。

3. 潜在并发症:颅内出血。

★七、护理措施

1. 保持呼吸道通畅。

2. 观察各项生命征、神志、肌张力、前囟张力、瞳孔、尿量及窒息所致的各系统症状。

3. 合理喂养。

4. 病情稳定后进行必要的康复训练。

八、健康教育

向家长介绍疾病治疗及护理知识,指导家长康复训练。

第5节　新生儿颅内出血

一、概述

新生儿颅内出血是新生儿期常见的一种严重的脑损伤性疾病。主要是因**缺氧或产伤**引起,早产儿发病率较高,预后较差。

★二、病因

1. 缺氧凡能引起缺氧的因素均可导致颅内出血的发生,**以未成熟儿多见。**

2. 产伤**以足月儿多见**,因胎头过大、臀产、急产、产程过长、高位产钳、吸引器助产等,均可使胎儿头部受挤压而出血。

3. 其他高渗液体输入过快、机械通气不当,血压波动过大、操作时对头部按压过重均可引起颅内出血。少数颅内出血者是由原发性出血性疾病或脑血管畸形引起。

★三、临床表现

1. 颅内出血的症状、体征与出血部位及出血量有关,一般生后1～2天内出现。

2. 常有精神改变,如易激惹、过度兴奋或表情淡漠、嗜睡、昏迷等。

3. 眼部症状有凝视、斜视、眼球转动不灵活、眼球震颤等。

4. 颅内压增高时,则有脑性尖叫、前囟隆起、惊厥等。

5. 呼吸系统可见呼吸频率或节律变化。

6. 患儿肌张力早期增高,以后减低。

7. 瞳孔大小不对称,对光反应差。

四、辅助检查

1. 脑脊液检查:急性期为均匀血性和皱缩红细胞,蛋白含量明显增高。

2. CT 和 B 超可提供出血部位和范围。

五、治疗原则

止血及对症处理、支持疗法、降低颅内压等。

六、护理问题

1. 潜在并发症:颅内压增高　与颅内出血有关。

2. 低效性呼吸型态:与中枢神经压迫有关。

3. 营养失调:低于机体需要量　与中枢神经系统受损有关。

★七、护理措施

1. 绝对保持安静,减少噪声护理操作要轻、稳、准,**尽量减少对患儿移动和刺激**,避免因患儿的烦躁加重缺氧和出血。静脉穿刺最好选用留置针,减少反复穿刺。

2. 降温处理。

3. 喂养不能进食者,应给予鼻饲。

4. 保持呼吸道通畅,预防窒息患儿侧卧位或头偏向一侧,保持呼吸通畅,备好吸痰用物,及时清除呼吸道分泌物,改善呼吸功能。

5. 15~30 分钟巡视病房一次。严密观察并记录患儿生命体征、神志、瞳孔的变化,如有异常(脉搏减慢、呼吸节律不规则、瞳孔不等大等圆、对光反射减弱或消失)立即报告医生,做好抢救准备。

6. 遵医嘱用止血药、镇静药、脱水药,并观察用药后反应。

八、健康教育

向家长讲解颅内出血的严重性及可能出现的后遗症。

第6节　新生儿黄疸的护理

一、概述

新生儿黄疸是新生儿时期由于胆红素在体内积聚,而引起巩膜、皮肤、黏膜、体液和其他组织被染成黄色的现象,可分为生理性黄疸和病理性黄疸两种。引起黄疸的原因多而复杂,病情轻重不一,重者可导致胆红素脑病(核黄疸),常引起严重后遗症。

★新生儿胆红素代谢特点:

1. 胆红素生成较多。

2. 运转胆红素的能力不足。

3. 肝功能未完善。

4. 肠肝循环的特性。

★二、病因

1. 感染性 { (1)新生儿肝炎。
(2)新生儿败血症、尿路感染等。

(1)新生儿溶血:ABO系统和Rh系统血型不合最为常见。**ABO系统不合母亲多为O型,新生儿A型或B型多见。母亲为AB型或婴儿为O型均不发生。Rh血型不合主要发生在Rh阴性孕妇,Rh阳性胎儿**,一般不会发生在母亲未输过血的第一胎,症状随胎次增重。

(2)胆管闭锁:黄疸生后1~3周出现,并逐渐加重,皮肤呈黄绿色,尿色深黄,而**大便转为灰白色**。肝明显增大,质地硬,于3~4个月后发展为胆汁性肝硬化。

2. 非感染性

(3)胎粪延迟排出。

(4)母乳性黄疸:多于母乳喂养后4~5天出现黄疸,2~3周达高峰,停止喂母乳24~72小时后胆红素开始下降。

(5)遗传性疾病:如红细胞葡萄糖-6-磷酸脱氢酶(简称G6PD)缺乏症等。

(6)药物性黄疸。

(7)其他:低血糖、酸中毒等。

*三、临床表现

1. 生理性黄疸:足月儿常于生后2~3天开始,早产儿生理性黄疸可出现较晚。生后4~5天达到高峰,以后逐渐消退。血清胆红素足月儿一般不超过$205\mu mol/L(12mg/dl)$,早产儿不超过$256.5\mu mol/L(15mg/dl)$。在此期间,患儿的体温、体重、食欲及大小便均正常。

2. 病理性黄疸:Rh溶血者常在生后24小时内出现黄疸并迅速加重;感染引起的黄疸程度重,发展快,血清胆红素迅速增高,或每日上升大于$85\mu mol/L$,且黄疸持续时间过长或黄疸退而复现。血清胆红素均超过$256.5\mu mol/L(15mg/dl)$(表3-1)。

表3-1 生理性黄疸与病理性黄疸的区别

鉴别点	生理性黄疸	病理性黄疸
出现时间	足月儿常于生后2~3天开始,早产儿生理性黄疸可出现较晚	出现过早(生后24小时内)或过晚,或在生理性黄疸的基础上加重
高峰时间	生后4~5天	不一定
黄疸程度	轻	重
消退时间	10~14天,早产儿可延迟至3~4周后消退	足月儿超过2周,早产儿超过4周,或黄疸退而复现
血清结合胆红素	足月儿一般不超过$205\mu mol/L(12mg/dl)$,早产儿不超过$256.5\mu mol/L(15mg/dl)$	均超过$256.5\mu mol/L(15mg/dl)$
一般情况	良好	常有其他伴随症状

3. 胆红素脑病:当血清胆红素>$342\mu mol/L$,可引起胆红素脑病。患儿出现精神反应差,食欲不振,拒乳,以后出现尖叫、凝视、角弓反张甚至抽搐等症状。

四、辅助检查

1. **血清总胆红素浓度**。

2. 血红蛋白、血细胞比容、网织红细胞及抗人球蛋白试验等。

五、治疗原则

1. 对因治疗。

2. 退黄治疗。

六、护理问题

1. 潜在并发症:胆红素脑病。

2. 潜在并发症:发热、腹泻、皮疹等。

七、护理措施

1. 密切观察病情:皮肤颜色、生命体征、排泄情况。

2. 尽早开始喂养,促进胎粪排出。

★3. 采用光照疗法时按光疗护理。

4. 遵医嘱用药。

八、健康教育

解释病因及预防方法,指导后遗症康复及护理。

第7节　新生儿寒冷损伤综合征

一、概述

新生儿寒冷损伤综合征简称新生儿冷伤,主要由受寒冷引起,其临床特征是低体温和多器官功能损伤,严重者出现皮肤硬肿,此时又称新生儿硬肿症。

★二、病因

1. 寒冷、早产、低体重、感染和窒息可能是其致病因素。

2. 新生儿期,体温调节中枢发育不完善,皮下脂肪层薄,易散热。

3. 体内棕色脂肪少,产热较少。

4. 皮下脂肪中的饱和脂肪酸含量大,其熔点高,寒冷时易凝固。

5. 当机体受到缺氧、寒冷、喂养不足或感染等因素时,易导致本病的发生。

★三、临床表现

1. 全身表现为食欲差或拒乳、反应差、哭声低、心音低钝、心率减慢、尿少、体温常低于 35℃,重症患儿低于 30℃。

2. 局部表现为皮肤发凉、硬肿、颜色暗红,不易捏起,按之如硬橡皮。

3. 硬肿发生顺序一般为:小腿—大腿外侧—下肢—臀部—面颊—上肢—全身。

4. 严重者可导致休克、肺出血、心力衰竭、弥散性血管内凝血(DIC)及急性肾衰竭等多脏器损害而危及生命。

四、治疗原则

复温是关键,辅以支持、对症等治疗。

五、护理问题

1. 体温过低。

2. 皮肤完整性受损的危险。

3. 营养失调。

4. 潜在并发症弥散性血管内凝血。

六、护理措施

★1. 复温循序渐进、逐步复温。复温是护理低体温儿的关键措施

(1)如肛温>30℃,腋-肛温差为正值的轻、中度硬肿的足月儿可放入 30℃暖箱中,根据体温恢复的情况逐渐调整到 30～34℃的范围内,6～12 小时恢复正常体温。

(2)如肛温<30℃,腋-肛温差为负值的重度患儿,先将患儿置于比体温高 1～2℃的暖箱中开始复温,并逐步提高暖箱的温度,每小时升高 1℃,于 12～24 小时体温达到正常。

2. 合理喂养提供足够能量与水分,保证供给。

3. 预防感染的护理。

4. 病情观察监测体温,监测心率、呼吸及硬肿情况,发现问题及时与医生取得联系。备好抢救药物和设备。

5. 健康指导。

七、健康教育

介绍有关知识。

第8节 新生儿脐炎的护理

一、概述

新生儿脐炎是指断脐残端被细菌入侵、所引起的急性炎症。**常见致病菌为金黄色葡萄球菌**,其次为大肠埃希菌、铜绿假单细胞菌、溶血性链球菌等。

二、病因

多由断脐时或生后处理不当而引起的细菌感染。

三、临床表现

1. 轻者脐轮与脐部周围皮肤轻度发红,可有少量浆液。体温及食欲均正常。

2. 重者脐部及脐周皮肤明显红肿发硬,脓性分泌物增多并带有臭味;可向周围皮肤或组织扩散引起腹壁蜂窝织炎、腹膜炎、败血症等。

四、辅助检查

血常规重症者白细胞增高,脐部分泌物培养阳性(必须有脐炎表现)。

五、治疗原则

清除局部感染灶,选用适宜抗生素,对症治疗。

六、护理问题

1. 潜在并发症败血症。

2. 皮肤完整性受损的危险与脐部操作有关。

★七、护理措施

1. 彻底清除感染伤口,从脐根部由内向外环形彻底清洗消毒。**轻者可用安尔碘或 0.5%聚维酮碘及 75%乙醇,每日 2～3 次;重者遵医嘱。**

2. 洗澡时,**注意不要洗湿脐部**,洗澡完毕,用消毒干棉签吸干脐窝水,并用 75%乙醇消毒,保持局部干燥。

3. 观察脐带有无潮湿、渗液或脓性分泌物,炎症明显者可外用抗生素或遵医嘱。

八、健康教育

保持皮肤清洁、干燥,接触患儿要洗手,污染物品要焚毁消除,防止污染。

第9节 新生儿低血糖的护理

一、概述

全血血糖＜2.2mmol/L(40mg/dl)应诊断为新生儿低血糖,而不考虑出生体重、胎龄和日龄。

二、病因

1. 暂时性低血糖 {(1)葡萄糖储存不足，**主要见于早产儿**、窒息缺氧、败血症、小于胎龄儿、先天性心脏病等。
(2)葡萄糖利用增加，多见于患有糖尿病母亲的婴儿、Rh 溶血病等。

2. 持续性低血糖：常见于胰岛细胞瘤、先天性垂体功能不全、遗传代谢病等。

三、临床表现

大多无临床症状。少数可出现如喂养困难、淡漠、嗜睡、青紫、哭声异常、颤抖、震颤、易激惹、肌张力减低，甚至惊厥、呼吸暂停等非特异性表现。在静脉注射葡萄糖溶液后上述症状消失、血糖恢复正常者，称症状性低血糖。

四、辅助检查

1. 血糖测定：高危儿应在生后 4 小时内，反复监测血糖；以后每 4 小时监测一次，直至血糖浓度稳定。

2. 持续性低血糖者，测血胰岛素、胰高血糖素、生长激素等。

五、治疗原则

保持血糖稳定，防止低血糖发生。无症状低血糖者，可口服葡萄糖，无效则改静脉注射；**有症状低血糖者，应静脉注射葡萄糖溶液**。

六、护理问题

1. 潜在并发症：惊厥。

2. 营养失调：低于机体需要量。

七、护理措施

1. 定期监测血糖。

2. 无症状能进食者，可先进食。

3. 静脉输入葡萄糖溶液时，**需定期检测血糖变化**，及时调整输液速度，保证血糖浓度稳定。

4. 密切观察病情变化。

八、健康教育

向家长解释病因与预后，让家长了解低血糖发生时的表现，定期复查。

第 10 节   新生儿低钙血症的护理

一、概述

低钙血症是指**血清总钙低于 1.8mmol/L(7mg/dl)**或血清游离钙低于 0.9mmol/L(3.5mg/dl)。

二、病因

1. 早期低血钙：出生后 72 小时内发生。常见于早产儿、小样儿、感染、窒息等新生儿。

2. 晚期低血钙：出生后 72 小时以后发生。常见于人工牛乳喂养的足月儿、母体甲状旁腺功能亢进、先天性永久性甲状旁腺功能不全等。

★三、临床表现

症状多出现在生后 5～10 天，轻重不一。**主要是神经、肌肉兴奋性增高，表现为烦躁不安、肌肉抽动及震颤，可见惊跳、手足搐搦**，常伴有不同程度的呼吸改变、心率增快和青紫等，严重时呼吸暂停、喉痉挛等。发作间期一般情况良好。

四、辅助检查

血钙＜1.8mmol/L(7mg/dl)或血清游离钙＜0.9mmol/L(3.5mg/dl)。

五、治疗原则

针对病因静脉或口服补充钙剂及抗惊厥治疗。

六、护理问题

有窒息的危险：与血清钙降低、喉痉挛有关。

七、护理措施

1. 迅速提高血清总钙水平，降低神经肌肉的兴奋性。**如患儿发生惊厥，遵医嘱稀释后缓慢静脉注射或滴注稀释的 10% 葡萄糖酸钙。如心率低于 80 次/分，应暂停注射。**

2. 尽量选择粗直、避开关节、易于固定的静脉。保证钙剂完全进入血管。**一旦发生药液外渗，应立即停止注射，给予 25%～50% 硫酸镁局部湿敷，以免造成组织坏死。**

3. 口服氯化钙应先稀释，较小婴儿服用此药一般不宜超过 1 周。

4. 提倡母乳喂养。

5. 严密观察病情变化。

八、健康教育

向家长解释病因及预后，鼓励母乳喂养，合理给予氨基酸营养素，坚持户外活动。

第 11 节　新生儿败血症

一、概述

新生儿败血症是指新生儿时期致病菌侵入血循环并在血液中生长繁殖、产生毒素而造成的全身感染。其发病率及病死率较高。未成熟儿多见。

★二、病因

1. 新生儿免疫系统功能不完善。

2. 皮肤黏膜屏障保护功能差。

3. **未愈合的脐部常是细菌侵入门户。**

4. 血液中补体少，白细胞在应激状态下杀菌力下降，T 细胞对特异性抗原反应差，细菌一旦侵入易导致全身感染。

5. 常见葡萄球菌感染。

★三、临床表现

1. 产前、产时感染一般在出生 3 天内发病，产后感染多在出生 3 天以后发病。

2. 表现特点是**无特征性。**

3. 早期表现为精神欠佳、哭声减弱、体温异常等，转而发展为精神委靡、嗜睡、拒乳、不哭、不动。

4. 未成熟儿则表现为体温低于正常，出现病理性黄疸并随着病情进展而加深，严重者可有惊厥、昏迷、出血、休克、呼吸异常等。

四、辅助检查

1. 血常规。

2. 细菌培养。

五、治疗原则

1. 选用药物敏感的抗菌药物,早期、足量、足疗程、静脉联合用药。

2. 处理局部病灶,对症、支持治疗。

六、护理问题

1. 体温调节无效:与感染有关。

2. 皮肤完整性受损。

3. 营养失调。

七、护理措施

1. 保护性隔离。

★2. 维持体温的护理:当体温过高时,可调节环境温度,**打开包被等物理的方法或多喂水来降低体温**。但新生儿**不宜用药物、乙醇擦浴、冷盐水灌肠等刺激性强的降温方法**,否则易出现体温不升。体温不升时,及时给予保暖措施,降温后 30 分钟复测体温一次并记录。

3. 保证营养供给。

4. 保证抗生素有效进入体内。

5. 严密观察病情变化,每 4 小时监测体温、脉搏、呼吸、血压一次,如出现面色发灰、哭声低弱、尖叫、呕吐频繁等症状时,及时报告医生,做好抢救准备。

6. 健康教育。

模拟试题栏——识破命题思路,提升应试能力

一、专业实务

A₁型题

1. 关于生理性黄疸描述**不正确**的是
   A. 生后 2～3 天开始出现黄疸
   B. 表现为食欲下降,哭声低弱
   C. 一般 7～14 天自然消退
   D. 早产儿可延迟 3 周消退
   E. 血清胆红素浓度＜205.2μmol/L

解析:生理性黄疸一般除有黄疸表现外,无其他临床症状。

2. 为降低高胆红素血症,防止或减轻胆红素脑病,最常用的物理方法是
   A. 白蛋白静脉滴注　　B. 激素口服
   C. 苯巴比妥口服　　　D. 换血疗法
   E. 蓝光治疗

解析:蓝光治疗黄疸是最常用的物理方法。其原理是蓝光照射新生儿的皮肤,可以使皮肤中的非结合胆红素转化为水溶性的胆红素,而随着胆汁及尿液排出体外。

3. 新生儿体温调节的特点不包括
   A. 皮下脂肪少,易散热　　B. 体温调节功能差

   C. 体表面积小,散热少　　D. 棕色脂肪产热
   E. 能通过出汗散热

解析:新生儿的体表面积相对较大,约为成人的 3 倍,因此,散热比成人快 4 倍。

4. 新生儿生理性体重下降的幅度为
   A. 大于出生体重的 5%
   B. 小于出生体重的 10%
   C. 大于出生体重的 10%
   D. 小于出生体重的 15%
   E. 小于出生体重的 20%

解析:新生儿生理性体重下降的幅度不超过出生体重的 10%。

5. 早产儿容易发生出血的原因之一是缺乏
   A. 维生素 A　　　　　B. 维生素 B
   C. 维生素 C　　　　　D. 维生素 D
   E. 维生素 K

解析:早产儿体内储存的维生素 K 少。维生素 K 参与凝血蛋白在肝内的合成,故维生素 K 少容易导致早产儿出血。

6. 下列因素中,与发生硬肿症无关的是
   A. 棕色脂肪少
   B. 体表面积相对较大
   C. 寒冷
   D. 皮下脂肪中饱和脂肪含量大
   E. 免疫功能低下

7. 蓝光疗法的目的是
   A. 降低血清胆绿素
   B. 降低血清间接胆红素
   C. 降低血清直接胆红素
   D. 减少血红细胞破坏
   E. 降低血清尿素氮

8. 引起新生儿颅内出血的主要原因为
   A. 血清胆红素浓度增高
   B. 感染
   C. 缺氧或产伤
   D. 寒冷损伤
   E. 过期产儿

9. 能通过胎盘转移给胎儿的母体免疫球蛋白是
   A. IgM
   B. IgG
   C. IgE
   D. IgA
   E. IgD

10. 正常新生儿首次排胎粪的时间为
    A. 出生后 6 小时内
    B. 出生后 8 小时内
    C. 出生后 12 小时内
    D. 出生后 16 小时内
    E. 出生后 24 小时内

11. 正常新生儿首次排小便的时间为
    A. 出生后 6 小时内
    B. 出生后 8 小时内
    C. 出生后 12 小时内
    D. 出生后 24 小时内
    E. 出生后 48 小时内

12. 正常新生儿消化系统的特点是
    A. 消化面积相对较小,不利于营养的吸收
    B. 胃呈水平位,贲门括约肌发育较幽门括约肌好
    C. 胎粪呈墨绿色,一般出生后 12 小时内开始排泄
    D. 葡萄糖醛酸转换酶活力较高
    E. 胰液淀粉酶活力较高

A₂ 型题

13. 小可,女,胎龄 37 周。出生体重 2600g,身长 47cm,体检检查均正常。该婴儿属于
    A. 足月儿
    B. 早产儿
    C. 过期产儿
    D. 足月小样儿
    E. 极低出生体重儿

14. 正常足月新生儿,男,出生后检查身体,以下检查结果不符合的是
    A. 皮肤红润,胎毛少
    B. 乳晕明显,有结节
    C. 耳壳软骨发育好
    D. 足底光滑纹理少
    E. 指甲长过指端

15. 小春,女,正常足月新生儿,41 周出生,生后体检,其最可能的心率为
    A. 100~120 次/分
    B. 120~140 次/分
    C. 120~150 次/分
    D. 140~150 次/分
    E. 140~160 次/分

16. 秋秋,男,足月新生儿,39 周出生,生后体检,其最可能的呼吸频率为
    A. 30~35 次/分
    B. 35~40 次/分
    C. 40~45 次/分
    D. 45~50 次/分
    E. 50~55 次/分

17. 真真,女,足月新生儿。出生后第 6 天出现阴道流出少量血液,这是因为
    A. 阴道黏膜炎症
    B. 阴道腺体未成熟
    C. 产道感染
    D. 细菌感染
    E. 受母体雌激素的影响而出现的假月经

18. 强强,男,足月新生儿。出生后第 5 天出现双侧乳房肿大,正确的处理是
    A. 送儿科急诊
    B. 挤压乳房,观察是否有分泌物
    C. 抗感染治疗
    D. 双侧冷敷
    E. 不予处理

19. 小琴,女,5 天,正常足月新生儿。生后进行常规检查,以下不应存在的神经反射的是
    A. 腹壁反射
    B. 吸吮反射
    C. 握持反射
    D. 觅食反射
    E. 拥抱反射

20. 王丁,男,胎龄 31 周,出生体重 1230g。母亲患有"妊娠高血压疾病"。以下判断不正确的是
    A. 高危儿
    B. 低出生体重儿
    C. 早产儿
    D. 超低出生体重儿
    E. 极低出生体重儿

21. 赵宁,女,33 周早产出生。以下对其外观特点描述不正确的是
    A. 阴囊多皱襞、颜色深
    B. 四肢肌张力低下
    C. 皮肤红嫩,胎毛多
    D. 指甲未达指端
    E. 耳壳不清楚

22. 李立,男,30 周早产出生。生后因进行性呼吸困难被确诊为"新生儿呼吸窘迫综合征"。发生该

病的最常见原因是

　　A. 早产所致呼吸中枢发育不完善　　B. 缺氧

　　C. 早产所致缺乏肺表面活性物质　　D. 窒息

　　E. 低血糖

23. 明明,2 日龄,生后 18 小时出现黄疸,诊断为新生儿溶血。明明与其母亲的血型最有可能是

　　A. 母亲 A 型,新生儿 O 型

　　B. 母亲 B 型,新生儿 O 型

　　C. 母亲 AB 型,新生儿 O 型

　　D. 母亲 AB 型,新生儿 A 型

　　E. 母亲 O 型,新生儿 A 型

解析:ABO 血型不合导致溶血症常见于母亲 O 型,新生儿 A 型或 B 型。

24. 孙晓,女,孕 39 周出生。出生时羊水 Ⅱ° 浑浊。生后不能自主呼吸,诊断为"新生儿窒息",对其治疗抢救最首要的措施是

　　A. 吸氧　　　　　　　B. 抗感染

　　C. 保暖　　　　　　　D. 输血

　　E. 清理呼吸道

25. 患儿,男,冬季足月钳产出生,出生时羊水清。生后 2 天出现哭闹、烦躁,体检发现前囟隆起、颅骨骨缝增宽,考虑为"新生儿颅内出血"。其最可能的原因是

　　A. 缺氧　　　　　　　B. 感染

　　C. 产伤　　　　　　　D. 酸中毒

　　E. 寒冷

26. 某足月新生儿生后 4 周一直母乳喂养。满月时回院体检发现有黄疸被收入院,询问其家长不清楚何时出现黄疸。以下情况不考虑的是

　　A. 母乳性黄疸　　　　B. 感染性黄疸

　　C. 生理性黄疸　　　　D. 胆道闭锁

　　E. 药物性黄疸

27. 小星,女,早产儿,日龄 4 天。生后第 2 天出现皮肤黄染,精神尚可,食欲正常。目前最适合的退黄治疗是

　　A. 换血疗法　　　　　B. 光照疗法

　　C. 药物退黄　　　　　D. 抗感染治疗

　　E. 输血及吸氧

28. 聪聪,三胞胎之一,32 周出生。出生时有轻度窒息。经抢救后呼吸平稳,心率正常。为了解其是否存在新生儿缺氧缺血性脑病,以下检查最有意义的是

　　A. 脑电图　　　　　　B. 血常规

　　C. 脑脊液　　　　　　D. 头部 X 线检查

　　E. 头颅 CT

29. 患儿,男,早产出生,出生时羊水清。生后 3 天出现嗜睡、反应差,2 小时前出现惊厥 1 次。体检发现肌张力增高,初步考虑为"新生儿颅内出血"。其脑脊液检查有可能出现以下表现,除外

　　A. 蛋白含量增高　　　B. 压力增高

　　C. 静置后分层　　　　D. 均匀血性

　　E. 可见皱缩红细胞

30. 刘飞,男,胎龄 35 周,夏季顺产出生,生后母乳喂养。出生后 5 天护士发现其小腿外侧皮肤出现发硬变肿,局部皮温低。诊断为"新生儿寒冷损伤综合征",其最可能的原因是

　　A. 寒冷　　　　　　　B. 低血糖

　　C. 感染　　　　　　　D. 早产

　　E. 窒息

31. 患儿,女,4 天。母乳喂养。出生第 3 天奶量明显减少,第 4 天皮肤出现黄染而就诊。体检发现脐部红肿,有脓性分泌物,诊断为新生儿脐炎。局部皮肤可用的消毒药物是

　　A. 30% 乙醇　　　　　B. 95% 乙醇

　　C. 3% 过氧化氢　　　D. 0.5% 聚维酮碘

　　E. 0.1% 苯扎溴铵

32. 新生儿,足月顺产。出生后 10 天出现黄疸并进行性加重。体查:体温 38℃,全身皮肤重度黄染,脐部可见脓性分泌物,诊断为新生儿败血症。其最常见的病原菌是

　　A. 厌氧菌　　　　　　B. 葡萄球菌

　　C. 大肠埃希菌　　　　D. 溶血性链球菌

　　E. 肺炎球菌

33. 患儿,男,33 周早产儿,生后哭声异常,肢体抖动,实验室检查:血糖 1.6mmol/L,诊断为新生儿低血糖。该患儿患病的主要病因是

　　A. 足月儿　　　　　　B. 巨大儿

　　C. 早产儿　　　　　　D. 低体重儿

　　E. 过期产儿

34. 患儿,男,32 周早产出生,生后人工喂养。生后第 5 天出现烦躁不安,肌肉抽动。考虑可能存在新生儿低钙血症。此时测血清总钙应当是

　　A. <0.9mmol/L　　　B. <1.8mmol/L

　　C. <2.0mmol/L　　　D. <2.6mmol/L

　　E. <3.0mmol/L

A_3/A_4 型题

（35～37 题共用题干）

豆豆，女，胎龄 33 周，日龄 3 天。出生体重为 2200g。心率 120 次/分，呼吸佳，四肢能活动，全身皮肤红润。其余均正常。

35. 根据体重分类，该患儿属于
    A. 低出生体重儿　　　B. 正常出生体重儿
    C. 极低出生体重儿　　D. 高出生体重儿
    E. 巨大儿

36. 与该患儿外观特征**不符**的内容是
    A. 皮肤薄嫩，胎毛多　　B. 头发细如绒毛
    C. 耳郭不清楚　　　　　D. 乳房无结节
    E. 足底布满纹路

37. 该患儿的护理措施中下列**错误**的一项是
    A. 与足月儿分开，实施保护性隔离
    B. 晨间护理时室温调到 27～28℃，相对湿度 55%～65%
    C. 给予合适的体位，常采取侧卧位
    D. 喂养时首选早产儿配乳
    E. 密切观察患儿病情，及时报告医生

（38～40 题共用题干）

足月新生儿，出生后 1 分钟，心率 80 次/分，呼吸弱而不规则，全身皮肤青紫，四肢肌张力松弛，喉反射消失。

38. 此时的 Apgar 评分为
    A. 0 分　　　　　　　B. 1 分
    C. 2 分　　　　　　　D. 3 分
    E. 4 分

39. 该患儿为
    A. 正常新生儿　　　　B. 轻度窒息
    C. 青紫窒息　　　　　D. 重度窒息
    E. 急性窒息

40. 首要的抢救措施是
    A. 清理呼吸道　　　　B. 人工呼吸
    C. 心外按压　　　　　D. 给氧
    E. 输血

（41～43 题共用题干）

患儿，男，胎龄 40 周。因产程延长急行剖宫产出生，出生体重 4.5kg，生后出现惊厥，怀疑新生儿缺氧缺血性脑病。

41. 患儿患病的主要原因是
    A. 早产儿　　　　　　B. 围生期窒息
    C. 巨大儿　　　　　　D. 呼吸系统发育不全

E. 循环系统疾病

42. 为控制惊厥，首选的药物是
    A. 水合氯醛　　　　　B. 地西泮
    C. 吗啡　　　　　　　D. 苯妥英钠
    E. 苯巴比妥

43. 如患儿出现严重的脑水肿，治疗首选药物是
    A. 呋塞米　　　　　　B. 10%低分子右旋糖酐
    C. 甘露醇　　　　　　D. 50%葡萄糖
    E. 地塞米松

（44～46 题共用题干）

患儿，女，10 天，早产儿，母乳喂养。目前体重 3.0kg。

44. 该患儿室内温度应保持在
    A. 18～22℃　　　　　B. 20～22℃
    C. 22～24℃　　　　　D. 24～26℃
    E. 26～28℃

解析：早产儿室内温度应保持在 24～26℃，晨间护理时可提高到 27～28℃。

45. 患儿喂养后应取
    A. 右侧卧位　　　　　B. 左侧卧位
    C. 平卧位　　　　　　D. 俯卧位
    E. 半坐位

46. 对其进行脐部消毒应使用
    A. 0.1%苯扎溴铵　　　B. 75%乙醇
    C. 95%乙醇　　　　　D. 0.5%聚维酮碘
    E. 3%过氧化氢

（47～50 题共用题干）

患儿，女，孕 39 周出生，出生体重 3.2kg。母乳喂养。患儿生后 6 天，反应差，食欲不佳，下肢出现硬肿，体温 33℃，腋肛温为正值。初步诊断为新生儿硬肿症。目前体重 3.5kg。

47. 该患儿属于
    A. 正常足月儿　　　　B. 早产儿
    C. 过期产儿　　　　　D. 巨大儿
    E. 低出生体重儿

48. 该患儿室内温度应保持在
    A. 18～22℃　　　　　B. 20～22℃
    C. 22～24℃　　　　　D. 24～26℃
    E. 26～28℃

49. 患儿目前体重仅较出生时增加 0.3kg，这可能是
    A. 母乳营养不够　　　B. 生理性体重下降
    C. 感染导致消耗增加　D. 母乳摄入不足

E. 疾病影响食欲

50. 患儿患新生儿硬肿症的最常见原因是
A. 窒息 　　　 B. 酸中毒
C. 早产 　　　 D. 寒冷
E. 低血糖

二、实践能力

A₁ 型题

51. 新生儿颅内出血**不适宜**的措施是
A. 保持安静,尽量避免惊扰
B. 早期使用甘露醇以降低颅内压
C. 烦躁不安、惊厥时可用镇静剂
D. 可使用维生素 K_1 以控制出血
E. 神经细胞营养药

52. 新生儿寒冷损伤综合征复温的原则是
A. 逐步升温,循序渐进
B. 供给足够液量,帮助复温
C. 立即升温,使体温迅速达到正常
D. 立即放入 34℃暖箱,逐步升温
E. 保证体温每小时升高 1℃

53. 新生儿败血症的典型表现是
A. 高热
B. 血白细胞(WBC)总数增高
C. 皮肤有感染灶
D. 黄疸、肝脾大
E. 无特征性

解析:新生儿败血症的典型表现是无特征性。

54. 新生儿颅内出血的早期症状是
A. 烦躁不安 　　　 B. 呼吸急促
C. 面颊青紫 　　　 D. 不吃不哭
E. 神经反射消失

55. 新生儿败血症最常见的并发症是
A. 化脓性脑膜炎 　　 B. 肝脓肿
C. 肾小球肾炎 　　　 D. 肺炎
E. 脑脓肿

56. 新生儿窒息抢救时,进行胸外按压的深度为
A. 1～2cm 　　　 B. 2～3cm
C. 3～4cm 　　　 D. 4～5cm
E. 5～6cm

57. 新生儿缺氧缺血性脑病的主要表现是
A. 眼部症状
B. 意识改变及肌张力变化
C. 颅内压增高
D. 呼吸系统表现
E. 心率改变

58. 缺血缺氧性颅内出血常见于
A. 未成熟儿 　　　 B. 足月儿
C. 巨大儿 　　　 D. 早产儿
E. 低体重儿

59. 足月儿生理性黄疸持续时间应小于
A. 6 周 　　　 B. 5 周
C. 4 周 　　　 D. 3 周
E. 2 周

60. 治疗新生儿低钙血症注射葡萄糖酸钙时,应注意监测
A. 瞳孔 　　　 B. 血压
C. 呼吸 　　　 D. 心率
E. 意识

A₂ 型题

61. 患儿,女,足月顺产,5 天。现母乳喂养,拟出院。家长询问小儿室内应保持的温度。护士正确的告知是
A. 18～22℃ 　　　 B. 20～22℃
C. 22～24℃ 　　　 D. 24～26℃
E. 26～28℃

62. 患儿,女,为未成熟儿。进行护理时,下列措施**错误**的是
A. 母乳喂养
B. 注意保暖,防止烫伤
C. 保持呼吸道通畅,以防窒息
D. 持续高浓度氧气吸入,维持有效呼吸
E. 严格执行消毒隔离制度,防止交叉感染

63. 患儿,男,早产儿。对其首要的护理措施是
A. 保暖 　　　 B. 合理喂养
C. 预防感染 　　 D. 密切观察病情
E. 健康教育

64. 强强,男,足月产,日龄 4 天。出生后第 3 天被发现乳腺肿大。应采取的护理措施是
A. 立即汇报医生,及时诊疗
B. 将内容物挤出,以免病情恶化
C. 按医嘱预防性使用抗生素
D. 对患儿进行消毒
E. 无须处理,并告知家长正确认识

65. 早产儿,生后 3 天,食欲差,哭声低,体温 34.5℃,下肢出现硬肿,皮肤发凉,心音低钝,心率 100 次/分。其首优护理诊断为

A. 营养失调　　　　　B. 体温过低

C. 有感染的危险　　　D. 有窒息的危险

E. 有出血的危险

66. 胎龄 35 周早产儿,出生体重 1600g,无青紫,合理的喂养措施是

A. 生后半小时喂奶

B. 生后半小时喂 10％葡萄糖溶液 2ml/kg

C. 生后 2～4 小时喂 10％葡萄糖溶液 2ml/kg

D. 生后 2～4 小时喂奶

E. 生后 8 小时喂 10％葡萄糖溶液 2ml/kg

67. 患儿生后 6 天,反应差,哭声低,下肢出现硬肿,体温 33℃。腋肛温为正值,将患儿放置的暖箱温度应调节预热到

A. 25℃　　　　　　　B. 28℃

C. 30℃　　　　　　　D. 35℃

E. 38℃

68. 患儿,女,足月顺产,母乳喂养。生后第 3 天,面部皮肤发黄,精神尚佳,食欲好,保温 36.7℃。血白细胞 12×10^9/L,中性粒细胞 55％,血清胆红素 144μmol/L。最有可能的是

A. 新生儿肝炎　　　　B. 新生儿溶血

C. 母乳性黄疸　　　　D. 胆道闭锁

E. 生理性黄疸

69. 明明,男,足月新生儿,臀位产,出生后 24 小时突发惊厥,烦躁不安。体查:体温 37℃,前囟饱满,双眼凝视,肌张力高,四肢抽搐,心率 140 次/分。肺部体征阴性。血常规正常。该患儿最可能的诊断为

A. 新生儿手足抽搐症　　B. 新生儿颅内出血

C. 新生儿化脓性脑膜炎　D. 新生儿败血症

E. 新生儿破伤风

70. 男婴,生后 12 小时出现皮肤、黏膜及巩膜黄染,精神差,查血清胆红素 255μmol/L。最有可能的情况是

A. 新生儿肝炎　　　　B. 新生儿溶血

C. 母乳性黄疸　　　　D. 胆道闭锁

E. 生理性黄疸

71. 护士欲为一足月新生儿进行沐浴,此时应调节室温为

A. 26℃以上　　　　　B. 27℃以上

C. 28℃以上　　　　　D. 29℃以上

E. 30℃以上

72. 患儿,8 天,孕 8 个月早产。生后第 3 天出现黄

染,第 7 天最重。精神和吃奶正常。血白细胞 12×10^9/L,中性粒细胞 40％。血清谷丙转氨酶 30U/L, 总胆红素 205 μmol / L,患儿血型 A 型,母亲血型 AB 型。最可能的诊断是

A. 新生儿肝炎　　　　B. 新生儿败血症

C. 新生儿溶血症　　　D. 生理性黄疸

E. 先天性胆道闭锁

解析:根据总胆红素值、早产儿、临床表现及日龄,可以初步判断是生理性黄疸。根据血型、血常规及生化检查,可以排除其他疾病。

73. 灵灵,8 天,足月顺产。2 天来皮肤黄染、反应差、不吃奶。查体:体温不升,面色发灰,脐部少量脓性分泌物。血白细胞 20×10^9/L,中性粒细胞 65％。最可能的诊断是

A. 新生儿溶血症　　　B. 新生儿脐炎

C. 新生儿肝炎　　　　D. 新生儿硬肿症

E. 先天性胆道闭锁

74. 足月新生儿,出生 6 天,生后第 3 天出现皮肤黄染,无发热,精神状态好,心肺(-),脐(-),血清胆红素 154μmol/L。正确的处理为

A. 光照疗法　　　　　B. 给予苯巴比妥

C. 输白蛋白　　　　　D. 应用抗生素

E. 暂不需要治疗

75. 足月新生儿,女,生后 1 天,出生时有产钳助产史,生后 4 小时发现患儿两眼凝视,偶有尖叫。查体:心肺无异常,拥抱反射减弱,前囟紧张,诊断为新生儿颅内出血。主要的护理诊断是

A. 营养失调

B. 皮肤完整性受损的危险

C. 清理呼吸道无效

D. 潜在并发症:颅内压增高

E. 感染的危险

76. 患儿,女,39 周剖宫产出生。出生后 1 分钟无呼吸,心率 96 次/分,全身皮肤青紫,四肢略屈曲,弹足底无反应。对其进行 Apgar 评分正确的是

A. 2 分　　　　　　　B. 3 分

C. 4 分　　　　　　　D. 5 分

E. 6 分

77. 患儿,男,足月顺产,生后 3 天出现皮肤黄染,欲对其进行光照疗法。光疗前应做的准备不包括以下的

A. 用乙醇对蓝光箱进行消毒

B. 预热蓝光箱

C. 用黑布遮盖小儿双眼

D. 更换尿布

E. 检查蓝光箱的光管

78. 患儿生后 4 天,反应差,哭声低,下肢出现硬肿,体温 33℃。腋-肛温为正值,将患儿放置的暖箱温度应调节预热到

　A. 25℃　　　　　　　B. 28℃

　C. 30℃　　　　　　　D. 35℃

　E. 38℃

79. 足月新生儿,生后 3 天确诊为重度新生儿硬肿症。复温的要求是

　A. 迅速复温

　B. 4～8 小时内体温恢复正常

　C. 6～12 小时内体温恢复正常

　D. 12～24 小时内体温恢复正常

　E. 24～48 小时内体温恢复正常

80. 患儿,男,因确诊"新生儿低血糖"静脉滴注葡萄糖,此时应重点注意

　A. 给予高糖饮食　　　B. 给予高蛋白饮食

　C. 监测血糖变化　　　D. 注意保暖

　E. 防止昏迷

81. 3 日龄男婴,因出现惊跳、手足搐搦诊断为"新生儿低钙血症"。其主要的护理问题是

　A. 营养失调

　B. 潜在并发症:颅内压增高

　C. 体温过低

　D. 有受伤的危险

　E. 有窒息的危险

82. 足月新生儿,女,出生 1 天。对其提供的护理**不正确**的是

　A. 观察记录排便时间

　B. 监测体温,评价保暖情况

　C. 鼓励母乳喂养

　D. 出生后 2 小时进行沐浴

　E. 观察呼吸和面色

83. 安安,足月顺产,对其进行皮肤护理,以下**不正确**的是

　A. 大便后用温水清洁臀部

　B. 每次喂奶后更换尿布

　C. 脐部可以用清水洗

　D. 保持脐带干燥

　E. 尿布必须包裹整个臀部

84. 患儿,男,出生时无呼吸,诊断为重症窒息。经抢救后有微弱呼吸,心率 120 次/分。此时最主要的护理问题是

　A. 气体交换受损　　　B. 清理呼吸道无效

　C. 低效型呼吸型态　　D. 营养失调

　E. 功能性肢体活动障碍

85. 患儿,男,足月顺产,自家急产出生。出生第 2 天出现食欲减退,皮肤黄染。入院检查:体温 38.4℃,脐部周围皮肤红肿,诊断为新生儿脐炎。目前最主要的护理诊断是

　A. 体温过高　　　　　B. 潜在并发症:败血症

　C. 有感染的危险　　　D. 营养失调

　E. 知识缺乏

A₃/A₄ 型题

(86～88 题共用题干)

　　珍珍,女,胎龄 32 周,刚娩出。心率 120 次/分,呼吸佳,四肢能活动,口服液刺激喉部反应明显,全身皮肤红润。

86. 该小儿按 Apgar 评分可评为

　A. 10 分　　　　　　　B. 9 分

　C. 8 分　　　　　　　D. 7 分

　E. 6 分

87. 为预防患儿感染的护理措施中最重要的是

　A. 工作人员衣着清洁　B. 强化洗手意识

　C. 诊疗用具严格消毒　D. 定期健康检查

　E. 早产儿室内空气净化

88. 欲将该早产儿置于暖箱,暖箱的箱温调节要求是根据其

　A. 体温和皮肤红润度　B. 吸吮和吞咽能力

　C. 呼吸频率和心率　　D. 出生日龄及体重

　E. 肌张力和神经反射

(89～91 题共用题干)

　　玲玲,女,胎龄 32 周。生后 2 天出现纳差、少动、嗜睡。经检查后发现皮肤出现硬肿,测肛温 29.8℃。诊断为新生儿寒冷损伤综合征。

89. 该患儿最先发生硬肿的部位可能是

　A. 上肢　　　　　　　B. 面颊部

　C. 臀部　　　　　　　D. 躯干部

　E. 小腿或大腿外侧

90. 新生儿硬肿症患儿皮肤受累部位的特点是

　A. 暂时性水肿　　　　B. 按之似硬橡皮样

　C. 局限性水肿　　　　D. 皮肤易捏起

　E. 按之有热痛感

91. 下列护理措施正确的是
    A. 将患儿放入 34℃ 暖箱复温
    B. 6 小时内将患儿体温恢复至正常
    C. 60℃ 热水袋保暖
    D. 放入比肛温高 1～2℃ 的温箱中复温
    E. 每小时箱温调高 2℃

解析:对于肛温<30℃,腋-肛温差为负值的患儿,先将患儿置于比肛温高 1～2℃ 的温箱中,每小时升高 1℃,逐渐复温,12～24 小时后将体温恢复至正常。

(92～94 题共用题干)

患儿,女,足月顺产。生后第 3 天,面部皮肤发黄,精神尚可,食欲略减退,体温 36.7℃。第 6 天全身皮肤重度黄染,脐部可见脓性分泌物。测血白细胞 $15 \times 10^9/L$,中性粒细胞 75%,血清胆红素 $263 \mu mol/L$。

92. 该患儿最可能的病情是
    A. 新生儿生理性黄疸   B. 新生儿病理性黄疸
    C. 新生儿败血症   D. 新生儿胆红素脑病
    E. 新生儿颅内出血

93. 针对该患儿护理措施中下列错误的一项是
    A. 加强保暖   B. 按医嘱进行光照疗法
    C. 合理喂养   D. 密切观察病情
    E. 尽早静脉滴注皮质激素

94. 患儿生后第 4 天,皮肤、巩膜明显黄染,嗜睡,吸吮反射减弱,肌张力降低,拥抱反射消失,血清胆红素升至 $428 \mu mol/L$。此时最可能发生的情况是
    A. 新生儿胆红素脑病早期
    B. 新生儿颅内出血早期
    C. 新生儿胆红素脑病痉愈期
    D. 新生儿败血症
    E. 新生儿低血糖

(95～97 题共用题干)

患儿,女,3 天。孕 32 周早产出生,母孕期患妊娠合并糖尿病。生后人工喂养,吸吮力弱。1 天前患儿出现食欲减退,四肢细微震颤,肌张力减低。今晨出现反应淡漠,喂养困难,时有呼吸暂停。

95. 此时最有可能出现的是
    A. 新生儿低钙血症   B. 新生儿肺透明膜病
    C. 新生儿低血糖   D. 新生儿颅内出血

    E. 新生儿缺氧缺血性脑病

96. 为确诊本病,最有必要的检查是
    A. 测血糖   B. 测血钙
    C. 头颅 CT   D. X 线胸片
    E. 血培养

97. 最重要的护理措施是
    A. 吸氧
    B. 迅速提高血清总钙水平
    C. 镇静、止惊
    D. 监测血糖,防止低血糖
    E. 减少对患儿的刺激

(98～100 题共用题干)

患儿,女,3 天。足月顺产,生后母乳喂养。生后第 2 天起出现皮肤黄染,进行性加重。同时患儿出现反应差、食欲下降。体检:口唇苍白,全身皮肤重度黄染,肝肋下 5cm 处可及,质软。查血象红细胞 $130 \times 10^{12}/L$,血清总胆红素 $257 \mu mol/L$,非结合胆红素 $246 \mu mol/L$。

98. 此时最有可能是发生了
    A. 新生儿败血症   B. 新生儿溶血症
    C. 新生儿肝炎   D. 新生儿出血症
    E. 母乳性黄疸

99. 目前最主要的护理问题是
    A. 皮肤完整性受损   B. 有体温改变的危险
    C. 营养失调   D. 有感染的危险
    E. 潜在并发症:胆红素脑病

100. 为防止黄疸加重,以下处理**不恰当**的是
    A. 换血疗法   B. 光照疗法
    C. 高浓度给氧   D. 静脉滴注白蛋白
    E. 口服苯巴比妥

参考答案
1—5 BECBE   6—10 EBCBE   11—15 EAADB
16—20 CEEAD   21—25 ACEEC   26—30 CBECD
31—35 DBCBA   36—40 ECCDA   41—45 BECDA
46—50 BACBD   51—55 BAEDA   56—60 ABDED
61—65 CDAEB   66—70 CCEBB   71—75 ADBED
76—80 BACDC   81—85 EDBAB   86—90 ABDEB
91—95 DCEAC   96—100 ADBEC

(吴岸晶)

第4章 营养性疾病患儿的护理

第1节 营养不良

一、概述

★营养不良是由于能量和(或)蛋白质缺乏引起的一种慢性营养缺乏症。临床表现为体重下降、皮下脂肪减少或消失、皮下水肿，常伴有各器官不同程度的功能紊乱。多见于3岁以下的婴幼儿。

二、病因

★1. 长期摄入不足：喂养不当是营养不良的主要原因。

2. 消化系统吸收障碍：如唇裂、迁延性腹泻、过敏性肠炎等。

3. 需要量增多：如双胎、早产儿、慢性传染病的恢复期等。

4. 代谢消耗量过大：如长期发热、大量蛋白尿、恶性肿瘤等。

三、发病机制

1. 蛋白质摄入不足或消耗导致血白蛋白下降、低蛋白性水肿。

2. 糖原不足或消耗过多导致低血糖。

3. 脂肪大量消耗导致血清胆固醇下降、脂肪肝。

4. 全身总液量增多导致细胞外液呈低渗状态，易出现低渗性脱水、酸中毒等。

5. 全身各系统功能低下。

四、临床表现

★1. 体重减轻：体重不增是营养不良的早期表现。

★2. 皮下脂肪消耗的顺序：腹部→躯干→臀部→四肢→面部。

3. 重者体温低于正常、皮肤干燥、肌肉萎缩、脉搏减慢等。

★4. 营养不良患儿易并发营养性贫血、维生素A缺乏等，重者可并发自发性低血糖。

5. 婴幼儿营养不良的分度见表4-1。

表4-1 婴幼儿营养不良的分度

	轻度(Ⅰ度)	中度(Ⅱ度)	重度(Ⅲ度)
体重低于正常均值	★15%~25%	★25%~40%	★40%以上
腹部皮下脂肪厚度	★0.8~0.4cm	★<0.4cm	★消失
消瘦	不明显	明显	★皮包骨样
身长(高)	正常	低于正常	明显低于正常
皮肤	正常或稍苍白	皮肤干燥、苍白	干皱、苍白、无弹性
肌张力	正常	张力减低、肌肉松弛	明显降低、肌肉萎缩
精神状态	正常	烦躁不安	委靡、烦躁与抑制交替

五、辅助检查

★1. 血清白蛋白浓度降低是最突出的表现。

★2. 胰岛素样生长因子 1(IGF-1)水平下降是早期诊断营养不良的可靠指标。

3. 多种血清酶活性、血糖、血浆胆固醇、维生素及微量元素降低。

4. 生长激素分泌增多

六、治疗要点

1. 调整饮食以及补充营养物质。

2. 祛除病因:治疗原发病、控制继发感染。

3. 促进和改善消化功能。

4. 治疗并发症。

七、护理问题

★1. **营养失调:低于机体需要量** 与能量和(或)蛋白质长期摄入不足、吸收障碍及需要、消耗增加有关。

2. 有感染的危险:与机体抵抗力低下有关。

★3. **潜在并发症:营养性贫血、低血糖**。

4. 知识缺乏:与家长缺乏营养知识和小儿喂养知识有关。

八、护理措施

1. 饮食管理
- (1)原则为循序渐进,逐渐补充。
- (2)能量供给
  - 1)轻度营养不良患儿:在基本维持原膳食的基础上,每日供给热量 250～330kJ/kg(60～80kcal/kg) ,逐渐递增。
  - ★2)中、重度营养不良患儿:能量供给**由低到高,逐步增加。每日 165～230kJ/kg (45～55kcal/kg)开始**,逐步少量增加到每日 500～727kJ/kg(120～170kcal/kg)。
- (3)食物选择的原则
  - 1)适合患儿的消化能力:轻度营养不良患儿从牛奶开始、中度和重度营养不良患儿则从稀释奶或脱脂奶过渡到全奶,然后才给有肉末的辅食。
  - ★2)符合营养需要:给高蛋白、高能量、高维生素的饮食并适当补充铁剂。

2. 帮助消化、改善食欲
- (1)给予各种消化酶(胃蛋白酶、胰酶等)和 B 族维生素口服以助消化。
- ★(2)给予蛋白同化类固醇制剂如**苯丙酸诺龙肌内注射以**促进机体对蛋白质的合成和增进食欲。

3. 预防感染。

4. 观察病情
- ★(1)患儿清晨易发生**低血糖**而出现面色苍白、出汗、肢冷、脉搏缓慢、血压下降、呼吸暂停等,立即静脉注射 **25%葡萄糖溶液**进行抢救。
- ★(2)维生素 A 缺乏引起眼干燥症的患者可用 **0.9%氯化钠溶液湿润角膜及涂抗生素眼膏、口服或静脉注射维生素 A 制剂**。
- (3)腹泻、呕吐的患儿易发生酸中毒。
- (4)定期测量体重、身高及皮下脂肪的厚度以判断疗效。

5. 促进生长发育。

九、健康教育

1. 向家长解释造成营养不良的原因,指导科学喂养方法。

2. 指导合理安排生活作息制度,坚持户外活动。

3. 进行生长发育监测,防治感染,按时预防接种。

4. 及时手术治疗患儿的先天畸形。

第 2 节　维生素 D 缺乏性佝偻病

一、概述

★维生素 D 缺乏性佝偻病是因小儿**体内维生素 D 缺乏**而导致钙、磷代谢失常,临床以骨骼病变为特征的一种全身慢性营养性疾病。多见于 2 岁以内的婴幼儿,是我国儿童保健重点防治的"四病"之一。

二、病因

★1. 日光照射不足:**紫外线照射皮肤内 7-脱氢胆固醇生成的内源性维生素 D_3 是人体维生素 D 的主要来源**。

2. 摄入不足:天然食物中含维生素 D 少,不及时添加鱼肝油或户外活动少则易患佝偻病。

3. 需要量增加:早产儿因体内储存不足、生长速度快,极易发生佝偻病。

4. 疾病影响:肝、胆和胃肠道疾病影响维生素 D 的代谢和钙磷的吸收利用。

5. 药物影响:长期服用抗惊厥药物可使维生素 D 失活致病,糖皮质激素可对抗维生素 D 对钙的转运。

三、发病机制

发病机制见图 4-1。

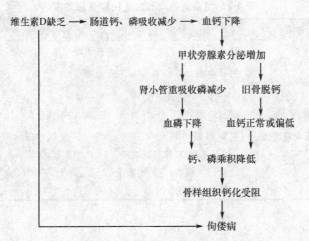

图 4-1　维生素 D 缺乏性佝偻病发病机制示意图

四、临床表现

★1. 初期:多见于 3 个月左右婴儿,主要表现为**神经、精神症状**,如易烦躁、激惹、多汗(与室温无关)、夜惊等,头部可出现**"枕秃"**。

锦囊妙记

营养不良的表现和治疗

厌食乏力低体重,皮皱肌松神委靡。脂肪减少免疫低,常见贫血维 A 缺。

蛋白热量合理给,微量元素维生素。酶制剂来助消化,预防感染时刻记。

(1)神经、精神症状。

★1)头部:颅骨软化见于**3~6个月**患儿,是最早出现的体征,重者轻压有乒乓球样感觉;**方颅或鞍形颅**见于**7~8个月**患儿;前囟增宽及延迟闭合,出牙延迟。

★2)胸部:胸廓畸形多见于**1岁**左右患儿,**肋骨串珠**以第**7~10**肋最明显;肋骨软化形成郝氏沟或肋膈沟;胸骨突出形成鸡胸或漏斗胸。

2. 激期 ★(2)骨骼改变

★3)四肢:佝偻病**"手镯"或"脚镯"**见于**6个月**以上小儿;**"O"形腿或"X"形腿**见于**1岁**以上小儿。

4)其他:脊柱可出现后凸或侧弯,重者可出现扁平骨盆。

(3)运动功能发育迟缓:肌张力减低,韧带松弛,头颈软弱无力,运动发育落后,腹部膨隆如"蛙状"腹。

(4)神经、精神发育迟缓:患儿表情淡漠、条件反射形成缓慢、免疫功能低下。

3. 恢复期:临床症状和体征减轻或接近消失。

4. 后遗症期:临床症状消失,**仅遗留骨骼畸形**,多见于**2岁**以后小儿。

五、辅助检查

血生化检查和X线检查见表4-2。

表4-2 佝偻病各期的血生化和X线改变

	初期	激期	恢复期	后遗症期
血钙	正常或稍低	稍降低	渐正常	正常
血磷	降低	明显降低	渐正常	正常
钙磷乘积	稍低(30~40)	★<30	渐正常	正常
碱性磷酸酶	正常或增高	明显增高	下降,4~6周正常	正常
骨X线检查	★无明显骨骼改变	骨骺端临时钙化带消失,★呈毛刷样、杯口状改变,骨密度减低,可有★骨干弯曲或青枝骨折	治疗2~3周后显示临时钙化带重新出现并致密增厚,骨密度增加,逐渐恢复正常	★仅见骨骼畸形

六、治疗要点

(1)合理喂养,多晒太阳。

★(2)口服维生素D制剂,每日50~100μg(2000~4000U)或1,25-(OH)$_2$D$_3$(罗钙全)0.5~2.0μg,**1个月后改为维生素D预防量**,每日10μg(**400U**)。

1. 活动期

★(3)重症及不能口服者可一次肌内注射维生素D$_3$ 20万~30万U,3个月后改为口服预防量。

(4)3个月以内或有手足搐搦症病史的婴儿,在肌内注射维生素D前2~3天至注射初2~3周均需口服钙剂,防止低钙抽搐。

2. 恢复期:夏季多晒太阳,冬季每日口服预防量。

3. 后遗症期:加强锻炼,骨骼畸形者采用主动或被动运动矫正,严重者外科手术矫治。

七、护理问题

★1. 营养失调:低于机体需要量 与维生素D摄入不足和日光照射不足有关。

2. 有感染的危险:与机体免疫功能低下有关。

3. 潜在并发症:骨骼畸形、骨折、维生素D中毒。

4. 知识缺乏:与家长缺乏佝偻病的预防和护理知识有关。

八、护理措施

★1. 增加户外活动:直接接受阳光照射。

2. 补充维生素 D $\begin{cases}(1)提倡母乳喂养,及时添加辅食。\\(2)维生素 D 制剂治疗时要防止维生素 D 过量,如过量立即停服维生素 D。\end{cases}$

★3. 预防骨骼畸形和骨折 $\begin{cases}(1)衣着宽松、柔软,避免长时间的坐、站立及过早训练走路。\\(2)护理操作要轻柔,避免重压和大力牵拉。\end{cases}$

4. 预防交叉感染。

5. 加强锻炼:后遗症期患儿可采用运动方法矫正骨骼畸形 $\begin{cases}★(1)胸部畸形可让小儿做俯卧位抬头展胸运动。\\★(2)"O"形腿可按摩外侧肌群,"X"形腿可按摩内侧肌群。\end{cases}$

九、健康教育

1. 宣传母乳喂养,按时添加辅食,加强户外活动。

★2. 足月儿出生 2 周后每日口服维生素 D 400 U,早产儿生后 1~2 周每日口服维生素 D 800 U,3 个月后改为每日口服 400 U。不能坚持口服者可肌内注射维生素 D₃ 10 万~20 万 U。

3. 以指导和示范的方式教授家长对小儿户外活动、日光浴、口服维生素 D 和按摩肌肉矫正骨骼畸形的方法。

第 3 节 维生素 D 缺乏性手足搐搦症

一、概述

★维生素 D 缺乏性手足搐搦症是由于维生素 D 缺乏,血中钙离子浓度降低导致神经肌肉兴奋性增高,出现惊厥、喉痉挛、手足抽搐等症状。多见于 6 个月以内的婴儿。

二、病因

★1. 维生素 D 缺乏致钙吸收减少,当总血钙低于 1.75~1.88mmol/L(7.0~7.5mg/dl)或血清钙离子浓度低于 1.0mmol/L(4mg/dl)时出现症状。

★2. 甲状旁腺素分泌不足使骨钙不能入血导致血钙继续降低。

3. 阳光照射增加或大量维生素 D 治疗使大量钙沉积于骨致血钙降低。

★4. 感染、发热、饥饿时组织细胞分解释放磷致血磷增加。

5. 酸中毒治疗后 pH 增高致钙离子降低。

三、发病机制

维生素 D 缺乏→肠道钙、磷吸收减少→血钙减低→甲状旁腺素分泌不足→骨钙不游离→血钙进一步下降→手足搐搦症。

四、临床表现

★1. 惊厥:多见于婴儿,发作时两眼上翻、四肢和面肌抽动、神志不清,停止后意识恢复,神委入睡,醒后活泼如常。一般不发热。

★2. 手足搐搦:为本病特有的表现,多见于较大的婴儿和幼儿,手足痉挛呈弓状,状似"助产士手"、"芭蕾舞足"。

★3. 喉痉挛:多见于 2 岁以下的小儿,喉部肌肉及声门突发痉挛致呼吸困难,严重者可窒息死亡。

★4. 隐性体征:面神经征、腓反射、陶瑟征。

五、辅助检查

★血钙低于 1.75～1.88mmol/L(7.0～7.5mg/dl)或血钙离子浓度低于 1.0mmol/L(4mg/dl),血磷正常或偏高。

六、治疗要点

1. 急救处理
　　(1)保证呼吸道通畅、吸氧。
　　★(2)**控制惊厥与喉痉挛:地西泮**每次 0.1～0.3mg/kg,肌内注射或静脉注射,或 10%水合氯醛每次 40～50mg/kg,保留灌肠。

2. 补充钙剂
　　★(1)**10%葡萄糖酸钙** 5～10ml 用 10%葡萄糖溶液稀释 1～3 倍后缓慢静脉注射(10 分钟以上)或静脉滴注,惊厥反复发作可每日重复使用 1～2 次。
　　(2)发作停止后将 10%氯化钙 5～10ml 用葡萄糖溶液稀释 3～5 倍后口服,每日 3 次,连服 3～5 天后改为口服 10%葡萄糖酸钙,避免高氯性酸中毒。

3. 维生素 D 治疗:症状控制后补充维生素 D 使钙磷代谢恢复正常。

七、护理问题

★1. 有窒息的危险:与惊厥、喉痉挛发作有关。

2. 营养失调:低于机体需要量　与维生素 D 缺乏有关。

3. 潜在并发症:惊厥发作。

4. 知识缺乏:与家长缺乏维生素 D 缺乏性手足搐搦症的预防和护理知识有关。

八、护理措施

★1. 防止窒息:**就地抢救**,清除口鼻分泌物避免吸入窒息,已出牙的小儿在上下门齿间放置牙垫避免舌咬伤,必要时行气管插管或气管切开

★2. 控制惊厥:用镇静剂、钙剂,钙剂需缓慢静脉推注以避免呕吐甚至心脏停搏,钙剂外渗可造成局部坏死。

3. 多晒太阳以补充维生素 D。

九、健康教育

1. 向患儿家长介绍本病的病因和预后,减轻家长心理压力,取得配合。

2. 指导家长合理喂养,加强户外活动,按医嘱补充维生素 D 和钙剂。

3. 教会家长患儿惊厥发作时的正确处理方法,如将患儿平卧,松开衣领,头侧清除口鼻分泌物,颈部伸直,头后仰,保持呼吸道通畅等,同时呼叫医护人员。

模拟试题栏——识破命题思路,提升应试能力

一、专业实务

A₁ 型题

1. 营养不良主要指机体缺乏下列哪项
　　A. 热量和(或)脂肪　　B. 热量和(或)糖

　　C. 热量和(或)维生素　　D. 热量和(或)水
　　E. 热量和(或)蛋白质

2. 人类维生素 D 的主要来源是
　　A. 胎儿从母体获得

维生素 D 缺乏性手足搐搦症

神清无热面肌痉,鸡爪样抽日数次。

清除口鼻分泌物,呼吸通畅是关键。

镇静解痉补充钙,还要记得补维 D。

B. 猪肝提供的维生素 D_2 原

C. 植物提供的维生素 D_2 原

D. 母乳中获得

E. 日光中紫外线照射皮肤产生的维生素 D_3

3. 下列哪项是维生素 D 缺乏性手足搐搦症最重要的诊断依据是

　A. 惊厥、抽搐

　B. 意识正常,时有面部抽搐

　C. 喉痉挛

　D. 足痉挛时足弓状似"芭蕾舞足"

　E. 1 岁以内无热惊厥,血清钙低于 $1.75 \sim 1.88 mmol/L$

4. 下列哪项是营养不良患儿最突出的表现

　A. 血清胆固醇降低　　B. 血清白蛋白浓度降低

　C. 血糖降低　　　　　D. 血清酶活性降低

　E. 生长激素分泌增多

A_2 型题

5. 患儿,女,8 个月,体重 6.4kg,人工喂养未及时添加辅食,被诊断为婴儿营养不良,引起本病最常见的原因是

　A. 铁缺乏　　　　　　B. 缺乏锻炼

　C. 喂养不当　　　　　D. 疾病影响

　E. 免疫缺陷

6. 患儿,男,8 个月,居高楼,由奶奶看护,很少到室外去,最近经常烦躁、睡眠不安、夜间啼哭,多汗,有枕秃,被诊断为维生素 D 缺乏性佝偻病初期,下列哪项是引起本病的最主要因素

　A. 食物中维生素 D 摄入不足

　B. 日光照射不足

　C. 食物中钙含量过低

　D. 未及时添加鱼肝油

　E. 婴儿生长过速

7. 患儿,女,3 个月,出生后人工喂养,最近易惊、夜间啼哭,多汗,枕秃,诊断为维生素 D 缺乏性佝偻病初期,护士判断此患儿易患佝偻病的原因是牛乳中

　A. 钙、磷比例不适宜　　B. 含磷多

　C. 含维生素 D 多　　　D. 含钙多

　E. 含维生素 A 多

8. 患儿,男,5 岁,食欲差,挑食,喜吃零食,经常患上呼吸道感染,诊断为轻度营养不良,下列哪项是营养不良早期诊断的可靠指标是

　A. 血清胆固醇　　　　B. 血清蛋白

C. 血糖　　　　　　　　D. 血清酶活性

E. 血清胰岛素生长因子

A_3/A_4 型题

(9、10 题共用题干)

　患儿,女,7 个月,平日烦躁、多汗、易惊,近日来间断抽搐就诊,患儿发作时体温 37.4℃,神志不清,两眼上翻,四肢和面肌抽动,可自行缓解入睡,醒后活泼如常,被诊断为维生素 D 缺乏性手足搐搦症。

9. 患儿此时血清钙的值低于

　A. $2.25 \sim 2.38 mmol/L$

　B. $2.15 \sim 2.28 mmol/L$

　C. $1.95 \sim 2.08 mmol/L$

　D. $1.89 \sim 1.98 mmol/L$

　E. $1.75 \sim 1.88 mmol/L$

10. 本病的发病机制是

　A. 甲状旁腺分泌增加

　B. 甲状旁腺分泌不足

　C. 软骨营养不良

　D. 甲状腺功能增强

　E. 甲状腺功能减弱

(11、12 题共用题干)

　患儿,女,6 个月,常在睡眠时烦躁哭闹、多汗、易惊,查体重 7kg,体温 37.9℃,有枕秃及颅骨软化,诊断为维生素 D 缺乏性佝偻病激期。

11. 患儿血生化检查示

　A. 血清钙磷乘积降低

　B. 血清蛋白降低

　C. 血清碱性磷酸酶降低

　D. 血糖降低

　E. 血清胆红素降低

12. 给予维生素 D_3 30 万 U 肌内注射后,患儿突然发生全身抽搐 2 次,每次持续 $40 \sim 60$ 秒,发作停止后精神如常。患儿抽搐最可能的原因是

　A. 血清钠降低

　B. 血清钙降低

　C. 缺乏维生素 D

　D. 癫痫发作

　E. 热性惊厥

二、实践能力

A_1 型题

13. 营养不良患儿最初的临床表现为

　A. 消瘦　　　　　　　B. 皮下脂肪减少

　C. 体重不增　　　　　D. 体重下降

E. 运动和智能发育落后

14. 营养不良患儿皮下脂肪最早消耗的部位是
    A. 躯干　　　　　　B. 面部
    C. 腹部　　　　　　D. 臀部
    E. 下肢

15. 维生素 D 缺乏性手足搐搦症的主要死亡原因是
    A. 全身惊厥　　　　B. 手足搐搦
    C. 喉痉挛　　　　　D. 低血钙
    E. 低血糖

16. 维生素 D 缺乏性佝偻病的预防应强调
    A. 及早服用钙剂　　B. 及早服用鱼肝油
    C. 经常晒太阳　　　D. 母乳喂养
    E. 及早添加辅食

17. 维生素 D 缺乏性佝偻病激期的主要表现是
    A. 抽搐
    B. 睡眠不安、夜惊
    C. 烦躁好哭、多汗
    D. 动作、语言发育迟缓
    E. 骨骼改变

A₂ 型题

18. 患儿,女,6 岁,食欲差,挑食,经常患上呼吸道感染,被诊断为轻度营养不良,下列哪项**不符合**该病的临床特点
    A. 体重低于正常均值 15%～25%
    B. 身长尚正常
    C. 无明显消瘦
    D. 腹壁皮下脂肪厚度在 0.4cm 以下
    E. 肌张力基本正常

19. 患儿,女,5 岁。体重 12kg,身高 97cm,经常烦躁不安,皮肤干燥、苍白,腹部皮下脂肪 0.2cm,肌肉松弛,诊断为中度营养不良。患儿调整饮食时,开始供给热量为
    A. 20～30kcal/kg　　B. 30～40kcal/kg
    C. 40～45kcal/kg　　D. 45～55kcal/kg
    E. 55～65kcal/kg

20. 患儿,女,12 个月,人工喂养,平时多汗、烦躁易惊。查有枕秃、方颅、鸡胸,血清钙磷乘积＜30,碱性磷酸酶增高,X 线检查显示临时钙化带消失,临床诊断为维生素 D 缺乏性佝偻病。该患儿的临床分期为
    A. 初期　　　　　　B. 激期
    C. 恢复期　　　　　D. 后遗症期
    E. 缓解期

21. 患儿,男,13 个月,站立不稳,查有方颅、鸡胸,血清钙磷乘积＜30,诊断为佝偻病激期,下列处理措施哪项**不妥**
    A. 护理动作要轻柔
    B. 加强站、立、行训练以促进运动发育
    C. 增加富含维生素 D 及矿物质的食物
    D. 鼓励母亲抱患儿到户外多晒太阳
    E. 遵医嘱给予维生素 D 治疗

22. 患儿,男,7 个月,人工喂养,平时多汗,睡眠不安,突然出现惊厥,查血清钙 1.4mmol/L。应采取的紧急处理
    A. 静脉补钙　　　　B. 做人工呼吸
    C. 肌内注射维生素 D_3　D. 肌内注射地西泮
    E. 使用脱水剂

23. 患儿,女,6 个月,有低热、轻咳,惊厥 3～4 次,发作后患儿意识清晰,枕部压之有乒乓球感,诊断为维生素 D 缺乏性手足搐搦症。患儿惊厥发作时,护士应首先做下列哪项护理
    A. 在上下磨牙之间放置牙垫
    B. 立即松解衣领,平卧,头侧清除口鼻分泌物
    C. 立即送入抢救室
    D. 将舌头拉出口外
    E. 手心和腋下放置纱布

24. 患儿,男,4 岁,曾患佝偻病。查体见:鸡胸、严重的"X"形腿,该患儿的治疗原则是
    A. 多做户外活动
    B. 可考虑矫形手术治疗
    C. 多晒太阳
    D. 给予预防量维生素 D
    E. 给予治疗量维生素 D

25. 患儿,女,6 个月,人工喂养,平时多汗、烦躁易惊、睡眠不安,突然出现惊厥,查血清钙 1.3mmol/L,诊断为维生素 D 缺乏性手足搐搦症。当前患儿首要的护理问题是
    A. 知识缺乏　　　　B. 有感染的危险
    C. 营养失调　　　　D. 有窒息的危险
    E. 焦虑

A₃/A₄ 型题

(26、27 题共用题干)

　　患儿,女,6 个月,冬季北方出生,人工喂养,未加辅食,平时体质较差,常在睡眠时烦躁哭闹、多汗、易惊,今日晒太阳后突然出现两眼上翻、面肌和四肢抽动 3 次,每次发作时间大约持续 1 分钟左右,缓解后

活动如常,其他无异常。

26. 护士对该患儿的诊断首先考虑为
    A. 癫痫
    B. 维生素 D 缺乏性佝偻病
    C. 低血钠
    D. 营养不良
    E. 维生素 D 缺乏性手足搐搦症

27. 对该患儿惊厥发作时正确的处理是
    A. 静脉给予大量抗生素
    B. 静脉给予镇静剂和维生素 D
    C. 静脉给予镇静剂和钙剂
    D. 迅速口服大剂量维生素 D
    E. 立即肌内注射维生素 D_3

(28～30 题共用题干)

新生儿强强,男,生后第 14 天,足月顺产,出生体重为 3.3kg,母乳喂养。护士进行新生儿访视并对家长进行预防小儿佝偻病知识宣教。

28. 护士指导时下列哪项**不正确**
    A. 坚持母乳喂养
    B. 早期补充钙剂
    C. 及时补充维生素 D
    D. 坚持日光浴
    E. 及时添加辅食,4 个月左右开始加蛋黄、鱼泥

29. 家长发现强强有下列哪项表现时应考虑佝偻病的早期症状
    A. 有多汗、易惊、睡眠不安
    B. 有精神委靡
    C. 有手足搐搦
    D. 有肋膈沟
    E. 有方颅

30. 为防止强强患佝偻病,应指导家长
    A. 生后 1 个月起肌内注射维生素 D_3 30 万 U,每月 1 次
    B. 生后 2 周起每日口服维生素 D 400U
    C. 生后 1 个月起每日口服维生素 D 5 000U
    D. 生后 4 个月起每日口服维生素 D 5 000～10 000U
    E. 生后 6 个月起每日口服维生素 D 1 万～2 万 U

(31～33 题共用题干)

患儿,男,5 岁。体重 12kg,身高 96cm,经常烦躁不安,皮肤干燥苍白,肌肉松弛,腹部皮下脂肪 0.3cm。

31. 护士对该患儿的诊断首先考虑为
    A. 中度脱水　　　　B. 营养不良性贫血
    C. 轻度营养不良　　D. 中度营养不良
    E. 重度营养不良

32. 护士凌晨巡视发现患儿面色苍白、神志不清、四肢厥冷、脉搏减慢、呼吸暂停。首先应考虑该患儿发生了
    A. 感染性休克　　　B. 低血糖
    C. 低血钙　　　　　D. 呼吸衰竭
    E. 心力衰竭

33. 此时护士首先应做的治疗是
    A. 肌内注射地西泮　　B. 吸氧
    C. 静脉输入生理盐水　D. 补钙
    E. 静脉缓慢推注 25% 葡萄糖

参考答案

1—5　EEEBC　　6—10　BAEEB　　11—15　ABCCC
16—20　CEDDB　　21—25　BDBBD　　26—30　ECBAB
31—33　DBE

(李继伟)

第5章 消化系统疾病患儿的护理

第1节 小儿消化系统解剖生理特点

一、口腔

1.3个月以下小儿唾液中淀粉酶含量低，不宜喂淀粉类食物。

★2.3~4个月时唾液分泌逐渐增多，5~6个月时更显著，常出现生理性流涎。

二、食管

1. 食管下端贲门括约肌发育不成熟，常发生胃食管反流。

2. 新生儿食管长约10cm，1岁时11~12cm，5岁时16cm，学龄儿童20~25cm。

三、胃

★1. 婴儿胃呈水平位、贲门括约肌松弛、幽门括约肌紧张，易发生溢乳和呕吐。

2. 胃容量：新生儿30~60ml，1~3个月90~150ml，1岁时250~300ml，5岁时为700~850ml，成人约为2000ml。

3. 胃排空时间：水1.5~2小时，母乳2~3小时，牛乳3~4小时。

4. 早产儿胃排空慢，易发生胃潴留。

四、肠及肠道菌群

★1. 小儿肠系膜相对较长而且活动度大，易发生肠套叠和肠扭转。

★2. 母乳喂养儿肠道菌群以双歧杆菌为主，人工喂养儿肠道菌群以大肠埃希菌为主。

五、肝脏

1. 婴幼儿在右肋缘下1~2cm可触及，质地柔软，无压痛，6岁后肋缘下不能触及。

2. 婴儿期胆汁分泌较少，影响脂肪的消化、吸收。

六、消化酶

1.3个月以下小儿唾液淀粉酶产生较少。

2.6个月以下小儿胰淀粉酶活性较低，1岁接近成人。

七、婴儿粪便

1. 正常粪便：列表比较各类粪便的特点(表5-1)。

表5-1　各类粪便的特点

	胎粪	母乳喂养儿粪便	人工喂养儿粪便	混合喂养儿粪便
外观	墨绿色	金黄色	淡黄色	黄色
性状	黏稠	糊状	较稠,多成形	软
气味	无臭味	不臭,有酸味	较臭	较臭
次数		2～4次/日	1～2次/日	1次/日

2. 异常粪便
- (1)腹泻:大便次数突然增加、变稀。
- (2)大便黑色:肠上部及胃出血或用铁剂药物或大量进食含铁食物。
- (3)大便带血丝:多系肛裂、直肠息肉所致。
- (4)大便灰白色:胆道梗阻。

第2节　口　炎

一、临床特点

★列表比较各类口炎的临床特点(表5-2)。

表5-2　各类口炎的临床特点

	疱疹性口炎	溃疡性口炎	鹅口疮
致病菌	单纯疱疹病毒,传染性强	链球菌、金黄色葡萄球菌、肺炎链球菌	**白色念珠菌**
易感者	1～3岁小儿多见,可引起小流行	婴幼儿、机体抵抗力降低、口腔不洁	新生儿、营养不良、腹泻、长期使用广谱抗生素或激素的患儿
临床表现	齿龈红肿、口腔黏膜散在的小水疱、**破溃成溃疡**,上面覆盖黄白色纤维素性分泌物,病程1～2周	口腔黏膜充血、水肿,继而形成浅溃疡,散在或融合成片,表面形成灰白色假膜,易拭去,但遗留溢血的创面	**口腔黏膜出现白色乳凝块样物,不宜擦去,不痛、不流涎**
	全身表现:拒食、流涎、哭闹、烦躁,发热、颌下淋巴结肿		
大治疗要点	1. 控制感染:严重者全身用药,但鹅口疮一般不需口服抗真菌药,可口服微生态制剂 2. 对症治疗:清洗口腔及局部用药(针对病原体选药) 3. 注意水分及营养的补充		

二、护理问题

1. 口腔黏膜改变:与感染有关。

2. 疼痛:与口腔黏膜炎症有关。

3. 体温过高:与感染有关。

三、护理措施

1. 保持口腔清洁
- (1)鼓励患儿多饮水以清洁口腔。
- (2)用3%过氧化氢溶液或0.1%依沙吖啶溶液清洗溃疡面,清除分泌物和腐败组织。
- (3)鹅口疮可用2%碳酸氢钠溶液清洗,以饭后1小时清洗为宜。

2. 局部涂药
- (1)鹅口疮局部涂抹10万～20万U/ml制霉菌素鱼肝油混悬液,每日2～3次。
- (2)疱疹性口腔炎及溃疡性口腔炎局部涂2.5%～5%金霉素鱼肝油,每日2～3次,亦可用碘苷、西瓜霜、锡类散或冰硼散涂患处。
- (3)**涂药方法**:清洗口腔,将纱布或干棉球垫于颊黏膜腮腺管口或舌系带两侧,用干棉球吸干病变表面水分,涂药并嘱患儿闭口10分钟,取出纱布或棉球,嘱勿立即漱口、饮水或进食。

3. 防止继发感染及交互感染
- (1)护理人员为患儿护理口腔前后要洗手。
- (2)患儿的食具、玩具、毛巾等都要及时消毒。
- (3)**鹅口疮患儿使用过的奶瓶、水瓶及奶头应放于5%碳酸氢钠溶液浸泡30分钟后洗净再煮沸消毒。**
- (4)哺乳妇女的内衣每天更换并清洗,疱疹性口腔炎具有较强的传染性,应注意隔离,以防传染。

4. 饮食护理
- (1)以温凉流质为宜,避免摄入刺激性食物。
- (2)对疼痛较重者可按医嘱在进食前局部涂2%利多卡因。

第3节 小儿腹泻

一、病因及发病机制

1. 易感因素
- (1)婴幼儿消化系统发育不完善。
- (2)小儿生长发育快。
- (3)胃肠道防御能力较差。
- (4)肠道菌群失调。

2. 病因
- (1)感染因素
  - ★1)肠道内感染
    - ①轮状病毒多发生于秋、冬季。
    - ②致病性大肠埃希菌多发生于夏季。
  - 2)肠道外感染:如肺炎等疾病,可由于发热及病原体毒素作用而导致腹泻。
- (2)非感染因素:主要由于饮食不当引起的食饵性腹泻、过敏性腹泻;乳糖酶、双糖酶缺乏或气候突然变化等因素所致腹泻。

3. 发病机制
- (1)感染性腹泻(图5-1)
- (2)非感染性腹泻(图5-2)

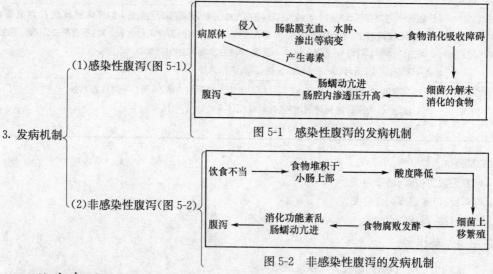

图5-1 感染性腹泻的发病机制

图5-2 非感染性腹泻的发病机制

二、临床表现

1. 分类
- (1)根据病程
  - 1)**急性腹泻:病程在2周以内。**
  - 2)迁延性腹泻:病程在2周至2个月。
  - 3)**慢性腹泻:病程在2个月以上。**
- (2)根据病情
  - 1)轻型:**无脱水及中毒症状。**
  - 2)中型:轻、中度脱水或有轻度中毒症状。
  - 3)重型:**重度脱水或有明显中毒症状。**

(1)胃肠道症状:食欲不振,呕吐,大便次数增多、性状改变。

(2)全身中毒症状:发热、精神委靡或烦躁不安、意识蒙眬甚至昏迷等。

★①列表比较不同程度脱水的特点(表5-3)。

表5-3 脱水的分度

	轻度	中度	重度
精神	稍差	烦躁或委靡	表情淡漠、昏睡或昏迷
皮肤	干、弹性可	干、弹性差	干、弹性极差
前囟、眼窝	稍凹	明显凹	极凹,眼不能闭合
黏膜	稍干	干燥	干裂
眼泪	少	明显减少	无
尿量	稍减	明显减少	极少或无
末梢循环	正常	四肢稍凉	四肢厥冷
心率	正常	快	快、弱
血压	正常	正常或稍低	血压下降
体重减轻	<5%	5%～10%	>10%

②列表比较不同性质脱水的特点(表5-4)。

表5-4 不同性质脱水的临床特点

	等渗性	低渗性	高渗性
血清钠(mmol/L)	130～150	<130	>150
口渴	明显	不明显	极明显
皮肤弹性	稍差	极差	尚可
血压	下降	明显下降	正常/稍低
神志	委靡	嗜睡/昏迷	烦躁/惊厥

2)代谢性酸中毒

★列表比较不同程度代谢性酸中毒的特点(表5-5)。

表5-5 不同程度代谢性酸中毒特点

	轻度	中度	重度
临床表现	呼吸稍快	口唇樱桃红色或发绀、呼吸深快	精神委靡或烦躁不安、嗜睡甚至昏迷
HCO_3^- (mol/L)	18～13	13～9	<9

2. 临床表现

(3)水、电解质和酸、碱平衡紊乱表现

1)脱水

★3)低钾血症
①神经肌肉兴奋性降低的表现:如精神委靡,腱反射减弱或消失,腹胀,肠鸣音减弱或消失。
②心脏损害的表现:如心率增快,心音低钝,心律失常等。
③心电图表现:ST段下降,T波低平、双向或倒置,出现U波等。

4)低钙和低镁血症
①低钙血症表现:在脱水和酸中毒被纠正后,离子钙减少,出现低钙症状,表现为抽搐或惊厥等。
②低镁血症表现:手足震颤、手足搐搦或惊厥。

二、辅助检查

1. 血常规
   - (1)白细胞总数及中性粒细胞增多提示细菌感染。
   - (2)白细胞总数降低提示病毒感染。
   - (3)嗜酸粒细胞增多提示过敏性肠炎及寄生虫引起的肠炎。

2. 大便常规
   - (1)轻型腹泻:粪便镜检可见大量脂肪球。
   - (2)中、重型腹泻:粪便镜检可见大量白细胞,有些可有不同数量的红细胞。

3. 血生化检查
   - (1)血清钠测定可了解脱水的性质。
   - (2)血清钾测定可了解有无低钾血症。
   - (3)根据血气分析了解体内酸碱平衡程度及性质。

四、治疗要点

1. 调整饮食:强调继续进食,满足生理需要,补充疾病消耗,缩短腹泻后的康复时间。

2. 纠正水、电解质紊乱
   - (1)口服补液用于轻、中度脱水患儿。
   - (2)静脉补液用于中、重度脱水或吐泻频繁或腹胀的患儿。

3. 控制感染
   - (1)水样便:一般不用抗生素。
   - (2)黏液、脓血便:选用针对病原菌的抗生素。**避免用止泻剂。**

4. 微生态疗法:适用于迁延与慢性腹泻伴有明显肠道菌群紊乱的患儿。

5. 肠黏膜保护剂的应用:适用于急性水样便腹泻,对迁延与慢性腹泻也有一定效果。

6. 对症治疗
   - (1)腹胀:肛管排气或肌注新斯的明。
   - (2)呕吐:针刺足三里、内关穴位或肌内注射氯丙嗪。
   - (3)高热:物理降温或遵医嘱给药物降温。
   - (4)低钾、低钙:补充钾、钙。

五、护理问题

1. 体液不足:与腹泻、呕吐丢失过多和摄入量不足有关。

2. 营养失调:低于机体需要量　与腹泻、呕吐丢失过多和摄入量不足有关。

3. 体温过高:与肠道感染有关。

4. **有皮肤完整性受损的危险:与大便次数增多刺激臀部皮肤有关。**

5. 知识缺乏:患儿家长缺乏合理喂养知识、卫生知识以及腹泻患儿护理知识。

六、护理措施

1. 腹泻的护理
   - (1)评估相关因素,祛除病因。
   - (2)观察并记录排便次数、性状及腹泻量,收集粪便送检。
   - (3)做好消毒隔离,与其他小儿分室居住。

2. 调整饮食
   - (1)呕吐严重者给予禁食 4～6 小时(不禁饮)。
   - (2)母乳喂养者,继续哺乳,暂停辅食。
   - (3)人工喂养者,给予稀释的牛奶或其他代乳品。
   - (4)**病毒性肠炎多有双糖酶缺乏,不宜用蔗糖,对可疑病例暂停乳类喂养,改为豆制代用品或发酵奶。**

3. 补充液体的护理
(1)口服补液
　　1)适用于轻、中度脱水而无严重呕吐者。
　　2)轻度脱水需 50～80ml/kg,中度脱水需 80～100ml/kg。
　　3)一般每 1～2 分钟喂 5ml(约 1 小勺),稍大的患儿可以用杯子少量多次饮用。若呕吐,可停 10 分钟再喂,每 2～3 分钟喂 5ml。于 4～6 小时喂完。
　　4)注意事项
　　　　①服用口服补液盐期间应让患儿照常饮水,防止高钠血症的发生。
　　　　②如患儿眼睑出现水肿,应停止服用口服补盐液,改用白开水。
　　　　③新生儿或心、肾功能不全、休克及明显腹胀者不宜应用口服补盐液。

(2)静脉补液
　　1)适用于中度以上脱水的患儿。
　　2)注意事项
　　　　①输液速度过快易发生心力衰竭及肺水肿,速度过慢脱水不能及时纠正。
　　　　②补液中应密切观察患儿前囟、皮肤弹性、眼窝凹陷情况及尿量
　　　　　　a. 若补液合理,3～4 小时应排尿,表明血容量恢复。
　　　　　　b. 若 24 小时患儿皮肤弹性及眼窝凹陷恢复,说明脱水已纠正。
　　　　　　c. 若尿量多而脱水未纠正,表明输入的液体中葡萄糖比例过高。
　　　　　　d. 若输液后出现眼睑水肿,说明电解质溶液比例过高。
　　　　③及时观察静脉输液是否通畅,局部有无渗液、红肿。
　　　　④准确记录第一次排尿时间,24 小时液体出入量,根据患儿基本情况,调整液体入量及速度。

4. 维持皮肤完整性
(1)选用清洁、柔软的尿布,避免使用塑料布包裹,注意及时更换。
(2)每次便后用温水清洗臀部并吸干、涂油。
(3)局部皮肤发红有渗出或有潜在溃疡者,可增加暴露或用灯泡照射。

5. 严密观察病情
(1)观察排便情况。
(2)监测生命体征。
(3)观察代谢性酸中毒、低钾血症等表现。

6. 对症处理
(1)眼部护理:可用生理盐水浸润角膜、涂眼药膏,眼罩覆盖。
(2)发热护理:给予物理或药物降温,及时擦干汗液,更换衣被,多饮水,做好口腔护理及皮肤护理。
(3)腹痛护理:按摩腹部,做好腹部保暖或热敷,严重者可遵医嘱应用解痉、镇痛药物。

7. 健康指导
(1)指导家长在服用微生态制剂时应与抗生素使用间隔至少 2 小时以上。
(2)告诉家长消化道黏膜保护剂不能和其他药物同时服用,应在两次奶或两餐中间服用。

第 4 节　小儿液体疗法及护理

一、小儿体液平衡的特点

1. 体液总量与分布:列表比较不同年龄的体液分布(表 5-6)。

表 5-6　不同年龄的体液分布(占体重的％)

| 年龄 | 细胞内液 | 细胞外液 | | 体液总量 |
		间质液	血浆	
足月新生儿	35	37	6	78
1 岁	40	25	5	70

年龄	细胞内液	细胞外液		体液总量
		间质液	血浆	
2～14岁	40	20	5	65
成人	40～45	10～15	5	55～60

2. 体液的电解质组成:列表比较体液的电解质组成(表5-7)。

表5-7 体液的电解质组成

电解质	细胞内液	细胞外液	血浆
阳离子	K^+、Mg^{2+}	Na^+	Na^+、K^+、Ca^{2+}、Mg^{2+}
阴离子	HPO_4^{2-}、蛋白质	Cl^-、HCO_3^-	Cl^-、HCO_3^-、血浆蛋白

3. 水的交换
- (1)小儿水代谢旺盛:小儿较成人对缺水的耐受力差,容易发生脱水。
- (2)不显性失水多
  - 1)按体重计算约为成人的2倍。
  - 2)体温每升高1℃,不显性失水约增加13ml/(kg·d)(每小时增加0.5ml/kg)。
  - 3)呼吸增快时,不显性失水增加4～5倍。
  - 4)体力活动增多时,不显性失水增加30%左右。
- (3)消化液分泌吸收量大。
- (4)肾调节能力差。

★二、常用液体种类、成分及配制

1. 非电解质溶液:5%的葡萄糖溶液(等渗液)和10%葡萄糖溶液(高渗液),主要供给水分和供应部分热量,没有维持血浆渗透压的作用。

2. 电解质溶液
- (1)生理盐水(0.9%氯化钠溶液):等渗液,主要用于补充损失的液体、电解质。
- (2)碱性溶液:用于纠正酸中毒
  - 1)碳酸氢钠溶液
    - ①1.4%溶液为等渗液,市售5%碳酸氢钠为高渗液。
    - ②一般临床用10%葡萄糖稀释3.5倍成等渗液使用。
    - ③在紧急抢救酸中毒时也可直接静脉推注。
  - 2)乳酸钠
    - ①1.87%乳酸钠为等渗液,市售制剂浓度为11.2%。
    - ②用葡萄糖溶液稀释6倍后方可使用。
    - ③休克、缺氧、肝功能不全、新生儿或乳酸潴留性酸中毒时不宜使用。
- (3)氯化钾溶液
  - 1)用于纠正低钾血症。
  - ★2)静脉补钾原则
    - ①见尿补钾。
    - ②浓度0.15%～0.3%。
    - ③切忌静脉推注。
    - ④静脉点滴时间不少于6～8小时。

3. 混合溶液:几种常用混合溶液的简便配制方法见表5-8。

表5-8 几种常用混合液组成

混合溶液	生理盐水	5%～10%葡萄糖	1.4%碳酸氢钠(1.87%乳酸钠)	张力	应用
1:1	1	1	—	1/2	轻、中度等渗脱水
2:1	2	—	1	等张	低渗或重度脱水

续表

混合溶液	生理盐水	5%～10%葡萄糖	1.4%碳酸氢钠(1.87%乳酸钠)	张力	应用
2∶3∶1	**2**	**3**	**1**	**1/2**	轻、中度等渗脱水
4∶3∶2	**4**	**3**	**2**	**2/3**	中度、等渗脱水
1∶2	1	2	—	1/3	高渗性脱失
1∶4	1	4	—	1/5	生理需要

4. 口服补液盐(ORS液) ⎰ (1)配方为：氯化钠 1.5g，枸橼酸 1.5g，氯化钾 1.5g，葡萄糖 20g，加温开水 1000ml 配制而成。
　　　　　　　　　　 ⎱ (2)**张力为 2/3 张，钾浓度为 0.15%。**
　　　　　　　　　　　 (3)适用于能口服的轻、中度脱水患儿。

三、液体疗法

1. 补液方法(表5-9)

表5-9　液体疗法

脱水程度	累积损失量		继续损失量		生理需要量		总量(ml/kg)
	液体量(ml/kg)	补液成分	液体量(ml/kg)	补液成分	液体量(ml/kg)	补液成分	
轻度	50	**根据脱水性质，低渗用 2/3 张，等渗用 1/2 张，高渗用1/3 张**	10～40	1/3～1/2 张	60～80	1/5 张	90～120
中度	50～100						120～150
重度	100～120						150～180
	8～12 小时内输完 [8～10 ml/(kg·h)]		12～16 小时内输完 [5ml/(kg·h)]				

2. 补液注意事项 ⎰ (1)实际应用时，累积损失量先按上述量的 2/3 给予，学龄前儿童及学龄儿童应酌减 1/4～1/3。
　　　　　　　　 ⎨ (2)**如临床判断脱水性质有困难，可先按等渗脱水处理。**
　　　　　　　　 ⎱ (3)**重度脱水或有周围循环衰竭者应首先静脉推注或静脉快速滴入2∶1 等张含钠液 20ml/kg，总量不超过 300ml，于 30～60 分钟内输入。**

四、小儿液体疗法的护理

1. 补液前的准备阶段 ⎰ (1)了解小儿病情。
　　　　　　　　　 ⎨ (2)熟悉常用溶液的种类、成分及配制方法。
　　　　　　　　　 ⎱ (3)向家长及患儿解释治疗目的，以利配合。

2. 补液阶段 ⎰ (1)按医嘱分批输入，原则：急需先补、先快后慢、先浓后淡、先盐后糖，见尿补钾。
　　　　　 ⎨ (2)严格掌握输液速度，明确每小时输入量，计算出每分钟输液滴数。
　　　　　 ⎨ (3)密切观察病情 ⎰ 1)观察生命体征。
　　　　　 ⎨ 　　　　　　　　 ⎨ 2)观察脱水情况。
　　　　　 ⎨ 　　　　　　　　 ⎨ 3)**观察酸中毒表现。**
　　　　　 ⎨ 　　　　　　　　 ⎱ 4)**观察低血钾表现。**
　　　　　 ⎱ (4)计算液体出入量 ⎰ 1)24 小时液体出入量包括口服液体和胃肠道外补液量。
　　　　　 　　　　　　　　　　⎱ 2)液体出量包括尿、大便和不显性失水。

模拟试题栏——识破命题思路，提升应试能力

一、专业实务

A₁型题

1. 婴儿易发生溢乳的原因是下列哪项
   A. 胃较垂直
   B. 贲门括约肌发育良好
   C. 胃排空时间短
   D. 常发生胃肠逆蠕动
   E. 幽门括约肌发育良好

2. 关于婴幼儿肠道的特点下列哪项正确
   A. 长度长、面积大
   B. 人工喂养者肠道内以致病性大肠埃希菌为主
   C. 直肠较长易发生肠套叠
   D. 母乳喂养儿肠道内以双歧杆菌为主
   E. 肠系膜相对较长致脱肛发生较多

3. 胎粪的性状是
   A. 淡黄色、干
   B. 金黄色、软膏状
   C. 墨绿色、黏稠状
   D. 暗褐色、糊状
   E. 陶土色、软膏状

4. 引起小儿鹅口疮的病原体是
   A. 腺病毒
   B. 单纯疱疹病毒
   C. 链球菌
   D. 金黄色葡萄球菌
   E. 白色念珠菌

5. 引起秋季腹泻最常见的病原体是
   A. 柯萨奇病毒
   B. 诺沃克病毒
   C. 轮状病毒
   D. 致病性大肠埃希菌
   E. 金黄色葡萄球菌

6. 婴儿腹泻的治疗原则**不包括**哪一项
   A. 加强护理，防止并发症
   B. 严格禁食
   C. 调整和早期进食
   D. 合理用药
   E. 纠正水电解质紊乱

7. 婴儿体内较年长者含水相对多，主要增加部分为
   A. 细胞外液、细胞内液
   B. 细胞外液、血浆
   C. 细胞外液、间质液
   D. 细胞内液、间质液
   E. 细胞内液、血浆

8. 下列哪种溶液是等渗溶液
   A. 5％碳酸氢钠溶液
   B. 1.4％碳酸氢钠溶液
   C. 11.2％乳酸钠溶液
   D. 10％葡萄糖溶液
   E. 口服补液盐溶液

9. 下列混合溶液中属1/3张含钠溶液的是
   A. 2份0.9％氯化钠，1份5％葡萄糖，6份11.2％乳酸钠
   B. 2份0.9％氯化钠，6份5％葡萄糖，1份1.4％碳酸氢钠
   C. 2份0.9％氯化钠，6份5％葡萄糖，1份11.2％乳酸钠
   D. 6份0.9％氯化钠，2份5％葡萄糖，1份1.4％碳酸氢钠
   E. 1份0.9％氯化钠，2份5％葡萄糖，6份1.4％碳酸氢钠

A₂型题

10. 患儿5个月，因疱疹性口炎入院，该病的病原体是
    A. 白色念珠菌
    B. 埃可病毒
    C. 柯萨奇病毒
    D. 金黄色葡萄球菌
    E. 单纯疱疹病毒

11. 患儿4个月，因鹅口疮入院，给该患儿清洁口腔用
    A. 温开水
    B. 生理盐水
    C. 0.1％乙酸
    D. 2％碳酸氢钠溶液
    E. 3％过氧化氢溶液

12. 10个月患儿，10月份患腹泻，大便呈水样或蛋花样，无腥臭，有少量黏液但无脓血，有脱水征，考虑引起的病因是
    A. 致病性大肠埃希菌
    B. 金黄色葡萄球菌
    C. 白色念珠菌
    D. 副大肠埃希菌
    E. 肠道或呼吸道病毒

13. 5个月婴儿，体重7kg，有湿疹，生后不久即开始腹泻，5～7次/日，进乳良好，精神良好，大便检查未见异常，应考虑为
    A. 婴儿腹泻（轻型）
    B. 迁延性腹泻
    C. 生理性腹泻
    D. 病毒性肠炎
    E. 真菌性肠炎

14. 8个月男婴，腹泻，发热2天，大便每日10次以上，为黄色稀水便，量较多，偶有呕吐，尿量较少。查体：体温39℃，烦躁，哭无泪，皮肤弹性差，应做哪些检查
    A. 大便常规＋血常规＋血电解质测定

B. 大便常规＋血气分析＋血电解质测定

C. 大便常规＋血常规＋大便病毒分析

D. 大便常规＋血常规＋大便培养

E. 大便常规＋血培养＋血电解质测定

15. 11 个月婴儿,呕吐、腹泻 4 天,近 12 个小时无尿,体检发现:精神委靡,意识模糊,呼吸深快,面色苍白,前囟、眼窝明显凹陷,哭时无泪,皮肤弹性极差,脉细弱,四肢厥冷。首先应给的治疗为

A. 4：2：3 液 50ml/kg 静脉滴注

B. 1.4％碳酸氢钠 40ml/kg 静脉推注

C. 2：1 等张含钠液 20ml/kg 快速静脉滴注

D. 3：2：1 液 40ml/kg 静脉滴注

E. 4：3：2 液 180ml/kg 静脉滴注

16. 8 个月患儿,因腹泻 1 天伴中度脱水入院,经治疗患儿病情好转,现转为口服补液盐(ORS)溶液补液,该溶液的张力是

A. 1/4 张　　　　　B. 1/3 张

C. 1/2 张　　　　　D. 2/3 张

E. 等张

17. 10 个月患儿,腹泻伴脱水经补液治疗已开始排尿,现需静脉补钾,其液体中钾的浓度不应超过

A. 0.3％　　　　　B. 0.4％

C. 0.5％　　　　　D. 0.6％

E. 0.7％

18. 8 个月患儿,因腹泻伴脱水入院,当补液纠正脱水和酸中毒时,患儿突然发生惊厥,应首先考虑

A. 低血钾　　　　　B. 低血钠

C. 低血钙　　　　　D. 低血镁

E. 低血糖

解析:脱水和酸中毒时,由于血液浓缩,离子钙增加,可不出现低钙表现。但脱水和酸中毒纠正后,离子钙减少,出现低钙表现,常见惊厥。

19. 患儿,1 岁半,呕吐、腹泻 3 日,经补液,脱水基本纠正,现出现腹胀,心音低钝,腱反射减弱,考虑为

A. 低钠血症　　　　　B. 低钾血症

C. 低钙血症　　　　　D. 低血糖症

E. 低镁血症

20. 患儿 1 岁,因腹泻伴中度脱水入院,但目前脱水性质不明,请问补液可选用

A. 1/4 张　　　　　B. 1/3 张

C. 1/2 张　　　　　D. 2/3 张

E. 等张

解析:脱水性质不明时按等渗性脱水处理。

21. 患儿 8 个月,呕吐腹泻 3 天入院。烦躁、口渴,前囟明显凹陷,口唇黏膜干燥,皮肤弹性较差,尿量明显减少,血清钠 135mmol/L。第 1 天补液宜用

A. 2：1 等渗液　　　　　B. 3：2：1 液

C. 4：3：2 液　　　　　D. 口服补液盐

E. 生理盐水

22. 患儿 10 个月,因腹泻 2 天入院。该患儿入院时重度脱水有明显周围循环障碍,早期扩容宜选用

A. 2：1 等张液 20ml/kg

B. 3：2：1 液 40ml/kg

C. 1：1 液 20ml/kg

D. 4：3：2 液 40ml/kg

E. 2：3：1 液 40ml/kg

23. 患儿 8 个月,因腹泻 1 天入院。经补液治疗后已排尿,按医嘱继续输液 400ml,需加入 10％氯化钾最多不应超过

A. 6ml　　　　　B. 8ml

C. 10ml　　　　　D. 12ml

E. 14ml

A_3/A_4 型题

(24～26 题共用题干)

患儿,女,6 个月,因呕吐、腹泻 3 天入院。烦躁,口渴,前囟明显凹陷,口唇黏膜干燥,皮肤弹性差,尿少,血清钠 135mmol/L。

24. 判断该患儿低血钾的标准是血清钾低于

A. 1.5mmol/L　　　　　B. 2.5mmol/L

C. 3.5mmol/L　　　　　D. 4.5mmol/L

E. 5.5mmol/L

25. 该患儿最容易发生的酸碱平衡紊乱是

A. 混合性酸中毒　　　　　B. 代谢性酸中毒

C. 呼吸性酸中毒　　　　　D. 代谢性碱中毒

E. 呼吸性碱中毒

26. 该患儿的生理需要量补充标准是

A. 40～60ml/kg　　　　　B. 60～80ml/kg

C. 80～100ml/kg　　　　　D. 100～120ml/kg

E. 110～130ml/kg

(27、28 题共用题干)

患儿 1 岁,呕吐、腹泻稀水便 5 天,1 天来尿量极少,精神委靡,前囟及眼窝极度凹陷,皮肤弹性差,四肢发凉,脉细弱,血清钠 125mmol/L。

27. 请判断该患儿脱水程度与性质
　　A. 中度低渗性脱水　　B. 重度低渗性脱水
　　C. 中度等渗性脱水　　D. 重度等渗性脱水
　　E. 中度高渗性脱水

28. 根据患儿脱水程度和性质,应首先给下列哪种液体
　　A. 2 : 1 等张含钠液　　B. 1/2 张含钠液
　　C. 1/3 张含钠液　　D. 1/4 张含钠液
　　E. 2/3 张含钠液

二、实践能力

A₁ 型题

29. 疱疹性口炎与鹅口疮的共同表现特点是
　　A. 淋巴结肿大　　B. 口腔黏膜损伤
　　C. 疼痛、流涎　　D. 发热
　　E. 进食困难

30. 哪种口炎应注意与健康儿隔离
　　A. 溃疡性口炎　　B. 鹅口疮
　　C. 疱疹性口炎　　D. 单纯性口炎
　　E. 口角炎

31. 下列说法中,**不是**轮状病毒肠炎特点的是
　　A. 多见于 6 个月至 2 岁小儿
　　B. 多见于秋季
　　C. 常伴有上呼吸道感染
　　D. 全身中毒症状不明显
　　E. 大便有腥臭味

32. 小儿腹泻伴有低钾血症时,下列说法**不正确**的是
　　A. 腹泻导致排钾增多,引起缺钾
　　B. 酸中毒时易致低钾
　　C. 血钾低于 3.0 mmol／L ,临床出现症状
　　D. 补液后钾随着尿液排出而引起缺钾
　　E. 补液后血液稀释,血钾相对减少

解析:酸中毒时,钾由细胞内向细胞外转移,易引起血钾升高。

A₂ 型题

33. 患儿 8 个月,因溃疡性口炎入院,以下护理措施**错误**的是
　　A. 口腔护理用 2‰碳酸氢钠溶液
　　B. 进餐前可局部涂 2%利多卡因
　　C. 清洗后涂 1‰复方甲紫
　　D. 患儿的奶具、玩具应煮沸消毒
　　E. 患儿宜进食温凉的流质饮食

34. 患儿 4 个月,患鹅口疮 5 天。其首选的护理诊

断/问题是
　　A. 疼痛:与口腔黏膜炎症有关
　　B. 营养失调:与拒食有关
　　C. 体温过高:与感染有关
　　D. 口腔黏膜改变:与感染有关
　　E. 皮肤完整性受损:与感染有关

35. 患儿,1 岁,发热 2 天后口角、舌面及齿龈处出现成簇小水疱,部分破溃成溃疡,颌下淋巴结肿大,咽充血,心、肺正常。护士考虑该患儿疾病是
　　A. 鹅口疮　　B. 疱疹性口腔炎
　　C. 溃疡性口腔炎　　D. 疱疹性咽峡炎
　　E. 咽结膜热

36. 患儿,4 岁,体温 37.8℃,腹泻 8 次/日,口渴,烦躁不安,皮肤黏膜干燥,查血清钠 140mmol/L,应考虑脱水性质是
　　A. 腹泻伴中度高渗性脱水
　　B. 腹泻伴中度低渗性脱水
　　C. 腹泻伴中度等渗性脱水
　　D. 腹泻轻型伴等渗性脱水
　　E. 腹泻轻型伴低渗性脱水

37. 患儿,3 岁,因腹泻 1 天入院。口渴,烦躁不安,体温 37.8℃,皮肤黏膜干燥,查血清钠 140mmol/L,该患儿首选的护理诊断/问题是
　　A. 体液不足:与腹泻丢失过多有关
　　B. 营养失调:低于机体需要量　与腹泻丢失过多有关
　　C. 体温过高:与肠道感染有关
　　D. 有皮肤完整性受损的危险:与大便次数增多刺激臀部皮肤有关
　　E. 知识缺乏:与家长缺乏疾病相关知识有关

38. 患儿 8 个月,呕吐、腹泻稀水便 3 天,1 天来尿量极少,精神委靡,前囟及眼窝极度凹陷,皮肤弹性差,四肢发凉,脉细弱,血清钠 135mmol/L,诊断为"重型腹泻"。该患儿首选的护理诊断/问题是
　　A. 体液不足:与腹泻丢失过多有关
　　B. 营养失调:低于机体需要量　与腹泻丢失过多有关
　　C. 体温过高:与肠道感染有关
　　D. 有皮肤完整性受损的危险:与大便次数增多刺激臀部皮肤有关
　　E. 组织灌注量不足:与腹泻丢失过多,周围循环障碍有关

39. 患儿,4 个月,因腹泻 1 天入院,入院前呕吐 1 次,该患

儿为母乳喂养儿,请问该患儿的饮食护理哪项正确

A. 禁食 12 小时

B. 静脉补充营养

C. 继续母乳喂养

D. 改用牛奶进行喂养

E. 无法进食者用鼻胃管喂养

40. 患儿,6 个月,因腹泻 2 天入院,以下哪项护理措施**错误**

A. 详细记录出入水量

B. 加强臀部护理

C. 腹胀时应注意有无低钾血症

D. 急性腹泻早期应使用止泻剂

E. 呕吐频繁者应禁食补液

41. 患儿,5 个月,因腹泻住院,近 2 日臀部皮肤发红,伴有皮疹,护士进行臀部皮肤护理时**错误**的操作是

A. 每次便后用温水洗净

B. 洗后用小毛巾吸干水分

C. 可用鹅颈灯照射臀部

D. 烤灯前涂油

E. 照射时间 15～20 分钟

42. 患儿,女,9 个月,母乳喂养,腹泻 2 天,稀水便,每日 5～6 次,护士正确的饮食指导是

A. 禁食 4～6 小时

B. 继续母乳喂养

C. 继续添加辅食

D. 给予高营养富有热量的饮食

E. 口服补液期间患儿不能饮水

43. 患儿,10 个月,因腹泻 1 天入院,该患儿呕吐较频繁,腹胀明显,需要禁食,一般不应超过

A. 24 小时　　　　B. 12 小时

C. 10 小时　　　　D. 8 小时

E. 6 小时

44. 患儿,女,8 个月,因腹泻 3 天入院,输液时累计损失量应于多少小时内补完

A. 3～4 小时　　　B. 4～6 小时

C. 6～8 小时　　　D. 8～10 小时

E. 10～12 小时

45. 患儿,5 个月,因腹泻住院,现需配制 2：3：1 溶液 600ml,约需 5％碳酸氢钠溶液

A. 100ml　　　　B. 75ml

C. 55ml　　　　D. 30ml

E. 20ml

A₃/A₄ 型题

(46～48 题共用题干)

　　患儿,8 个月,呕吐、腹泻稀水便 3 天,1 天来尿量极少,精神委靡,前囟及眼窝极度凹陷,皮肤弹性差,四肢发凉,脉细弱,血清钠 135mmol/L,诊断为"重型腹泻"。

46. 重型腹泻与轻型腹泻的主要区别是

A. 有恶心、呕吐

B. 每日大便次数达 10 余次

C. 体温高达 39℃

D. 有水、电解质紊乱

E. 粪便呈蛋花汤样或水样

47. 下列哪项是重度脱水的表现

A. 尿量减少　　　B. 烦躁或委靡

C. 昏睡或昏迷　　D. 眼窝凹陷明显

E. 皮肤黏膜弹性下降

48. 补液纠正脱水后,出现以下哪项表现说明该患儿发生了低钾血症

A. 键反射亢进　　B. 震颤

C. 手足搐搦　　　D. 惊厥

E. 肌肉的收缩性降低

(49、50 题共用题干)

　　患儿,9 个月,呕吐、腹泻 3 天,尿量略少,皮肤弹性稍差,口唇微干,眼窝轻度凹陷。血清钠浓度为 140mmol/L。

49. 该患儿脱水程度为

A. 重度脱水　　　B. 无脱水

C. 中度脱水　　　D. 极重度脱水

E. 轻度脱水

50. 该患儿失水约占其体重的

A. 4％　　　　　B. 8％

C. 10％　　　　　D. 12％

E. 14％

参考答案

1—5 EDCEC　6—10 BCBBE　11—15 DECBC

16—20 DACBC　21—25 AADCB　26—30 BBABC

31—35 EBADC　36—40 BAECD　41—45 DBEDD

46—50 DCEEA

(梁文丽)

第6章 呼吸系统疾病患儿的护理

第1节 小儿呼吸系统的解剖生理特点

一、解剖特点

呼吸系统以环状软骨为界划分为上、下呼吸道。

1. 上呼吸道：包括鼻、鼻窦、咽、咽鼓管、会厌及喉
 - (1)鼻
   - 1)鼻腔相对短小、鼻道狭窄、黏膜柔嫩、血管丰富。
   - 2)鼻腔感染时易充血肿胀出现鼻塞。
   - ★3)鼻塞时导致张口呼吸，影响吮奶。
 - (2)鼻窦
   - 1)鼻窦口相对较大。
   - 2)生后6个月即可患鼻窦炎，尤以上颌窦及筛窦最易感染。
 - (3)咽鼓管
   - ★1)特点：宽、短、直。
   - ★2)鼻咽炎易致中耳炎。
 - (4)咽部
   - 1)小儿咽部狭窄且垂直。
   - ★2)腭扁桃体1岁末逐渐增大，4～10岁达高峰，14～15岁逐渐退化。
   - 3)扁桃体炎多见于年长儿。
 - (5)喉部
   - 1)特点：长而狭窄，黏膜柔嫩，血管丰富。
   - 2)喉炎时易发生梗阻而致窒息，吸气性呼吸困难和声音嘶哑。

2. 下呼吸道：包括气管、支气管、毛细支气管、肺泡
 - (1)气管及支气管
   - 1)特点：管腔相对狭窄，炎症时易致梗阻。
   - ★2)右侧支气管粗短直，异物易进入右侧支气管。
 - (2)肺
   - ★1)特点：肺间质发育旺盛，肺泡数量少(含血多而含气少)。
   - 2)小儿易发生肺部感染。
 - (3)胸廓
   - 1)胸廓呈桶状，呼吸肌发育差。
   - 2)胸腔较小而肺相对较大，呼吸时肺的扩张受限制。
   - 3)小儿纵隔相对较大，周围组织松软，胸腔积液时易致纵隔移位。

锦囊妙记

主支气管左和右，各有特点要记住；左支细长右粗短，异物坠落多入右。

二、生理特点

★1. 呼吸频率和节律:**年龄越小,呼吸频率越快**;婴幼儿易出现呼吸节律不齐(表6-1)。

表6-1　各年龄小儿呼吸、脉搏频率(次/分)

年龄	呼吸	脉搏	呼吸：脉搏
新生儿	★**40～50**	120～140	1：3
～1岁	30～40	110～130	1：3～1：4
～3岁	25～30	100～120	1：3～1：4
～7岁	20～25	80～100	1：4
～14岁	18～20	70～90	1：4

2. 呼吸形态 { ★(1)婴幼儿呈腹式呼吸。
　　　　　　　(2)年长儿呈胸腹式呼吸。

3. 呼吸功能 { (1)肺活量、潮气量、每分钟潮气量和气体弥散量均较成人小。
　　　　　　　(2)呼吸道阻力较成人大,呼吸功能的储备能力较低,易发生呼吸功能不全。

三、免疫特点

1. 小儿呼吸道的非特异性及特异性免疫功能均差。

★2. 婴幼儿分泌型 IgA(SIgA)尤其低,易患呼吸道感染。

第2节　急性上呼吸道感染

一、概述

急性上呼吸道感染简称"上感",又称"感冒",是小儿时期最常见的疾病,有一定的传染性。本病一年四季均可发生,但以冬春季节多见。临床上主要是鼻咽部黏膜发炎的局部症状及全身感染症状。起病多较急,临床症状轻重不一。

二、病因

★1.90％以上由病毒引起。

2. 病毒感染基础上可继发细菌感染。

3. 内因:小儿上呼吸道的解剖生理和免疫特点。

4. 诱因:疾病影响、环境因素及护理不当。

三、临床表现

1. 一般类型上感 {
　(1)症状:婴幼儿以全身症状为主;年长儿以局部症状为主 {
　　1)局部症状有流涕、鼻塞、喷嚏、咳嗽、咽部不适和咽痛等。
　　2)全身症状有发热、畏寒、乏力、烦躁、拒奶、呕吐、腹泻、高热惊厥、脐周阵痛(与肠痉挛或肠系膜淋巴结炎有关)。
　}
　(2)体征 {
　　1)咽部充血。
　　2)扁桃体肿大。
　　3)颌下淋巴结肿大、触痛。
　}
}

2. 两种特殊类型上感
- (1)疱疹性咽峡炎
  - ★1)由柯萨奇 A 组病毒引起。
  - 2)主要症状为高热、咽痛、流涎、拒食。
  - 3)主要体征为咽充血,咽腭弓、腭垂、软腭处上有 2～4mm 大小灰白色疱疹。
  - 4)病程 1 周左右。
- (2)咽结膜热
  - 1)★由腺病毒引起。
  - 2)★以发热、咽炎、结膜炎为特征。
  - 3)主要症状为高热、咽痛、眼部刺痛、畏光、流泪。
  - 4)主要体征为咽充血、一侧或双侧球结膜充血,颈部或耳后淋巴结肿大。
  - 5)病程 1～2 周。

3. 并发症
- (1)婴幼儿可并发中耳炎、鼻窦炎、咽后壁脓肿、扁桃体周围脓肿、颈淋巴结炎、喉炎、支气管炎、肺炎。
- (2)病原体血行蔓延可并发病毒性脑炎、病毒性心肌炎。
- (3)年长儿可因 A 组溶血性链球菌感染而并发急性肾炎及风湿热。

四、辅助检查

1. 病毒感染白细胞正常或偏低。
2. 细菌感染白细胞增高,中性粒细胞增高。

五、治疗要点

1. 以支持治疗及对症治疗为主。
2. 抗感染治疗
   - (1)抗病毒药物常用利巴韦林。
   - (2)有继发细菌感染可选用抗生素。
   - ★(3)确为链球菌感染者首选青霉素,疗程为 10～14 天。

六、护理问题

1. 舒适的改变:与咽痛、鼻塞等有关。
2. 体温过高:与上呼吸道感染有关。
3. 潜在并发症:鼻窦炎、中耳炎、喉炎、咽后壁脓肿、支气管炎、肺炎等。

七、护理措施

1. 维持体温正常
   - ★(1)保持室内温度 18～22℃,湿度 50%～60%,每日通风 2 次以上。
   - (2)鼓励患儿多饮水,给予易消化的清淡饮食。
   - (3)松解衣被,出汗后及时更换衣服。
   - ★(4)密切观察体温变化,当体温超过 38.5℃时给予物理降温。
   - (5)必要时按医嘱给退热剂。
2. 促进舒适
   - (1)保持呼吸道通畅,及时清除鼻腔和咽喉部分泌物。
   - ★(2)鼻塞严重者:可用 0.5%麻黄碱溶液滴鼻。
   - (3)加强口腔护理,保证口腔清洁。
3. 病情观察
   - ★(1)观察体温变化,警惕高热惊厥发生。
   - (2)检查口腔黏膜及皮肤有无皮疹,以便早期发现某些急性传染病。
   - (3)疑有咽后壁脓肿时,注意防止脓肿溃破、脓液流入气管而窒息。

八、健康教育

1. 居室要经常通风,保持室内空气清新。

2. 在集体小儿机构中,应早期隔离患儿;必要时可用食醋熏蒸法消毒。

3. 呼吸道疾病流行期间,避免去人多拥挤的公共场所。

4. 合理饮食起居,保证充足的营养和睡眠。

5. 提倡母乳喂养。

6. 加强体格锻炼,多进行户外活动。

7. 按时预防接种。

第 3 节　急性支气管炎

一、概述

急性支气管炎是由于各种致病原引起的支气管黏膜炎症,由于气管常同时受累,故称为急性气管支气管炎。常继发于上呼吸道感染或为一些急性传染病的一种表现。

二、病因

1. 病原体常为各种病毒或细菌,或为混合感染。

2. 免疫功能低下、特异性体质、营养不良、佝偻病、支气管局部结构异常均为本病的危险因素。

三、临床表现

1. 一般支气管炎 {
(1)主要症状:咳嗽,初为干咳,以后有痰;婴幼儿常伴发热等全身症状。
★(2)主要体征:双肺呼吸音粗糙,可有不固定的散在的干啰音和粗中湿啰音。

2. 哮喘性支气管炎 {
(1)多见于 3 岁以下,常有湿疹或其他过敏史。
(2)有类似哮喘的表现,如呼气性呼吸困难。
★(3)肺部叩诊呈鼓音,听诊双肺满布哮鸣音及少量粗湿啰音。
(4)部分病例复发,大多与感染有关。
(5)预后大多良好,3~4 岁后发作次数减少,渐趋康复,少数可发展为支气管哮喘。

四、辅助检查

1. 血常规:病毒感染者白细胞正常或偏低;细菌感染者白细胞增高。

2. 胸部 X 线检查:多无异常;或有肺纹理增粗,肺门阴影加深。

五、治疗要点

1. 一般治疗:多饮水,经常变换体位。

2. 控制感染 {
(1)病毒感染:可用利巴韦林等抗病毒药。
(2)细菌感染:可用青霉素类抗生素。
★(3)支原体感染:可用大环内酯类抗生素。

3. 对症治疗 {
(1)止咳化痰:可用复方甘草合剂、急支糖浆、沐舒坦、10% 氯化铵溶液等。
(2)止喘 {
1)可用氨茶碱口服或静脉给药。
2)喘憋严重者可雾化吸入全乐宁等 β_2 受体激动药。
3)喘息严重者可短期使用糖皮质激素,如口服泼尼松 3~5 天。
(3)抗过敏:可使用抗过敏药马来酸氯苯那敏和盐酸异丙嗪等来缓解支气管分泌和痉挛。

六、护理问题

★1. 清理呼吸道无效:与痰液黏稠不易咳出有关。

2. 体温过高:与病毒或细菌感染有关。

七、护理措施

★1. 保持呼吸道通畅
- (1)保持室内空气清新,温湿度适宜。
- (2)注意休息,保证充足的水分和营养的供给。
- (3)卧位时抬高头胸部,经常变换体位。
- (4)鼓励患儿有效咳嗽,以利于排痰。
- ★(5)采用超声雾化吸入,以湿化呼吸道,促进排痰。
- (6)哮喘性支气管患儿,注意观察有无缺氧症状,必要时给予吸氧。
- (7)按医嘱用药,注意观察药物的疗效和不良反应。

2. 维持体温正常:观察体温变化,体温超过38.5℃时给予物理降温或按医嘱药物降温。

八、健康教育

1. 向家长介绍急性支气管炎的基本知识及护理要点。

2. 加强营养,多进行户外活动和体格锻炼,增强体质。

3. 积极预防营养不良、佝偻病和贫血等,以增强机体免疫力。

4. 按时预防接种,积极预防各种传染病。

第4节 小儿肺炎

一、概述

肺炎是由各种不同病原体或其他因素所引起的肺部炎症。婴幼儿肺炎,因其呼吸系统的解剖生理特点及机体免疫功能的不完善,主要为支气管肺炎。临床以发热、咳嗽、呼吸急促、呼吸困难和肺部固定细湿啰音等为主要表现。肺炎是小儿时期的常见病,多见于婴幼儿,以冬春季节或气候骤变时发病率高。是我国儿童重点防治的四病之一。

二、病因与分类

1. 引起肺炎的病原体有病毒(以呼吸道合胞病毒最多见)、细菌(以肺炎链球菌最多见)、支原体、真菌等。

2. 肺炎常用的分类
- (1)病理分类:可分为大叶性肺炎、小叶性肺炎(支气管肺炎)、间质性肺炎。
- (2)病因分类:可分为感染性肺炎、非感染性肺炎。
- (3)病程分类
  - 1)急性肺炎:病程<1个月。
  - 2)迁延性肺炎:病程1~3个月。
  - 3)慢性肺炎:病程>3个月。
- (4)病情分类:可分为轻症肺炎、重症肺炎。
- (5)临床表现典型与否分类:可分为典型性肺炎、非典型肺炎。

三、病理生理

1. 主要变化是由于支气管、肺泡炎症引起通气和换气障碍,导致缺氧和二氧化碳潴留。

2. 呼吸功能不全:为代偿缺氧,呼吸频率加快,呼吸深度加深,出现鼻翼扇动和三凹征。

3. 酸碱平衡失调:缺氧和二氧化碳潴留可引起不同程度混合性酸中毒。

4. 循环系统:缺氧和二氧化碳潴留可引起中毒性心肌炎和心力衰竭。

5. 神经系统:严重缺氧和病原体毒素可引起脑水肿和中毒性脑病。

6:**胃肠功能紊乱**:轻者可出现腹泻、呕吐等胃肠功能紊乱表现;重者可引起**中毒性肠麻痹和消化道出血**。

四、临床表现

1. **轻症肺炎**:仅表现为呼吸系统症状和体征
　(1)症状
　　1)发热:多为不规则热,新生儿和重度营养不良儿可不发热,甚至体温不升。
　　2)咳嗽:较频,初为刺激性干咳,以后咳嗽有痰。
　　3)气促:多发生在发热、咳嗽之后。
　　4)全身症状:精神不振、食欲减退、烦躁不安、轻度呕吐或腹泻。
　(2)体征
　　1)呼吸频率加快,40～80次/分。
　　2)鼻翼扇动、点头呼吸、三凹征、唇周发绀。
　　★3)**肺部可听到较固定的中、细湿啰音**,以背部、两肺下方、脊柱两旁较易听到,深吸气末更为明显。

2. **重症肺炎**:除呼吸系统改变外,可发生循环、神经和消化系统功能障碍
　(1)循环系统:常见心肌炎和心力衰竭
　　1)心肌炎:主要表现为面色苍白、心动过速、心音低钝、心律不齐,心电图显示 ST 段下移、T 波低平或倒置。
　　2)★**心力衰竭主要表现**
　　　①呼吸突然加快,>60 次/分。
　　　②心率突然增快,婴儿>180 次/分,幼儿>160 次/分。
　　　③突然极度烦躁不安,明显发绀,面色苍白或发灰,指(趾)甲微血管充盈时间延长。
　　　④心音低钝,奔马律,颈静脉怒张。
　　　⑤肝迅速增大,达肋下 3cm 以上。
　　　⑥尿少或无尿,颜面、眼睑或下肢水肿。
　(2)神经系统:发生脑水肿时出现烦躁或嗜睡、意识障碍、惊厥、前囟隆起、瞳孔对光反射迟钝或消失、呼吸节律不齐甚至停止。
　(3)消化系统
　　1)一般为食欲减退、呕吐和腹泻。
　　2)中毒性肠麻痹:出现**明显腹胀,呼吸困难加重**,肠鸣音消失。
　　3)消化道出血:出现呕吐咖啡样物,大便潜血实验阳性或柏油样便。

3. **并发症**:若延误诊断或**金黄色葡萄球菌肺炎**感染者常出现脓胸、脓气胸、肺大疱。

4. **几种不同病原体所致肺炎的特点**
　(1)呼吸道合胞病毒性肺炎(又称毛细支气管炎)
　　★1)**好发年龄为 2 岁以内,尤以 2～6 个月婴儿多见**。
　　2)主要症状:发热、呼吸困难、喘憋。
　　★3)**主要体征:可有口唇发绀、鼻翼扇动、三凹征;肺部可听到喘鸣音和细湿啰音**。
　　4)X 线检查:两肺可见点片状阴影,部分患儿有不同程度肺气肿。
　　5)白细胞总数大多正常。
　(2)腺病毒性肺炎
　　★1)**多见于 6 个月至 2 岁婴幼儿**。
　　2)发热:可达 39℃以上,热程长,可持续 2～3 周,全身中毒症状明显。
　　3)咳嗽频繁,可有喘憋;**肺部啰音出现较晚**。
　　4)胸片改变较肺部啰音出现早,特点为大小不等的片状阴影或**融合成大病灶**。
　　5)病灶吸收较慢,需数周或数月。

4. 几种不同病原体所致肺炎的特点

(3)肺炎支原体肺炎
- 1)其病多较缓慢,学龄儿童多见。
- 2)常有发热,热程1~3周。
- ★3)刺激性干咳为本病的突出表现,有的酷似百日咳样咳嗽。
- ★4)肺部体征常不明显,体征与剧咳不一致为本病的特点。
- 5)肺部X线分为4种改变
  - ①肺门阴影增浓为突出表现。
  - ②支气管肺炎改变。
  - ③间质性肺炎改变。
  - ④均一的实变影。

(4)金黄色葡萄球菌肺炎
- ★1)起病急、病情重、发展快。
- 2)多为弛张热,全身中毒症状明显,常伴猩红热样皮疹。
- 3)肺部体征出现较早,双肺可闻及中、细湿啰音。
- ★4)易并发脓胸、脓气胸、肺大疱。
- 5)常合并循环、神经、消化系统功能障碍。
- 6)X线检查:可有小片状影,病变发展迅速,应在短期内重复摄片。
- 7)白细胞多数明显增高,中性粒细胞增高伴核左移和中毒颗粒。

五、辅助检查

1. 血常规检查
   - (1)病毒性肺炎:白细胞总数大多正常或降低。
   - (2)细菌性肺炎:白细胞总数及中性粒细胞增高,并有核左移。

2. 病原学检查
   - (1)病毒分离:可诊断病毒性病原体。
   - (2)细菌培养和涂片:可明确细菌性致病菌。
   - ★(3)血清冷凝集试验:支原体肺炎可呈阳性。

3. 胸部X线检查:早期肺纹理增粗,以后出现大小不等的斑片阴影,可融合成片。

六、治疗要点

1. 治疗原则:控制感染,改善通气功能,对症治疗,防治并发症。

2. 抗感染治疗
   - (1)抗生素治疗
     - 1)根据不同病原体选择敏感抗生素。
     - 2)使用原则为早期、联合、足量、足疗程,重症患儿应静脉给药。
     - 3)★用药时间
       - ①一般用至体温正常后5~7天,临床症状和体征消失后3天。
       - ②葡萄球菌肺炎在体温正常后继续用药2周,总疗程6周。
       - ③支原体肺炎至少用药2~3周。
   - (2)抗病毒可选用利巴韦林、α-干扰素等。

3. 对症治疗:止咳、平喘、退热、镇静、给氧,纠正水、电解质和酸碱平衡紊乱。

4. 糖皮质激素的应用
   - (1)使用指征
     - 1)严重喘憋或呼吸衰竭。
     - 2)全身中毒症状明显。
     - 3)合并感染中毒性休克、脑水肿等。
   - (2)常用地塞米松静脉滴注,疗程3~5天。

5. 发生感染性休克、心力衰竭、中毒性肠麻痹、脑水肿等,应及时处理。

6. 脓胸和脓气胸者应及时穿刺引流。

七、护理问题

1. 气体交换受损:与肺部炎症有关。

2. 清理呼吸道无效:与呼吸道分泌物过多、黏稠,患儿体弱、无力排痰有关。

3. 体温过高:与肺部感染有关。

4. 营养失调：与摄入不足、消耗增加有关。

八、护理措施

1. 保持呼吸道通畅
(1)保持室内空气新鲜,室温维持在 18～22℃,湿度 60%为宜。
(2)饮食宜少量多餐,避免过饱影响呼吸,哺母乳时应抱起,防止呛咳。
(3)重症不能进食时,给予静脉输液,输液时严格控制输液量和滴注速度。
(4)及时清除口鼻分泌物,分泌物黏稠者应用超声雾化,分泌物过多应吸痰。
(5)帮助患儿取合适体位(一般为头高位或半卧位),并经常翻身拍背,帮助痰液排出
(方法是五指并拢,稍向内合掌,由下向上、由外向内的轻拍背部)。
(6)指导和鼓励患儿进行有效地咳嗽。
(7)根据病情和病变部位进行体位引流。
(8)按医嘱给予祛痰剂。

2. 改善呼吸功能
(1)凡有缺氧症状者应立即给氧
　★1)一般采用鼻导管给氧:氧流量为 0.5～1L/min,氧浓度不超过 40%,氧气应湿化。
　★2)缺氧明显者可用面罩给氧:氧流量为 2～4L/min,氧浓度 50%～60%。
　3)若出现呼吸衰竭,则用人工呼吸器。
(2)做好呼吸道隔离,防止交叉感染。
(3)护理操作应集中完成,以减少刺激,避免哭闹。
(4)按医嘱使用抗生素治疗肺部炎症、改善通气,并注意观察药物的疗效和不良反应。

3. 维持体温正常:发热者应注意体温的监测,警惕高热惊厥的发生。

4. 密切观察病情
★(1)若患儿出现烦躁不安、面色苍白、呼吸加快(>60 次/分)、心率增快(>160 次/分)、心音低钝或奔马律、肝脏短期内迅速增大时,考虑肺炎合并心力衰竭,应立即报告医生,并立即减慢输液速度,控制在每小时 5ml/kg,做好给氧、强心、利尿等抢救准备。
★(2)若患儿突然口吐粉红色泡沫痰,应考虑肺水肿,可吸入经 20%～30%乙醇溶液湿化的氧气,间歇吸入,每次吸入不超过 20 分钟。
(3)若患儿出现烦躁、嗜睡、惊厥、昏迷等,应考虑脑水肿、中毒性脑病,应立即报告医生并配合抢救。
(4)若患儿病情突然加重。体温持续不降或退而复升,咳嗽和呼吸困难突然加重,面色青紫,应考虑脓胸或脓气胸的可能,及时报告医生并配合抢救。

九、健康教育

1. 向患儿家长讲解疾病的有关知识和防护措施。
2. 指导家长合理喂养,婴儿提倡母乳喂养。
3. 多进行户外活动。
4. 注意气候变化,避免着凉,一旦发生上呼吸道感染,及时治疗,以免继发肺炎。
5. 指导患儿不随地吐痰。

锦囊妙记

轻症肺炎易判断,固定湿啰是关键。发热咳嗽加气促,胸部平片助诊断。
重症肺炎累他系,消化神经与循环。改善通气抗感染,防并发症应密观。

6. 让家长了解所用药物名称、剂量、用法及不良反应。

模拟试题栏——识破命题思路，提升应试能力

一、专业实务

A₁型题

1. 关于婴儿肺组织的特点，**错误**的是
　　A. 血管丰富　　　　　B. 间质发育旺盛
　　C. 肺泡数量较多　　　D. 弹力组织发育差
　　E. 肺组织发育未完善

2. 婴幼儿肺炎最常见的病原体是
　　A. 疱疹病毒　　　　　B. 柯萨奇病毒
　　C. 埃可病毒　　　　　D. 呼吸道合胞病毒
　　E. EB病毒

3. 腭扁桃体发育达高峰的年龄段是
　　A. 1个月
　　B. 1个月至1岁
　　C. 1～3岁
　　D. 4～10岁
　　E. 10～18岁

4. 下列肺炎病理分类中，婴幼儿最多见的是
　　A. 大叶性肺炎　　　　B. 支气管肺炎
　　C. 间质性肺炎　　　　D. 吸入性肺炎
　　E. 毛细支气管炎

5. 重症肺炎因二氧化碳潴留导致酸碱平衡紊乱，可发生
　　A. 代谢性酸中毒　　　B. 呼吸性酸中毒
　　C. 代谢性碱中毒　　　D. 呼吸性碱中毒
　　E. 混合性酸中毒

解析： 缺氧和二氧化碳潴留导致呼吸性酸中毒；低氧血症、高热、进食少导致代谢性酸中毒，所以重症肺炎常合并混合性酸中毒。

A₂型题

6. 患儿，女，6个月。因支气管肺炎住院，目前出现烦躁不安，呼吸急促，面色发绀。体格检查：心率186次/分，心音低钝，肝肋下4cm。该患儿可能并发了心力衰竭，主要原因为
　　A. 毒血症
　　B. 二氧化碳潴留
　　C. 肺动脉痉挛造成肺动脉高压
　　D. 低氧血症
　　E. 左心负担加重

7. 患儿，女，1岁。因肺炎入院，目前喘憋明显、发绀、持续高热，经多种抗生素治疗无好转，该患儿感染

的病原体可能是
　　A. 肺炎链球菌　　　　B. 金黄色葡萄球菌
　　C. 流感嗜血杆菌　　　D. 大肠埃希菌
　　E. 腺病毒

8. 患儿，女，11个月，发热2天，伴流鼻涕，轻咳，查体：体温39℃，咽部充血明显，左眼结膜充血水肿，左眼睑水肿，左眼角有黄白色脓性分泌物，双肺正常，引起该病的病原体可能是
　　A. 腺病毒　　　　　　B. 冠状病毒
　　C. 流感病毒　　　　　D. 柯萨奇病毒
　　E. 呼吸道合胞病毒

9. 患儿，女，7个月，发热、咳嗽4天入院。查体：体温39℃，呼吸45次/分，心率130次/分，口周发绀，鼻翼扇动，两肺听诊有细湿啰音。血白细胞总数14×10⁹/L，中性粒细胞80％，诊断为肺炎，用青霉素治疗有效。引起该病的最可能的病原体是
　　A. 肺炎链球菌　　　　B. 金黄色葡萄球菌
　　C. 革兰阴性杆菌　　　D. 腺病毒
　　E. 呼吸道合胞病毒

10. 患儿，女，8个月，发热、流涎2天，进食时哭闹，查体：体温39℃，咽部充血，咽峡部可见三个黄豆大小的黄白色疱疹，引起该病的病原体可能是
　　A. 腺病毒　　　　　　B. 冠状病毒
　　C. 流感病毒　　　　　D. 柯萨奇病毒
　　E. 呼吸道合胞病毒

11. 8个月肺炎患儿住院，喘憋状，口周青紫，呼吸70次/分，双肺满布喘鸣音，少量细湿啰音，X线胸片：双肺透光度增高，右下肺少许点状阴影，引起该患儿临床表现的最主要原因是
　　A. 通气障碍　　　　　B. 代谢性酸中毒
　　C. 换气障碍　　　　　D. 病原体毒素作用
　　E. 肺动脉高压

12. 患儿，男，6个月，发热、流鼻涕4天，今日烦躁哭闹，摇头，查体：体温38℃，咽充血明显，左耳外道有少许黄白色脓液，肺部听诊正常。该患儿可能是上呼吸道感染并发了中耳炎，引起的原因是
　　A. 后鼻道狭窄　　　　B. 鼻腔相对较小
　　C. 鼻窦口相对较大　　D. 咽鼓管宽、短、直
　　E. 喉部较长，呈漏斗状

A₃型题

(13~15题共用题干)

8岁男孩,1周来发热,咳嗽,2天来加重,曾用青霉素3天无效。查体:体温38℃,右下肺呼吸音减低,X线胸片发现左上肺小片状淡薄云絮状阴影。

13. 引起肺炎最可能的病原体是
    A. 腺病毒　　　　　B. 肺炎支原体
    C. 流感嗜血杆菌　　D. 呼吸道合胞病毒
    E. 金黄色葡萄球菌

14. 该患儿应考虑为肺炎支原体肺炎的可能性大,需进一步做何检查以确定诊断
    A. 血培养　　　　　B. 血清冷凝聚试验
    C. 痰培养　　　　　D. 血常规
    E. 血清电解质

15. 该肺炎的病程一般是
    A. <1周　　　　　B. 1~2周
    C. 2~4周　　　　D. 6~8周
    E. 数周至数月

A₄型题

(16~19题共用题干)

患儿,女,6个月,低热,咳嗽,呼吸急促,喘憋,肺部叩诊呈过清音,呼吸音减弱,呼气延长,发作间歇期两肺可闻及哮鸣音及细湿啰音。

16. 引起该病的病原体是
    A. 腺病毒　　　　　B. 冠状病毒
    C. 流感病毒　　　　D. 柯萨奇病毒
    E. 呼吸道合胞病毒

17. 该患儿易患呼吸道感染,主要缺乏的免疫球蛋白是
    A. SIgA　　　　　B. IgD
    C. IgE　　　　　D. IgG
    E. IgM

18. 该患儿机体病理生理改变的关键因素是
    A. 机体抵抗力下降　B. 缺氧和二氧化碳潴留
    C. 病原菌入侵　　　D. 毒素作用
    E. 各器官发育不成熟

19. 为进一步确定诊断需做何检查
    A. 胸部X线　　　　B. 心电图
    C. 血常规　　　　　D. 超声心动图
    E. 血培养

二、实践能力

A₁型题

20. 肺炎应用糖皮质激素的适应证哪项错误
    A. 中毒症状明显　　B. 合并水痘

C. 严重喘憋　　　　D. 中毒性脑病
    E. 感染性休克

21. 一般小儿细菌性肺炎应用抗生素的时间为
    A. 体温正常即可停药
    B. 肺部啰音消失停药
    C. 胸片复查正常后停药
    D. 血常规复查白细胞正常后停药
    E. 体温正常后5~7天,临床症状基本消失后3天停药

22. 急性上呼吸道感染婴儿鼻塞影响吃奶时,麻黄碱溶液滴鼻的浓度为
    A. 0.1%　　　　　B. 0.2%
    C. 0.3%　　　　　D. 0.4%
    E. 0.5%

23. 支气管肺炎区别于支气管炎的主要特点是
    A. 气促　　　　　B. 白细胞增高
    C. 发热、咳嗽　　D. 呼吸音减弱
    E. 固定的细湿啰音

24. 关于小儿肺炎的护理,以下哪项**不正确**
    A. 体位采用头高位或半卧位
    B. 经常翻身更换体位以减轻肺部淤血
    C. 及时注意吸痰以保持呼吸道畅通
    D. 尽量少喂奶、少喂食,以防呛咳及引起窒息
    E. 输液时严格控制液量和速度,以防肺水肿

A₂型题

25. 患儿,女,6个月。发热、咳嗽、喘憋2天。查体:体温37.8℃,呼吸66次/分,心率150次/分,呼气性呼吸困难明显,两肺满布喘鸣音。为缓解呼吸困难,治疗时可用
    A. 氨茶碱　　　　　B. 肾上腺素
    C. 复方氯丙嗪　　　D. 肾上腺糖皮质激素
    E. 脂凝乳雾化吸入

> **解析:**肺炎患儿中毒症状明显或严重喘憋、呼吸衰竭等,可短期应用肾上腺糖皮质激素。

26. 患儿,男,5岁。因咳嗽,咳黏液痰2天入院。查体:双肺呼吸音粗,X线胸片示双肺纹理粗。门诊以"急性支气管炎"收入院。该患儿的主要护理问题是
    A. 清理呼吸道无效　B. 气体交换受损
    C. 低效性呼吸型态　D. 高热
    E. 知识缺乏

27. 患儿,女,9个月,发热、咳嗽3天。查体:体温

37.8℃,呼吸 45 次/分,心率 130 次/分,口周发绀,鼻翼扇动,两肺听诊有细湿啰音。护士应为该患儿行鼻导管吸氧,吸氧的流量和浓度分别为

A. 0.5~1L/min,<40%

B. 1~2L/min ,<40%

C. 1~2L/min ,<50%

D. 2~4L/min ,<40%

E. 2~4L/min ,<50%

28. 患儿,6 岁,发热、咳嗽 6 天,体温 38℃,呼吸 25 次/分。肺部可闻及细湿啰音。痰液黏稠,不易咳出。该患儿的主要护理措施是

A. 立即物理降温

B. 给予适量止咳药

C. 室内湿度应保持 40%

D. 嘱患儿勿进食过饱

E. 定时雾化吸入、排痰

29. 患儿,3 岁,因肺炎入院。经治疗后症状好转,又突然高热,呼吸困难,右肺叩诊浊音。该患儿可能并发了

A. 急性心力衰竭　　　B. 呼吸衰竭

C. 中毒性脑病　　　　D. 中毒性心肌炎

E. 脓胸

30. 患儿,生后 3 天,发热、鼻塞。查体:体温 39.8℃,咽部充血,诊断为"上感"。对该患儿的护理措施应首选

A. 解开过厚衣被散热

B. 口服退热药物

C. 用退热栓降温

D. 用 0.5%麻黄碱溶液滴鼻

E. 用 50%乙醇擦浴

解析:新生儿降温首选解包散热。

31. 护理一个 1 岁患金黄色葡萄球菌肺炎患儿时,发现他突然出现呼吸困难加重,经吸痰和给予氧气吸入后无明显缓解,应考虑有哪种变化

A. 呼吸性酸中毒　　　B. 合并心力衰竭

C. 高热所致　　　　　D. 并发脓气胸

E. 肺部炎症加重

32. 某肺炎球菌肺炎患儿,在抗生素治疗下体温退后复升,白细胞持续上升,应考虑

A. 抗生素剂量不足　　B. 细菌产生耐药性

C. 机体抵抗力低下　　D. 并发症存在

E. 休克先兆

33. 一重症肺炎患儿入院后 3 天出现严重腹胀,查体发现肠鸣音消失,血清钾测定在正常范围,该患儿可能并发

A. 低钠血症　　　　　B. 中毒性肠麻痹

C. 消化不良　　　　　D. 低钾血症

E. 低钙血症

34. 患儿,女,11 个月,因急性上呼吸道感染出现发热,在服用阿司匹林后大汗淋漓,测量体温为 37.3℃,该患儿的主要护理诊断是

A. 体温过高　　　　　B. 心排血量减少

C. 体温过低　　　　　D. 有体液不足的危险

E. 有皮肤完整性受损的危险

35. 患儿,男,早产儿。出生后 6 小时出现呼吸困难,加重 1 小时,拒乳,口唇青紫,三凹征明显,两肺闻及固定的细湿啰音。此患儿首优的护理诊断

A. 清理呼吸道无效

B. 潜在并发症:出血

C. 营养失调:低于机体需要量

D. 气体交换受损

E. 有感染的危险

A₃/A₄ 型题

(36~38 题共用题干)

患儿,男,2 岁。因咳嗽、咳痰 2 天,喘息 1 天入院。查体:体温 38.5℃,脉搏 95 次/分,呼吸 45 次/分,呈呼气性呼吸困难,听诊两肺布满哮鸣音和粗湿啰音,患儿咳嗽无力,诊断为哮喘性支气管炎,家长十分焦虑,担心转为支气管哮喘。

36. 该患儿的首优护理诊断是

A. 清理呼吸道无效　　B. 气体交换受损

C. 体温过高　　　　　D. 心排出量减少

E. 焦虑

37. 此时,最适合的护理措施是

A. 超声雾化吸入　　　B. 体位引流

C. 少量多次饮水　　　D. 定时为患儿吸痰

E. 定时为患儿拍背

38. 对患儿家长进行健康指导不妥的是

A. 介绍按时预防接种的重要性

B. 强调良好居住环境的重要性

C. 解释超声雾化吸入的重要性

D. 说明部分患儿可发展为支气管哮喘

E. 说明本病有反复发作的倾向

(39~42 题共用题干)

患儿,10 个月,以发热、咳嗽、气促就诊,查体:体

温 39.5℃,脉搏 150 次/分,呼吸 50 次/分,口周发绀,两肺有细湿啰音,诊断为肺炎。

39. 应对该患儿立即采取的护理措施是

　　A. 调节病室的温湿度

　　B. 取舒适的平卧位

　　C. 进行雾化吸入

　　D. 进行物理降温

　　E. 翻身、拍背、吸痰

解析: 婴幼儿降温首选物理降温。

40. 该患儿喂养,下列哪项不妥

　　A. 少量多次喂养

　　B. 喂养中可间断吸氧

　　C. 给予高营养的软食

　　D. 喂奶时可持续高浓度吸氧

　　E. 喂奶后可右侧半卧位

解析: 持续高浓度给氧会导致晶状体后纤维增生而引起失明。

41. 该患儿入院时,对其家长的健康指导特别重要的是

　　A. 介绍肺炎的病因

　　B. 指导合理喂养

　　C. 保持患儿安静,避免呛咳

　　D. 示范帮助患儿翻身的操作

　　E. 讲解肺炎的预防

42. 该患儿住院期间护士应重点观察

　　A. 睡眠状况　　　　B. 进食多少

　　C. 大小便次数　　　D. 咳嗽频率及轻重

　　E. 脉搏、呼吸的改变

(43~46 题共用题干)

　　患儿,5 岁,弛张热、气促、咳嗽有黄痰,突然出现明显的呼吸困难、烦躁、剧烈咳嗽、面色发绀、不能平卧,查体:胸廓饱满,叩诊胸廓上方呈鼓音、下方呈实音,听诊呼吸音减弱,心率 140 次/分,肝大达肋下 2.0cm。

43. 该患儿最可能合并

　　A. 气胸　　　　　　B. 肺不张

　　C. 脓气胸　　　　　D. 心力衰竭

　　E. 中毒性脑病

44. 引起肺炎最可能的病原体是

　　A. 腺病毒　　　　　B. 肺炎支原体

　　C. 流感嗜血杆菌　　D. 呼吸道合胞病毒

　　E. 金黄色葡萄球菌

45. 最紧急的护理措施是

　　A. 吸氧　　　　　　B. 控制输液量

　　C. 减慢输液速度　　D. 按医嘱使用利尿剂

　　E. 配合医生进行胸穿或胸腔闭式引流

46. 该患儿使用抗生素的疗程应该是

　　A. 一般用至体温正常后 5~7 天

　　B. 临床症状和体征消失后 3 天

　　C. 体温正常后继续用药 2 周,总疗程 6 周

　　D. 至少用药 2~3 周

　　E. 至少用药 1~2 周

(47~51 题共用题干)

　　11 个月患儿,发热、咳嗽 2 天,以肺炎收入院。入院第 2 天,突然烦躁不安、呼吸急促、发绀。查体:体温 38℃,呼吸 70 次/分,脉搏 186 次/分,心音低钝,两肺细湿啰音增多,肝肋下 3.5cm。

47. 该患儿最可能并发了

　　A. 中毒性脑病　　　B. 急性呼吸衰竭

　　C. 脓气胸　　　　　D. 肺大疱

　　E. 急性心力衰竭

48. 该患儿治疗措施最关键的是

　　A. 大剂量使用镇静剂

　　B. 间断吸氧

　　C. 使用利尿剂

　　D. 快速使用洋地黄制剂

　　E. 吸痰清理呼吸道

解析: 洋地黄制剂是强心药。

49. 对该患儿首先采取的护理措施是

　　A. 超声雾化吸入

　　B. 限制水、钠入量

　　C. 设法让患儿安静

　　D. 患儿取右侧卧位

　　E. 清理患儿呼吸道

50. 此时该患儿输液速度应控制在每小时

　　A. 5ml/kg　　　　　B. 8ml/kg

　　C. 10ml/kg　　　　D. 12ml/kg

　　E. 15ml/kg

51. 该患儿在治疗过程中,如果突然口吐粉红色泡沫痰。下列处理哪项正确

　　A. 大量间歇氧气吸入

　　B. 小量间歇氧气吸入

　　C. 吸入 20%~30%乙醇溶液湿化的氧气

　　D. 持续高流量氧气吸入

E. 持续低流量氧气吸入

解析：吸入20%～30%乙醇湿化的氧气可使泡沫痰表面张力降低。

参考答案

1—5 CDDBE　6—10 CEAAD　11—15 ADBBC

16—20 EABAB　21—25 EEEDD　26—30 AAEEA

31—35 DDBDD　36—40 AADDD　41—45 CECEE

46—51 CEDCAC

（郭　琳）

第7章　循环系统疾病患儿的护理

第1节　小儿循环系统的解剖生理特点

一、心脏

1. 心脏的胚胎发育：胚胎 2～8 周是心脏形成的关键期，先天性心脏畸形主要发生在此期。

2. 心脏的位置：新生儿心脏位置为横位，心尖搏动在第四肋间锁骨中线外，2 岁后逐渐转成斜位，心尖搏动下移至第五肋间隙。

二、心率（表 7-1）

表 7-1　不同年龄小儿正常心率

年龄	心率
新生儿	120～140 次/分
1 岁以内	110～130 次/分
2～3 岁	100～120 次/分
4～7 岁	80～100 次/分
8～14 岁	70～90 次/分

三、血压

1. 小儿血压正常值及计算公式
   - （1）1 岁以内收缩压 70～80mmHg①，2 岁以后收缩压＝年龄×2＋80mmHg。
   - ★（2）舒张压＝收缩压×2/3。

★2. 小儿测血压时袖带的宽度应为上臂长度的 1/2～2/3。袖带过宽测得血压偏低，袖带过窄测得血压偏高。

第2节　先天性心脏病

一、概述

先天性心脏病是胎儿时期心脏及大血管发育异常而导致的先天畸形，是小儿时期最常见的心脏病。

---

① 1mmHg＝0.133kPa。

二、病因

1. 遗传因素:**染色体易位与畸变**。

2. 环境因素:**宫内感染(主要是病毒感染)**、大剂量接触放射线、药物影响、孕母患有代谢性疾病或患有宫内缺氧的慢性疾病。

二、分类

根据左右心腔或大血管间有无分流和临床有无青紫,可分为3类:

★1. 左向右分流型(潜伏青紫型):常见房间隔缺损、室间隔缺损、动脉导管未闭。平时无青紫,屏气或剧烈哭闹时可出现暂时性青紫。晚期可导致显著肺动脉高压,临床出现持久性青紫,即艾森曼格综合征,此时已不能手术治疗。

★2. 右向左分流型(青紫型):常见法洛四联症,有持续性青紫。

3. 无分流型(无青紫型):常见主动脉狭窄和肺动脉狭窄。

四、常见先天性心脏病的特点

1. 房间隔缺损(ASD)

- (1)临床表现:随缺损大小而不同
  - 1)缺损小者:可无症状,仅在体检时发现胸骨左缘第2~3肋间有收缩期杂音。
  - 2)缺损大者:**生长发育落后,体格瘦小,面色苍白,乏力,活动后心悸,多汗。当哭闹、患肺炎或心衰时可出现暂时性青紫。**查体胸骨左缘第2~3肋间有Ⅱ~Ⅲ级收缩期喷射性杂音,脉动脉瓣区第二音(P_2亢进),有固定分裂。
- (2)并发症:**反复呼吸系统感染、充血性心力衰竭、亚急性细菌性心内膜炎。**
- (3)辅助检查:胸部X线检查右心房、右心室增大,肺动脉段突出,可见肺门"舞蹈"征。超声心动图检查(无痛、简便、安全)可确诊。
- (4)治疗原则:内科治疗包括对症治疗、预防呼吸道感染、防止发生心力衰竭等并发症。介入治疗或外科手术治疗一般在3~5岁进行。

2. 室间隔缺损(VSD):是最常见的先天性心脏病

- (1)临床表现取决于缺损大小
  - 1)缺损小者:可无明显症状。
  - 2)大、中型缺损:**乏力、气短、多汗、生长发育缓慢,易患肺部感染。当出现肺动脉高压时可出现青紫。**查体胸骨左缘第3~4肋间有Ⅲ~V级全收缩期杂音。
- (2)并发症:**反复呼吸系统感染、充血性心力衰竭、亚急性细菌性心内膜炎。**
- (3)辅助检查:胸部X线检查左心室、右心室、左心房增大,肺动脉段突出,可见肺门"舞蹈"征。超声心动图检查(无痛、简便、安全)可确诊。
- (4)治疗原则:内科治疗包括对症治疗、预防呼吸道感染、防止发生心力衰竭等并发症。大、中型室间隔缺损可手术治疗或介入治疗。

先心病儿分三类,左右右左无分流。

左向右型有三种,房缺室缺管未闭。

法洛四联右向左,动脉狭窄无分流。

3. 动脉导管未闭(PDA)

(1)临床表现:取决于导管管径粗细和分流量的大小,动脉导管较细者可无症状,动脉导管粗大者表现为

　　★1)气急、乏力、咳嗽、多汗、生长发育落后。

　　2)严重肺动脉高压时产生差异性发绀,下肢青紫明显。

　　★3)胸骨左缘第2肋间有响亮的连续性机器样杂音。

　　★4)脉压增大,周围血管征阳性,可见毛细血管搏动,触到水冲脉;可闻及股动脉枪击音。

(2)并发症:反复呼吸系统感染、充血性心力衰竭、亚急性细菌性心内膜炎。

(3)辅助检查:胸部X线检查左心房、左心室增大,肺动脉段突出,★可见肺门"舞蹈"征。

(4)治疗原则

　　1)内科治疗:生后1周内用吲哚美辛(消炎痛)可促进导管关闭。

　　2)外科治疗:手术结扎适宜年龄1～6岁,也可进行介入治疗。

★4. 法洛四联症:是最常见的青紫型先天性心脏病,由肺动脉狭窄、室间隔缺损、主动脉骑跨和右心室肥厚4种畸形组成,肺动脉狭窄为重要畸形

(1)临床表现:与肺动脉狭窄程度有关。

　　1)主要表现为青紫,多于生后3～6个月出现。

　　★2)杵状指(趾)。

　　★3)蹲踞现象(蹲踞时体循环阻力增加,右向左分流减少,可暂时缓解缺氧症状)。

　　★4)缺氧发作如晕厥、抽搐等。

　　★5)胸骨左缘第2～4肋间有Ⅱ～Ⅲ级收缩期喷射性杂音。

(2)并发症:脑栓塞、脑脓肿、亚急性细菌性心内膜炎、红细胞增多症。

(3)辅助检查:胸部X线检查心影呈靴形,即心尖上翘、心腰凹陷,肺野清晰。

(4)治疗原则

　　1)缺氧发作

　　　①立即予以膝胸体位。

　　　②吸氧、镇静。

　　　③药物治疗:吗啡、普萘洛尔、碳酸氢钠等。

　　　④严重意识丧失,血压不稳定者尽早进行气管插管,人工呼吸。

　　2)外科治疗:根治手术适宜年龄5～9岁。

五、护理问题

1. 活动无耐力:与血氧饱和度下降或体循环血量减少有关。

2. 营养失调:低于机体需要量　与组织缺氧导致喂养困难有关。

3. 生长发育迟缓:与体循环血量减少影响生长发育有关。

4. 有感染的危险:与机体免疫力低下、肺血流量增多有关。

5. 潜在并发症:充血性心力衰竭、急性脑缺氧发作、脑栓塞等。

6. 焦虑:与家长担心手术费用和手术效果及患儿喂养困难、体弱多病等因素有关。

六、护理措施

1. 休息:是恢复心脏功能的重要条件。

2. 病室环境设置及要求:室温20～22℃,湿度55%～60%;室内备有抢救设备如急救车、吸痰器、吸氧设备、心电监护仪等。

3. 注意观察病情,防止并发症发生

　　(1)法洛四联症患儿活动、哭闹、便秘后可引起缺氧发作,一旦发作立即将小儿置于膝胸卧位,给予吸氧。

　　★(2)法洛四联症患儿发热、出汗、吐泻时注意供给充足液体,防止血栓形成。

　　(3)出现烦躁不安、心率增快、呼吸困难、端坐呼吸、水肿、肝大等心力衰竭表现时立即置患儿半卧位,吸氧,通知医生并按心力衰竭护理。

4. 饮食护理:给予清淡易消化食物,少量多餐。供给充足能量、蛋白质和维生素,保证营养需要。心力衰

竭患儿根据病情给予低盐或无盐饮食。

5. 对症护理
- (1) 出现呼吸困难、呼吸加快、青紫:半卧位休息,吸氧,烦躁者遵医嘱给镇静剂。
- (2) 水肿
  - 1) 无盐或少盐易消化饮食。
  - 2) 少尿者遵医嘱给利尿剂。
  - 3) 每周测体重 2 次,严重水肿者每日测 1 次。
  - 4) 每日做皮肤护理 2 次。
- (3) 咳嗽、咯血:绝对卧床休息,抬高床头,备好吸痰器、痰瓶,必要时协助患儿排痰。
- (4) 便秘:多食含纤维素丰富的食物;患儿超过 2 天无大便应立即报告医师,遵医嘱给缓泻剂,禁止下地独自排便。

6. 药物治疗护理:注意观察强心苷毒性反应
- ★(1) 强心苷毒性反应表现为胃肠道反应(恶心、呕吐等)、神经系统反应(视力模糊或黄、绿视)、心脏反应(室性期前收缩、心动过缓等)。
- ★(2) 使用强心苷期间禁用钙剂。可同时补钾。

7. 预防感染:避免受凉;保护性隔离;做小手术(如拔牙、扁桃体切除术)时给予抗生素预防感染,防止发生感染性心内膜炎。

8. 心理护理:关心爱护患儿,建立良好护患关系。

七、健康教育

1. 指导家长合理安排患儿生活作息和活动量,做到劳逸结合。

2. 指导家长合理安排患儿的饮食,给予高蛋白、高维生素、高能量、易消化的饮食,少量多餐,强调多食含膳食纤维较多的蔬菜、水果等,以保持大便通畅。

3. 做好用药指导,介绍所用药物的名称、用法、剂量、作用、不良反应和使用时间,强调按医嘱用药,切勿自行调整剂量和用药次数,并学会观察药物不良反应。

4. 为家长提供急救中心和医院急诊室电话,指导家长如何观察心力衰竭、脑缺氧的表现,一旦发生应及时就医。

5. 强调预防各种感染,尤其是预防呼吸道感染的重要性。若患儿无严重症状出现,应按时进行预防接种。

6. 法洛四联症患儿注意饮食卫生,避免因腹泻、呕吐等导致脱水引起脑血栓。

7. 嘱家长带患儿定期到医院进行随访。

模拟试题栏——识破命题思路,提升应试能力

一、专业实务

A₁型题

1. 先天性心脏畸形主要发生在
- A. 胚胎第 1 周
- B. 胚胎第 2～8 周
- C. 胚胎第 12～16 周
- D. 胚胎第 22～28 周
- E. 胚胎第 29～37 周

2. 关于小儿血压及测量方法,以下提法哪项是错误的
- A. 小儿血压较成人低
- B. 舒张压为收缩压的 3/4
- C. 袖带过宽测得血压偏低
- D. 袖带过窄测得血压偏高
- E. 测量血压袖带的宽度应为上臂长度的 1/2～2/3

3. 1 岁以内小儿正常心率是
- A. 120～140 次/分
- B. 110～130 次/分
- C. 100～120 次/分
- D. 80～100 次/分
- E. 70～90 次/分

4. 与先天性心脏病的发病无关的是
- A. 染色体易位与畸变
- B. 宫内病毒感染
- C. 孕母接触过量放射线
- D. 药物影响
- E. 产伤

5. 以下哪种先天性心脏病属右向左分流型
- A. 房间隔缺损
- B. 室间隔缺损

C. 动脉导管未闭　　　　　D. 法洛四联症

E. 肺动脉狭窄

A₂ 型题

6. 患儿,女,3 岁。护士为其测量血压,表明此患儿收缩压正常的测量值是

A. 45mmHg　　　　　　　B. 65mmHg

C. 85mmHg　　　　　　　D. 105mmHg

E. 115mmHg

解析:2 岁以后小儿收缩压=(年龄×2+80)mmHg。该患儿 3 岁,代入公式求得收缩压的值为 86mmHg。由于血压正常有波动,选项中最接近 86mmHg 的为最佳答案。

7. 患儿,男,5 岁。护士测量其收缩压为 90mmHg,推算其舒张压应为

A. 40mmHg　　　　　　　B. 50mmHg

C. 60mmHg　　　　　　　D. 70mmHg

E. 80mmHg

解析:小儿的舒张压=收缩压×2/3。该患儿收缩压的值为 90mmHg,代入公式求得舒张压的正常值为 60mmHg。

8. 患儿,男,4 个月,体检时发现胸骨左缘第 3~4 肋间有Ⅲ级收缩期杂音,经超声心动图证实为室间隔缺损。下列哪项说法**不正确**

A. 右心室压力大于左心室　B. 体循环血量减少

C. 肺循环血量增多　　　　D. 右心血流量增多

E. 有肺门舞蹈征

9. 患儿 8 个月,出生后有反复呼吸道感染,体检发现胸骨左缘第 2~3 肋间有Ⅲ级收缩期喷射性杂音,怀疑有先天性心脏病。确诊最简便、安全的辅助检查是

A. 胸部 X 线检查　　　　　B. 心电图

C. 超声心动图检查　　　　D. 心导管检查

E. 心血管造影

10. 患儿 1 岁半,出生后有反复呼吸道感染,生长发育落后于同龄儿,哭闹时常出现下半身青紫,胸骨左缘第 2 肋间有连续性机器样杂音,诊断为动脉导管未闭。下列哪项说法**不正确**

A. 属左向右分流型先心病

B. 属青紫型先心病

C. 属潜伏青紫型先心病

D. 主动脉血向肺动脉分流

E. 有周围血管征

11. 患儿 8 个月,生后 2 个月起逐渐出现青紫,诊断为法洛四联症。在一次哭闹后出现呼吸困难,随即晕厥、抽搐。产生此现象的最可能原因是

A. 呼吸衰竭　　　　　　　B. 心力衰竭

C. 循环衰竭　　　　　　　D. 脑缺氧

E. 脑炎

12. 患儿 1 岁,生后 6 个月起逐渐出现青紫,哭闹后加重,胸骨左缘 2~4 肋间闻及Ⅲ级收缩期杂音,诊断为法洛四联症。其青紫程度主要取决于

A. 肺动脉狭窄程度　　　　B. 主动脉骑跨

C. 房间隔缺损　　　　　　D. 室间隔缺损

E. 贫血程度

A₃ /A₄ 型题

(13、14 题共用题干)

4 个月患儿,消瘦,多汗,气短,因"肺炎"住院治疗,查体发现有心脏杂音,经 X 线、超声心动图检查诊断为"室间隔缺损"。

13. 该患儿属于哪一型先天性心脏病

A. 左向右分流型　　　　　B. 右向左分流型

C. 无分流型　　　　　　　D. 青紫型

E. 以上都不是

14. 目前认为先天性心脏病的病因主要是

A. 宫内细菌感染　　　　　B. 宫内病毒感染

C. 宫内支原体感染　　　　D. 母亲妊娠毒血症

E. 胎盘早剥

(15~18 题共用题干)

患儿 3 岁,自幼喂养困难,生后 4 个月起发现口唇青紫,哭闹后加剧,会走后常有蹲踞,平日不爱活动。查体:体格瘦小,面色苍白,心前区隆起,胸骨左缘第 2~4 肋间有Ⅲ级收缩期喷射性杂音。初步考虑为法洛四联症。

15. 法洛四联症由 4 种畸形组成,不包括

A. 肺动脉狭窄　　　　　　B. 室间隔缺损

C. 主动脉骑跨　　　　　　D. 左心室肥厚

E. 右心室肥厚

16. 法洛四联症最重要的畸形是

A. 肺动脉狭窄　　　　　　B. 室间隔缺损

C. 主动脉骑跨　　　　　　D. 左心室肥厚

E. 右心室肥厚

17. 该患儿典型的 X 线表现是

A. 心影呈靴形　　　　　　B. 右室大

C. 肺动脉段凹陷　　　　　D. 肺野清晰

E. 左室大

18. 患儿喜欢蹲踞的原因是
    A. 蹲踞时体循环阻力增加,右向左分流减少,可缓解缺氧
    B. 蹲踞时体循环阻力降低,右向左分流减少,可缓解缺氧
    C. 蹲踞时体循环阻力增加,右向左分流增多,可缓解缺氧
    D. 蹲踞时体循环阻力降低,右向左分流增多,可缓解缺氧
    E. 患儿偷懒

二、实践能力

A₁型题

19. 先天性心脏病最常见的是
    A. 房间隔缺损　　　　　B. 室间隔缺损
    C. 动脉导管未闭　　　　D. 法洛四联症
    E. 肺动脉狭窄

20. 脉压增大的先天性心脏病是
    A. 房间隔缺损　　　　　B. 室间隔缺损
    C. 动脉导管未闭　　　　D. 法洛四联症
    E. 右位心

21. 右向左分流型先天性心脏病最突出的临床症状是
    A. 多汗　　　　　　　　B. 消瘦
    C. 心悸　　　　　　　　D. 青紫
    E. 疲乏

22. 下列疾病中最早出现青紫的是
    A. 房间隔缺损　　　　　B. 室间隔缺损
    C. 动脉导管未闭　　　　D. 法洛四联症
    E. 右位心

23. 生后1周内用何种药物可促进动脉导管关闭
    A. 吲哚美辛　　　　　　B. 阿司匹林
    C. 对乙酰氨基酚　　　　D. 硝苯地平
    E. 布洛芬

A₂型题

24. 患儿,男,3岁。体质差,反复患呼吸道感染。体检发现胸骨左缘第2～3肋间可闻及Ⅱ～Ⅲ级收缩期杂音,肺动脉瓣区第二音亢进,伴固定性分裂。最可能的诊断是
    A. 房间隔缺损　　　　　B. 室间隔缺损
    C. 动脉导管未闭　　　　D. 法洛四联症
    E. 右位心

25. 患儿,4岁。自6个月时出现青紫,活动后气促、乏力,常喜下蹲。体检胸骨左缘2～4肋间闻及Ⅲ级收缩期杂音,可见杵状指(趾),首先考虑
    A. 房间隔缺损　　　　　B. 室间隔缺损
    C. 动脉导管未闭　　　　D. 法洛四联症
    E. 右位心

26. 患儿,2岁,曾多次患肺炎,活动后有气促但无青紫,胸骨左缘第3～4肋间闻及Ⅳ级收缩期杂音,肺动脉瓣区第二音亢进。最可能的诊断为
    A. 房间隔缺损　　　　　B. 室间隔缺损
    C. 动脉导管未闭　　　　D. 法洛四联症
    E. 肺动脉狭窄

27. 患儿10个月,出生后反复患呼吸道感染。3天前发热、咳嗽,今日出现气促、烦躁不安。查体:体温38.6℃,呼吸68次/分,心率182次/分,胸骨左缘第3～4肋间闻及Ⅳ级收缩期杂音,肺动脉瓣区第二音亢进,肝肋下3cm,双下肢轻度水肿。最可能的诊断为
    A. 室间隔缺损
    B. 室间隔缺损合并肺炎
    C. 室间隔缺损合并心力衰竭
    D. 室间隔缺损合并肺炎和心力衰竭
    E. 室间隔缺损合并亚急性细菌性心内膜炎

28. 患儿,6岁,易患呼吸道感染,活动后气促,生长发育落后于同龄儿。查体:胸骨左缘第2肋间可闻及连续性机器样杂音,血压96/40mmHg,可闻及股动脉枪击音。诊断考虑为
    A. 室间隔缺损　　　　　B. 肺动脉狭窄
    C. 房间隔缺损　　　　　D. 动脉导管未闭
    E. 法洛四联症

29. 患儿,7岁,消瘦、乏力,气短、多汗,近1年来出现青紫。体检:营养发育差,胸骨左缘第3、4肋间闻及响亮粗糙的收缩期杂音,肺动脉瓣区第二音亢进。胸片显示左、右心室均大,以右心室增大为主。最可能的诊断是
    A. 法洛四联症　　　　　B. 肺动脉狭窄
    C. 房间隔缺损　　　　　D. 动脉导管未闭
    E. 艾森曼格综合征

30. 患儿,3岁,平时乏力,活动后气促,体检:面色较苍白,胸骨左缘第3～4肋间闻及Ⅲ级收缩期杂音,经超声心动图检查确诊为室间隔缺损。下列哪项不是其常见并发症
    A. 支气管肺炎
    B. 肺水肿
    C. 心力衰竭

D. 亚急性细菌性心内膜炎

E. 脑栓塞

31. 患儿,6个月,先天性心脏病并发心力衰竭,现用强心苷药物治疗。当出现下列哪种情况时应及时停用强心苷药物

A. 尿量增多 　　　 B. 心动过缓

C. 肝脏回缩 　　　 D. 水肿消退

E. 呼吸减弱

32. 患儿,4岁,生后5个月起出现青紫,体格瘦小,有杵状指(趾),平时喜蹲踞,诊断为法洛四联症。现患儿突然出现脑缺氧发作,应采取的体位是

A. 俯卧位 　　　 B. 平卧位

C. 半坐卧位 　　　 D. 膝胸卧位

E. 侧卧位

解析:膝胸卧位可使体循环阻力增加,右向左分流减少,从而使缺氧症状暂时得到缓解

33. 患儿,5岁,患先天性心脏病,未接受手术治疗。因扁桃体炎反复发作,准备做扁桃体摘除术,术前准备最重要的是

A. 按医嘱给予抗生素 B. 预防感冒

C. 避免劳累 　　　 D. 加强营养

E. 心理护理

34. 患儿,8岁,体格瘦小,心前区闻及杂音,确诊为室间隔缺损,未接受手术治疗。现需拔牙,术前按医嘱用抗生素的主要目的是

A. 防止发生肺炎

B. 防止发生上呼吸道感染

C. 防止发生感染性心内膜炎

D. 防止发生脑炎

E. 防止发生牙髓炎

A₃/A₄型题

(35、36题共用题干)

患儿,女,9个月。出生以来喂养困难,哭闹时青紫明显,现患儿体温38.5℃,咳嗽。体检肺部闻及湿啰音,胸骨左缘第2~3肋间可闻Ⅱ~Ⅲ级收缩期喷射性杂音,肺动脉瓣区第二音(P_2)亢进并呈固定分裂。

35. 此患儿最可能的原发病为

A. 室间隔缺损 　　　 B. 房间隔缺损

C. 动脉导管未闭 　　　 D. 法洛四联症

E. 病毒性心肌炎

解析:根据哭闹时青紫,可判断为左向右分流潜伏青紫型心脏病;根据杂音的性质与所在部位可以判断患儿可能患有房间隔缺损。

36. 目前患儿出现的并发症为

A. 支气管炎 　　　 B. 支气管肺炎

C. 充血性心力衰竭 　　 D. 肺水肿

E. 亚急性细菌性心内膜炎

解析:根据肺部出现少量湿啰音与体温升高可以判断患儿出现支气管肺炎。

(37、38题共用题干)

患儿,2岁半,曾多次患肺炎,平时无发绀。胸骨左缘第2肋间听到Ⅲ级连续性机器样杂音,伴有水冲脉。

37. 最可能的诊断为

A. 房间隔缺损 　　　 B. 室间隔缺损

C. 动脉导管未闭 　　　 D. 法洛四联症

E. 右位心

38. 该病人的治疗

A. 等待动脉导管自行关闭

B. 等待出现肺动脉高压时手术治疗

C. 介入或手术治疗

D. 长期用地高辛治疗

E. 观察随访

(39~41题共用题干)

患儿,女,3岁,自幼青紫,发热、咳嗽2天,今晨哭闹后突然出现抽搐入院。体温39℃,咽充血,心前区隆起,胸骨左缘闻及心脏杂音,双肺无干湿啰音,指(趾)端发绀明显。X线检查呈靴型心影。

39. 最可能的诊断为

A. 房间隔缺损 　　　 B. 室间隔缺损

C. 动脉导管未闭 　　　 D. 法洛四联症

E. 右位心

40. 最易出现的并发症是

A. 肺炎 　　　 B. 呼吸衰竭

C. 感染性心内膜炎 　　 D. 脑血栓

E. 脑出血

41. 护理该患儿要注意供给充足液体,其目的是

A. 防止心力衰竭 　　　 B. 防止肾功能衰竭

C. 防止休克 　　　 D. 防止脑血栓

E. 防止便秘

(42~45题共用题干)

患儿,5岁,患室间隔缺损,体格瘦小,病情较重,平时需用地高辛维持心功能。现患儿因肺炎后诱发急性心力衰竭,按医嘱用毛花苷丙。

42. 使用洋地黄药物,下列哪项是**错误**的

A. 准确计算洋地黄药物剂量

B. 用药前测心率

C. 用药后观察有无恶心、呕吐及心律不齐

D. 可同时服用氯化钙

E. 可同时服用氯化钾

43. **不适合该病的饮食护理是**

A. 给蛋白质、维生素丰富的易消化饮食

B. 经常调换品种增进食欲

C. 鼓励患儿每餐多进食以纠正营养失调

D. 限制食盐摄入

E. 供给适量蔬菜、水果

44. 该患儿第二天出现恶心、呕吐,视力模糊,最大可能是

A. 强心苷中毒反应

B. 急性胃炎

C. 急性心力衰竭加重

D. 肺炎加重

E. 室间隔缺损的表现

45. 此时应采用的处理措施是

A. 调慢输液速度

B. 暂停使用强心苷并通知医生

C. 给患儿吸入乙醇湿化的氧气

D. 禁食

E. 用呋塞米加速毛花苷丙的排泄

参考答案

1—5 BBBED   6—10 CCACB   11—15 DAABD

16—20 AAABC   21—25 DDAAD   26—30 BDDEE

31—35 BDACB   36—40 BCCDD   41—45 DDCAB

(刘红霞)

第8章 血液系统疾病患儿的护理

第1节 小儿造血和血液特点

一、小儿造血特点

1. 胚胎期造血
   - (1)中胚叶造血期：胚胎期造血首先在中胚叶的卵黄囊出现。
   - (2)肝造血期：胎儿中期以肝脏造血为主。
   - (3)骨髓造血期：骨髓从胚胎4个月开始造血，并成为胎儿后期主要造血器官。

2. 生后造血
   - (1)骨髓造血：出生后主要是骨髓造血。婴幼儿时期所有骨髓均为红骨髓，全部参与造血。5~7岁后长骨中的红骨髓逐渐被黄骨髓代替，黄骨髓具有造血潜能。婴幼儿期因缺少黄骨髓，造血的代偿能力低。
   - ★(2)骨髓外造血：是儿童造血器官的特殊反应。当严重感染或贫血等需要造血增加时，肝、脾、淋巴结恢复到胎儿时期造血状态，表现为肝、脾、淋巴结肿大，外周血中可见幼红细胞或(和)幼稚粒细胞，当感染和贫血纠正后即恢复正常。

二、小儿血液特点

1. 红细胞和血红蛋白量：生后2~3个月出现生理性贫血。
2. 白细胞分类：生后4~6天中性粒细胞和淋巴细胞比例相等(第一次交叉)，至4~6岁两者再次相等(第二次交叉)。

第2节 小儿贫血的分度及分类

一、儿童贫血诊断标准

世界卫生组织(WHO)指出：6个月至6岁儿童血红蛋白<110g/L,6~14岁儿童血红蛋白<120g/L为儿童贫血诊断标准。

二、贫血分类

1. 病因分类
   - (1)红细胞和血红蛋白生成不足性贫血：包括营养性贫血、再生障碍性贫血以及感染、炎症、癌症及慢性肾脏病所致的贫血。
   - (2)溶血性贫血。
   - (3)失血性贫血。

2. 形态学分类：可分为大细胞性贫血、正细胞性贫血、单纯小细胞性贫血和小细胞低色素性贫血。

三、贫血分度(表8-1)

表8-1　贫血的分度

	轻度	中度	重度	极重度
血红蛋白(g/L)	120～90	90～60	60～30	＜30
红细胞(×10^{12}/L)	4～3	3～2	2～1	＜1

第3节　营养性缺铁性贫血

一、概述

1. 营养性缺铁性贫血是由于体内铁缺乏导致血红蛋白减少而引起的一种小细胞低色素性贫血。

2. 本病多见于 **6 个月至 2 岁**婴幼儿。

二、病因

1. **铁的储存不足**:如早产、双胎、孕母患缺铁性贫血等。

2. **铁摄入不足**:婴儿未及时添加含铁丰富的食物,年长儿偏食导致★铁摄入不足是缺铁性贫血的主要原因。

3. **生长发育快**。

4. **铁的吸收和利用障碍**。

5. **铁的丢失过多**。

三、发病机制

1. 铁是合成血红蛋白的原料之一,缺乏时可使血红蛋白合成减少,对红细胞影响较小。

2. 缺铁可使肌红蛋白合成减少,某些含铁酶活性降低,故缺铁时可造成细胞功能紊乱,产生非造血系统的表现。

四、临床表现

1. **一般表现**:皮肤黏膜苍白,以口唇、甲床最明显。易疲乏,年长儿诉全身无力、头晕、耳鸣、眼前发黑等。

2. **骨髓外造血表现**:表现为肝、脾、淋巴结肿大。

3. 非造血系统表现
  (1)消化系统:食欲不振、呕吐、腹泻、口腔炎、**异食癖**等。
  (2)神经系统:烦躁不安、注意力不集中、记忆力减退等。
  (3)心血管系统:心率增快,心脏扩大或心前区杂音,重者发生心力衰竭。
  (4)其他表现:头发枯黄、反甲等。

五、辅助检查

1. **血象**:血红蛋白降低比红细胞数减少更明显,呈小细胞低色素性贫血。

2. **铁代谢检查**:血清铁降低,总铁结合力升高,血清铁蛋白降低。

六、治疗要点

1. 祛除病因。

★2. **铁剂治疗**:是治疗缺铁性贫血的特效药,常用硫酸亚铁,疗程至血红蛋白正常后 **2 个月**左右停药。

3. **输血治疗**:一般不需输血。

七、护理问题

1. 营养失调:低于机体需要量　与铁的摄入不足、储存不足、吸收利用障碍、丢失过多或消耗增加有关。

2. 活动无耐力:与贫血导致组织、器官供氧不足有关。

3. 有感染的危险:与细胞免疫功能降低有关。

4. 潜在并发症:心力衰竭。

八、护理措施

1. 调整饮食,补充含铁丰富的食物
　(1)提倡母乳喂养,并及时添加含铁丰富的辅食如动物的肝、肾、血、瘦肉及蛋黄、黄豆、紫菜、黑木耳等。
　(2)人工喂养儿补充铁强化食品如铁强化奶粉。
　(3)纠正不良饮食习惯,避免偏食、挑食等。

2. 补充铁剂:按医嘱应用铁剂时应注意
　(1)小剂量开始,逐渐增至全量,并在★两餐之间服用,减少对胃的刺激。
　★(2)可与维生素 C、果汁等同服,促进铁的吸收。
　★(3)忌与影响铁吸收的食品如茶、咖啡、牛乳、钙片等同服。
　(4)服用铁剂时可用★吸管服药或★服药后漱口以防牙齿被染黑。
　(5)肌内注射铁剂时,应★深部肌内注射,抽药和给药必须使用不同的针头,每次应更换注射部位。
　(6)首次注射右旋糖酐铁后应观察 1 小时,警惕过敏现象的发生。
　★(7)疗效判断:用药 3～4 天后,网织红细胞开始上升,7～10 天达高峰,1～2 周后血红蛋白逐渐上升,说明治疗有效。

3. 适当安排休息和活动。

4. 预防感染。

九、健康教育

1. 孕妇及哺乳期妇女多吃含铁丰富的食物。

2. 提倡母乳喂养,早产儿和低体重儿从 2 个月开始给予铁剂预防;足月儿从 4 个月开始及时添加含铁丰富的辅食。

第 4 节　营养性巨幼红细胞性贫血

一、概述

营养性巨幼红细胞性贫血是由于**缺乏维生素 B₁₂和叶酸**而引起的一种**大细胞性贫血。**本病多见于 **2 岁以**下婴幼儿。

二、病因

1. 摄入不足:**乳类中含维生素 B₁₂和叶酸较少,**故婴幼儿未及时添加辅食均可引起缺乏。

2. 需要量增加。

3. 吸收、转运障碍。

4. 药物影响。

三、临床表现

1. 一般贫血表现:★**皮肤、面色蜡黄,**虚胖,毛发稀疏细黄。肝、脾多轻度肿大,贫血严重者出现心脏扩大甚至心衰。

*2. 神经、精神症状 { ★(1)患儿反应迟钝、面无表情、少哭不笑,智能发育及动作发育落后,可出现倒退现象。
★(2)维生素 B_{12} 缺乏者可出现肢体、头部或全身震颤甚至抽搐。

四、辅助检查

1. 血象:红细胞减少比血红蛋白减少明显,呈大细胞性贫血。
2. 骨髓象:增生活跃,以红细胞系统增生为主,各期红细胞巨幼变。
3. 血清维生素 B_{12} 和叶酸降低。

五、治疗要点

祛除病因、补充维生素 B_{12} 和叶酸是治疗的关键。有明显神经、精神症状者酌情使用镇静剂。

六、护理问题

1. 营养失调:低于机体需要量 与维生素 B_{12} 和(或)叶酸摄入不足、吸收不良等有关。
2. 活动无耐力:与贫血致组织、器官供氧不足有关。
3. 生长发育改变:与营养不足、贫血和维生素 B_{12} 缺乏影响生长发育有关。
4. 有受伤的危险:与肢体或全身震颤及抽搐有关。

七、护理措施

1. 补充维生素 B_{12} 和叶酸 { ★(1)添加富含维生素 B_{12} 和叶酸的辅食如动物的肝、肉类、蛋类及绿叶蔬菜。
★(2)按医嘱使用维生素 B_{12} 和叶酸:维生素 B_{12} 肌内注射,叶酸口服,同服维生素 C,恢复期加铁剂。单纯维生素 B_{12} 缺乏时不宜加用叶酸,以免加重神经系统症状。

2. 适当安排休息和活动。
3. 防止患儿受伤。
4. 监测生长发育。

八、健康教育

1. 孕妇及哺乳期妇女多吃含维生素 B_{12} 和叶酸丰富的食物。
2. 婴儿按时添加含维生素 B_{12} 和叶酸丰富的辅食。
3. 培养良好的饮食习惯,不挑食,不偏食。

模拟试题栏——识破命题思路,提升应试能力

一、专业实务

A_1 型题

1. 胚胎期造血开始于
   A. 卵黄囊　　　　　B. 肝
   C. 脾　　　　　　　D. 骨髓
   E. 淋巴结

2. 出生后主要造血器官是
   A. 卵黄囊　　　　　B. 肝
   C. 脾　　　　　　　D. 骨髓
   E. 淋巴结

3. 小儿长骨中的红骨髓逐渐被黄骨髓代替发生在哪一时期
   A. 生后满 28 周　　B. 生后满 1 周岁
   C. 2~3 岁开始　　　D. 5~7 岁开始
   E. 10~12 岁开始

4. 婴儿生理性贫血最明显的年龄是
   A. 生后 1 个月　　　B. 生后 2~3 个月
   C. 生后 5~6 个月　　D. 生后 8~9 个月
   E. 1 岁左右

5. 小儿白细胞分类中,粒细胞与淋巴细胞的两次交叉发生在
   A. 1~3 天,1~3 岁　　B. 4~6 天,4~6 岁
   C. 7~8 天,7~8 岁　　D. 4~6 个月,4~6 岁
   E. 4~6 周,4~6 个月

解析：出生时中性粒细胞占多数，生后 4～6 天中性
　　　粒细胞和淋巴细胞比例相等（第一次交叉），以
　　　后淋巴细胞占多数，至 4～6 岁两者再次相等
　　　（第二次交叉），6 岁后逐渐与成人相似。

A_2 型题

6. 患儿，8 个月，系早产，母乳喂养，未添加辅食，生后
　　前半年体重增长较快。因腹泻 1 个月来院就诊。
　　查体发现口唇及睑结膜苍白，肝、脾轻度肿大。血
　　常规显示血红蛋白明显降低，考虑为婴儿腹泻和
　　缺铁性贫血。该患儿缺铁的原因不包括
　　A. 先天储铁不足　　　B. 铁的摄入不足
　　C. 生长发育速度快　　D. 铁的吸收障碍
　　E. 机体免疫力低下

7. 患儿 8 个月，生后人工喂养，未添加辅食，近 2 个
　　月来面色苍白，食欲低下。体检发现口唇及睑结
　　膜苍白，肝、脾轻度肿大。血常规显示血红蛋白明
　　显降低，考虑为缺铁性贫血。导致该患儿缺铁的
　　主要原因是
　　A. 先天储铁不足　　　B. 铁的摄入不足
　　C. 铁需要量增加　　　D. 某些疾病影响
　　E. 铁丢失过多

8. 患儿，10 个月，单纯母乳喂养（母亲喜素食），未添
　　加辅食，近 2 个月来面色蜡黄，食欲低下，表情呆
　　滞，动作发育出现倒退现象。体检发现肝、脾轻度
　　肿大，手有震颤，考虑为营养性巨幼红细胞性贫
　　血。该患儿的主要病因是
　　A. 缺铁　　　　　　　B. 缺维生素 B_{12}
　　C. 缺维生素 D　　　　D. 钙
　　E. 缺蛋白

9. 患儿，10 个月，人工喂养，未添加辅食，近 1 个月来
　　面色苍白，食欲低下。体检发现口唇及睑结膜苍
　　白，心前区闻及 II 级收缩期杂音，肝、脾轻度肿大。
　　为判断小儿有无贫血及贫血程度，应首先做的辅
　　助检查是
　　A. 血常规　　　　　　B. 血生化
　　C. 心电图　　　　　　D. B 超
　　E. 骨髓检查

10. 患儿，9 个月，因面色苍白、精神委靡 2 个月入院。
　　　诊断为营养性缺铁性贫血。健康评估其发病与
　　　下列因素有关，但除外
　　　A. 早产　　　　　　　B. 单纯牛乳喂养
　　　C. 以米糊为主食　　　D. 单纯母乳喂养

　　　E. 母乳喂养并按时添加辅食

11. 患儿，男，1 岁半，平日偏食，常有腹泻、咳嗽。13 个
　　　月时已会独立行走。近 2 个月来面色蜡黄，表情呆
　　　滞，逗之不笑，不能独站，时有头部及手震颤，考虑为
　　　营养性巨幼红细胞性贫血。对诊断无意义的是
　　　A. 喂养史和临床表现
　　　B. 血清维生素 B_{12} 和叶酸测定
　　　C. 骨髓检查
　　　D. 红细胞寿命测定
　　　E. 血常规

A_3 / A_4 型题

（12、13 题共用题干）

　　9 个月患儿，单纯母乳喂养，未添加辅食，4～5 个
月时会笑、能认识母亲。近 2 个月来面色蜡黄，反应
迟钝，少哭不笑。体检发现肢体有轻微震颤，考虑为
营养性巨幼红细胞性贫血。

12. 该患儿的病因是缺乏
　　　A. 铁和维生素 C　　　B. 维生素 B_{12} 和叶酸
　　　C. 维生素 D　　　　　D. 维生素 E
　　　E. 维生素 K

13. 该患儿血象特点是
　　　A. 血红蛋白降低较红细胞减少明显，红细胞大
　　　　小不等，以小细胞为多
　　　B. 血红蛋白降低较红细胞减少明显，红细胞大
　　　　小不等，以大细胞为主
　　　C. 红细胞减少较血红蛋白降低明显，红细胞大
　　　　小不等，以小细胞为多
　　　D. 红细胞减少较血红蛋白降低明显，红细胞大
　　　　小不等，以大细胞为主
　　　E. 血红蛋白降低较红细胞减少明显，红细胞大
　　　　小正常

（14～17 题共用题干）

　　8 个月患儿，系早产，人工喂养，未添加辅食，因
面色苍白，食欲不振，喜吃纸屑来诊，查体发现皮肤
黏膜苍白，肝、脾轻度肿大，血红蛋白 80 g/L，红细胞
3.0×10^{12}/L，考虑为营养性缺铁性贫血。

14. 导致该患儿缺铁的主要原因是
　　　A. 先天储铁不足　　　B. 铁的摄入不足
　　　C. 铁需要量增加　　　D. 某些疾病影响
　　　E. 铁丢失过多

15. 该患儿肝脾肿大的原因是
　　　A. 心力衰竭　　　　　B. 铁剂缺乏
　　　C. 维生素 B_{12} 缺乏　　D. 蛋白质缺乏

E. 骨髓外造血

解析:婴幼儿时期,当严重感染或贫血等需要造血增加时,肝、脾、淋巴结会恢复到胎儿时期造血状态,出现肝、脾、淋巴结肿大,这是儿童造血器官的特殊反应。

16. 该患儿的贫血按细胞形态分类属于
    A. 大细胞性
    B. 大细胞性低色素性
    C. 单纯小细胞性
    D. 小细胞性低色素性
    E. 正细胞性

17. 铁剂治疗 1 周后,观察疗效早期最可靠的指标是
    A. 面色改变
    B. 食欲情况
    C. 心率快慢
    D. 血红蛋白量
    E. 网织红细胞升高

解析:铁剂用药 3～4 天后,网织红细胞开始上升,7～10 天达高峰,2 周后血红蛋白逐渐上升,说明治疗有效。

二、实践能力

A₁ 型题

18. 根据世界卫生组织提出的儿童贫血诊断标准,6 个月至 6 岁儿童血红蛋白正常值的低限是
    A. 80g/L
    B. 90g/L
    C. 100g/L
    D. 110g/L
    E. 120g/L

解析:WHO 指出:6 个月至 6 岁儿童 Hb<110g/L,6～14 岁儿童 Hb<120g/L 为儿童贫血诊断标准。

19. 缺铁性贫血易发年龄
    A. 3～6 个月
    B. 6 个月至 2 岁
    C. 3～5 岁
    D. 5～7 岁
    E. 8～10 岁

20. 早产儿为预防缺铁性贫血,应从何时开始补充铁剂
    A. 生后 1 个月左右
    B. 生后 2 个月左右
    C. 生后 3 个月左右
    D. 生后 4 个月左右
    E. 生后 5 个月左右

A₂ 型题

21. 1 岁小儿红细胞 2.6×10^{12}/L,血红蛋白 75 g/L,该小儿可能是
    A. 正常血象
    B. 轻度贫血
    C. 中度贫血
    D. 重度贫血
    E. 极重度贫血

22. 女婴,7 个月,混合喂养,因时有腹泻,未添加辅

食。近 1 个月来面色苍白,烦躁不安,易激惹。查体:肝肋下 3cm,脾肋下 1 cm,血常规:红细胞 3.0×10^{12}/L,血红蛋白 75 g/L,血涂片中红细胞大小不等,以小者为多,中央淡染区扩大。下列哪项诊断符合本病例
    A. 营养性缺铁性贫血
    B. 营养性巨幼红细胞性贫血
    C. 生理性贫血
    D. 溶血性贫血
    E. 营养性混合性贫血

23. 患儿,8 个月,因面色蜡黄 2 周来诊,自幼母乳喂养,未加辅食,体检发现精神委靡,逗之不笑,初诊为营养性巨幼红细胞性贫血。下述哪项治疗最重要
    A. 增加辅助食品
    B. 给予维生素 B₁₂ 和叶酸
    C. 口服铁剂
    D. 口服维生素 C
    E. 输血

24. 10 个月小儿,因面色苍白 1 个月来诊,诊断为营养性缺铁性贫血。下述处理哪项是不必要的
    A. 设法增进食欲
    B. 口服铁剂
    C. 口服维生素 C
    D. 肌注维生素 B₁₂
    E. 预防心衰

解析:营养性缺铁性贫血不缺乏维生素 B₁₂。

25. 患儿,面色蜡黄,手有震颤,红细胞 2.5×10^{12}/L,血红蛋白 90 g/L,血涂片中红细胞大小不等,以大红细胞为多,首先考虑
    A. 营养性缺铁性贫血
    B. 营养性巨幼红细胞性贫血
    C. 生理性贫血
    D. 溶血性贫血
    E. 营养性混合性贫血

26. 患儿,11 个月,母乳喂养,未加辅食,面色蜡黄,表情呆滞,诊断为营养性巨幼红细胞性贫血,下列哪项护理措施**不妥**
    A. 治疗首选维生素 B₁₂ 和叶酸
    B. 尽可能延长母乳喂养时间
    C. 设法添加各种辅食
    D. 恢复期加服铁剂
    E. 严重病例可输血

解析:乳类中含维生素 B₁₂ 和叶酸较少。

27. 10 个月患儿,人工喂养,未添加辅食,因面色苍白、食欲不振来诊,体检发现肝、脾轻度肿大。血

红蛋白80 g/L,红细胞3.0×10¹²/L,红细胞体积小,中央淡染区扩大,诊断为营养性缺铁性贫血,治疗的首选药是

A. 维生素B_{12} B. 硫酸亚铁

C. 叶酸 D. 右旋糖酐铁

E. 维生素C

28. 2岁患儿,生后人工喂养,挑食,喜吃泥土。因面色苍白,食欲减退,不活泼来诊,诊断为营养性缺铁性贫血,医嘱用铁剂治疗。家长询问铁剂的疗程,护士正确的回答是

A. 用至血红蛋白正常后1周

B. 用至血红蛋白正常后1个月

C. 用至血红蛋白正常后2个月

D. 用至血红蛋白正常后3个月

E. 用至血红蛋白正常即可停药

29. 1岁患儿,生后人工喂养,6个月起添加米糊,未添加其他辅食,因面色苍白,食欲减退来诊,诊断为营养性缺铁性贫血,医嘱用铁剂治疗。护士应告知家长口服铁剂的最佳时间是

A. 餐前 B. 餐时

C. 餐后 D. 两餐之间

E. 随意

A_3/A_4型题

(30～32题共用题干)

患儿,女,9个月,单纯母乳喂养,未添加辅食。近来面色蜡黄,表情呆滞,舌面光滑,有轻微震颤,肝肋下3.5cm,血常规检查红细胞2×10¹²/L,血红蛋白90 g/L,血清维生素B_{12}降低。

30. 该患儿可能发生的疾病是

A. 营养性缺铁性贫血

B. 营养性巨幼红细胞性贫血

C. 生理性贫血

D. 溶血性贫血

E. 营养性混合性贫血

31. 对患儿疾病康复无帮助的食物是

A. 肉类 B. 蛋类

C. 乳类 D. 新鲜绿叶蔬菜

E. 动物内脏

32. 预防该疾病应强调

A. 预防感染 B. 多晒太阳

C. 按时添加辅食 D. 培养良好饮食习惯

E. 加强体格锻炼

(33～36题共用题干)

患儿,7个月,早产,生后牛乳喂养,未加辅食。因面色苍白、精神委靡1个月收入院,查体:嗜睡,肝脾大,血红蛋白66 g/L,红细胞2.5×10¹²/L,血涂片:红细胞体积小,中央淡染区扩大,诊断为营养性缺铁性贫血。

33. 主要的治疗措施是

A. 肌注维生素B_{12} B. 口服叶酸

C. 口服铁剂 D. 输血

E. 口服维生素C

34. 用铁剂治疗缺铁性贫血时,可同时服用

A. 牛乳 B. 茶水

C. 咖啡 D. 维生素C

E. 钙片

35. 药物治疗的同时,首要的护理措施是

A. 多晒太阳

B. 添加含铁丰富的辅食

C. 体格锻炼

D. 预防感染

E. 供给氧气

36. 患儿若出现心率加快,心音低钝,呼吸急促,口唇发绀,肝脏进行性增大,应考虑并发

A. 支气管炎 B. 肺炎

C. 心肌炎 D. 肝炎

E. 心力衰竭

参考答案

1—5 ADDBB 6—10 EBBAE 11—15 DBDBE

16—20 DEDBB 21—25 CABDB 26—30 BBCDB

31—36 CCCDBE

(刘红霞)

第9章　泌尿系统疾病患儿的护理

第1节　小儿泌尿系统解剖生理特点

一、解剖特点

1. 肾脏：年龄越小肾脏相对越大，位置也较低，2岁以下小儿腹部触诊时可扪及肾脏。
2. 输尿管：婴幼儿输尿管长而弯曲，管壁肌肉及弹力纤维发育不良，易发生尿潴留而诱发感染。
3. 膀胱：婴幼儿膀胱充盈时耻骨联合上易扪及，1.5岁左右时可自主排尿，膀胱容量(ml)≈[年龄(岁)＋2]×30。
★4. 尿道：新生儿女婴尿道仅长1cm(性成熟期3～5cm)易受细菌污染；男婴尿道常因包茎积垢时引起上行细菌感染。

二、生理特点

★1. 肾功能：新生儿及婴幼儿的肾功能不够成熟，易发生水、电解质紊乱和酸碱失衡，**1.5岁时肾功能可达成人水平。**

2. 尿液特点
- ★(1)尿颜色：出生后前几天尿液放置后有**红褐色沉淀为尿酸盐结晶**，正常婴幼儿尿液在寒冷季节放置后出现的**乳白色沉淀为盐类结晶。**
- (2)尿沉渣检查：红细胞＜3个/HP、白细胞＜5个/HP，无管型。
- (3)12小时尿沉渣计数(Addis计数)：蛋白含量＜50mg、红细胞＜50万、白细胞＜100万、管型＜5000个。
- (4)尿量
  - ★1)正常婴儿每日排尿量为**400～500ml**，幼儿为**500～600ml**，学龄前儿童为**600～800ml**，学龄期儿童为**800～1400ml。**
  - ★2)**学龄儿童每日尿量＜400ml，学龄前儿童＜300ml，婴幼儿＜200ml**时为少尿。**每日尿量＜50ml为无尿。**
  - 3)新生儿每千克体重＜0.5ml/h即为无尿。

第2节　急性肾小球肾炎

一、概述

急性肾小球肾炎简称急性肾炎，是一组不同病因所致的感染后免疫反应引起的急性弥漫性肾小球损害性疾病。临床上以**水肿、少尿、血尿、高血压**为主要表现。该病多见于5～14岁儿童，男女比例约为2：1。

二、病因

本病多由**A组β溶血性链球菌**所引起,发病前**1～3周**常有**化脓性扁桃体炎、皮肤脓疱疮**等链球菌感染史。

三、发病机制

机体被链球菌感染后发生变态反应,造成肾小球免疫损伤和炎症,引起肾小球基膜断裂、肾小球滤过率下降而出现临床症状。

四、临床表现

1. 典型表现
- ★(1)水肿、少尿:晨起眼睑、面部水肿,重者波及全身,水肿呈非凹陷性。
- ★(2)血尿:起病时有肉眼或镜下血尿,50%～70%有肉眼血尿,**酸性尿呈茶色、烟灰水样,中性或偏碱性尿呈红色或洗肉水样。**
- (3)高血压:30%～80%有高血压症状,如头晕、头痛、恶心等,血压多为120～150/80～110mmHg。

2. 严重表现:多发生在**病初2周之内**
- ★(1)严重循环充血:呼吸急促、发绀、咳粉红色泡沫痰、端坐呼吸、两肺底湿啰音、心率增快等,重者颈静脉怒张、肝脏肿大。
- ★(2)高血压脑病:有烦躁不安、剧烈头痛、恶心、呕吐、复视或一过性失明,重者出现惊厥、昏迷。
- ★(3)急性肾功能衰竭:早期因少尿或无尿引起暂时性氮质血症、代谢性酸中毒和电解质紊乱,持续3～5日,尿量增多后病情好转。

五、辅助检查

★1. 尿常规:**尿蛋白+～+++**,镜检有大量红细胞外,可见透明、颗粒或红细胞管型。

2. 血液检查:可有轻度贫血,血沉加快,血清总补体(CH50)和C3下降,血清抗链球菌溶血素"O"(ASO)增高;少尿期可有血肌酐、尿素氮暂时升高,肾小管功能正常。

六、治疗要点

★1. 一般治疗:为自限性疾病,无特异治疗。**急性期应卧床休息,限制食盐和水**,应用**青霉素7～10天清除感染病灶**。

2. 对症治疗
- ★(1)水肿:可用利尿剂呋塞米口服或静脉注射。
- ★(2)高血压:给予硝苯地平降压;**高血压脑病时首选硝普钠**;惊厥者给予地西泮。
- (3)严重循环充血:迅速降压、利尿,并严格限制钠和水的入量。
- (4)急性肾衰竭:控制水和钠的摄入,纠正电解质紊乱,必要时行透析疗法。

七、护理问题

1. **体液过多**:与水、钠潴留有关。
2. 营养失调:低于机体需要量 与水肿、限盐导致食欲下降有关。
3. 潜在并发症:严重循环充血、高血压脑病、急性肾功能衰竭。
4. 知识缺乏:与家长和患儿缺乏急性肾小球肾炎的护理知识有关。

八、护理措施

★1. **休息**:起病2周内应卧床;水肿消退、血压正常、肉眼血尿消失后可下床轻微活动;血沉正常可上学,但避免体育活动;**Addis计数正常后恢复正常活动。**

★(1)少尿时每日食盐量 **1～2g**,严重病例时钠盐以每日 60mg/kg 为宜。

★(2)氮质血症时限制蛋白质的入量,给优质动物蛋白每日 **0.5g/kg**。

2. 合理饮食 (3)供给高糖、高维生素饮食以满足热量的需求。

★(4)严重水肿和尿少时应限制水的摄入,当**尿量增加、水肿消退、血压正常后恢复正常饮食**以满足小儿生长发育需求。

(1)观察水肿:注意水肿的部位及程度,每日或隔日测体重一次。

★(2)观察尿液:记录24h出入量,每周检查2次尿常规。如**持续少尿提示可能有肾衰竭**。

3. 密切观察病情,防止并发症 (3)观察并发症:密切观察生命体征,防止高血压脑病、严重循环充血等疾病的发生。

(1)利尿剂:应注意观察尿量、水肿和血压变化,常见的有低血容量、低钾血症、低钠血症等。

4. 观察用药情况 ★(2)降压剂:用利血平时应定时监测血压,并**防止直立性低血压**;用硝普钠时根据血压调整液体速度及浓度,**现配现用并注意避光**,以免失效。

九、健康教育

1. 向患儿和家长介绍本病的护理要点及预防措施,强调休息、限制活动和饮食是控制病情进展的重要措施。

2. 介绍本病的病因,防治链球菌引起的上呼吸道或皮肤感染是预防本病的关键。

3. 做好出院指导,每周到医院查尿常规 1 次,随访时间为 6 个月。定期随访是彻底痊愈的重要保证。

第3节 原发性肾病综合征

一、概述

★肾病综合征是一组由多种病因引起肾小球基底膜通透性增高导致大量血浆蛋白从尿中排出的临床综合征。临床特点为全身**高度水肿、大量蛋白尿、低蛋白血症和高脂血症**,即"**三高一低**"四大特征。

二、病因与分类

1. 病因:本病病因目前尚不明确。

2. 分类:肾病综合征分为原发性、继发性和先天性三大类,原发性肾病综合征又分为单纯性肾病和肾炎性肾病。临床以单纯性肾病多见。

三、发病机制

★1. 大量蛋白尿:是本病**最根本**的病理生理特点,因免疫损伤导致肾小球毛细血管通透性增高使血浆蛋白大量漏入尿中形成蛋白尿。

★2. 低蛋白血症:大量血浆蛋白经尿中排出和被肾小管重吸收分解是导致低蛋白血症的主要原因。

★3. 高脂血症:低蛋白血症促使肝脏合成脂蛋白增多。

锦囊妙记

急性肾小球肾炎患儿的饮食原则

三低二高一限制

三低:低盐、低蛋白、低脂

二高:高糖、高维生素

一限制:限水

★4. **高度水肿**：低蛋白血症使血浆胶体渗透压降低导致水肿。

四、临床表现

★1. **单纯性肾病**：有"三高一低"，水肿是最突出表现，为**全身凹陷性水肿**，水肿最早始于**眼睑**，逐渐波及全身。发病年龄多在 **2～7 岁**。

★2. **肾炎性肾病**：除有"三高一低"外，还有血尿、高血压、氮质血症和血清补体下降四项中的一项或多项。发病年龄多在学龄期。

3. 并发症

  ★(1) **感染**：是主要的并发症和引起死亡的原因，以上呼吸道感染最多见。

  ★(2) **电解质紊乱**：常见低钠血症、低钾血症及低钙血症。

  ★(3) 血栓形成：肾病综合征时血液呈高凝状态，易导致各种动、静脉血栓形成，其中以**肾静脉血栓**最为常见。

  (4) 低血容量性休克：大量应用利尿剂后引起血容量不足易出现低血容量性休克。

  (5) 急性肾衰竭：大多因低血容量引起的肾前性急性肾衰竭。

五、辅助检查

★1. **尿液检查**：**尿蛋白定性多为＋＋＋～＋＋＋＋，24 小时尿蛋白定量＞50mg/kg**，有透明管型和颗粒管型。肾炎性肾病者尿内可有红细胞。

★2. **血液检查**：血浆总蛋白及血清白蛋白降低，**血清白蛋白浓度＜30 g/L，血胆固醇＞5.7mmol/L**，血沉增快。肾炎性肾病者可有**血清补体降低及氮质血症**。

六、治疗要点

★1. 肾上腺糖皮质激素治疗：是**首选药物**，目前多采用**泼尼松**中、长程疗法，疗程 6 个月为中程疗法，疗程 9 个月为长程疗法。

2. 对症治疗：水肿较重者可用利尿剂氢氯噻嗪、呋塞米等。

3. 免疫抑制剂治疗：适用于复发、激素耐药及依赖的患儿，常用**环磷酰胺**。

4. 一般治疗：休息、合理饮食、抗感染等。

5. 其他：双嘧达莫、肝素等可抗凝治疗；血管紧张素转换酶抑制剂可减少蛋白尿保护肾功能；左旋咪唑可调节免疫；中药治疗。

七、护理问题

★1. **体液过多** 与低蛋白血症导致水肿有关。

2. 营养失调：低于机体需要量　与蛋白丢失、食欲下降有关。

3. 有感染的危险：与机体免疫功能低下、激素和免疫抑制剂治疗有关。

4. 有皮肤黏膜完整性受损的危险：与高度水肿有关。

5. 潜在并发症：药物治疗的副作用、电解质紊乱、血栓形成等。

6. 焦虑：与病程长及病情反复有关。

八、护理措施

1. 适当休息：除严重水肿和高血压患者外一般无须卧床休息；胸水、腹水严重有呼吸困难者可采取半卧位。

2. 合理饮食

  ★(1) 水肿明显或高血压时供盐控制在 1～2g/d，**一般不必限盐**，长期限盐易造成低钠血症和食欲下降。

  ★(2) 蛋白质的摄入量控制在每日 **2g/kg** 左右，供给高生物效价的优质动物蛋白如乳、禽、蛋、牛肉等。

  (3) 补充各种维生素和矿物质，如维生素 D、维生素 C 及钙、锌和叶酸等。

3. 预防感染:提供舒适的环境,病房消毒管理,预防交叉感染。

4. 加强皮肤护理
- (1)保持皮肤及衣物清洁、干燥,被褥松软、经常翻身。皮肤皱褶处洗净擦干后撒爽身粉。
- ★(2)臀部及四肢水肿严重时可在受压部位垫棉圈或橡胶气垫;阴囊水肿时可用丁字带或棉垫托起。
- (3)皮肤破损可涂聚维酮碘预防感染并在破损处敷盖消毒敷料。
- ★(4)水肿严重者应尽量避免肌内注射,以免注射部位药水外渗导致局部潮湿、糜烂和感染。

5. 观察药物疗效和副作用
- (1)激素治疗期间每天注意尿量、尿蛋白、血浆蛋白及血压的变化。用泼尼松时严格遵医嘱并观察副作用如库欣综合征等。及时补充维生素 D 和钙剂。
- (2)利尿剂应用时应注意尿量和血压,防止电解质紊乱、低血容量性休克和静脉血栓形成等。
- ★(3)免疫抑制剂如环磷酰胺应用时应注意胃肠道反应、白细胞计数、出血性膀胱炎及性腺的损害等,鼓励多饮水和定期监测白细胞计数。
- (4)抗凝和溶栓治疗能防止血栓形成,应用时要监测凝血时间和凝血酶原时间。

九、健康教育

★1. 严格遵医嘱服用激素,不可随便减量和停药。

2. 出院后要定期回院复查,以便遵医嘱按量服药。

3. 强调感染和劳累是造成本病复发的主要诱因并讲解预防事项。

★4. 患儿要停药 1 年后才可进行预防接种。

第4节 泌尿道感染

一、概述

★泌尿道感染是由于病原体直接侵入尿路,在尿液中生长繁殖并侵犯尿路黏膜或组织引起炎症反应。2 岁以下小儿发病率较高。

二、病因与分类

★1. 病因:致病菌多为肠道革兰阴性杆菌,最常见大肠埃希菌,其次为克雷白杆菌、肠杆菌等,金黄色葡萄球菌引起血源性感染。

2. 分类:上尿路感染是指肾盂肾炎,下尿路感染是指膀胱炎和尿道炎。

三、发病机制

★1. 感染途径:最主要的感染途径是上行感染,其他有血源性感染、淋巴感染和直接蔓延。

2. 机体的易感因素
- (1)解剖生理特点:婴幼儿输尿管易发生尿潴留而诱发感染;女孩尿道短、外口近肛门,男孩包茎积垢,均易致上行感染。
- (2)免疫因素:机体分泌型 IgA 生成不足和泌尿道局部黏膜缺血缺氧等易使致病菌入侵。
- (3)泌尿道畸形、尿路梗阻和膀胱输尿管反流:都可以增加尿路感染的危险性,也是导致尿路感染迁延不愈和重复感染的原因。
- (4)其他诱因:如尿布污染、尿路器械检查、患糖尿病等慢性疾病、长期使用激素或免疫抑制剂的患儿也易导致感染。

四、临床表现

1. 急性泌尿道感染:病程在 **6 个月以内**

　　★(1)新生儿期:**临床症状极不典型并多以全身症状为主**,如发热或体温不升、拒奶、腹泻等,尿路刺激症状多不明显。

　　★(2)婴幼儿期:**以全身症状为主**,如高热、呕吐、腹泻甚至神委或惊厥等。尿路刺激征仍不明显,但可有排尿时哭闹不安、顽固性尿布皮炎等。

　　★(3)儿童期:临床表现与成人相似,**下尿路感染有尿频、尿急、尿痛;上尿路感染多有发热、腰痛、肾区叩痛等。**

2. 慢性泌尿道感染:病程在 **6 个月以上**,病程迁延或反复发作伴有乏力、贫血、消瘦、高血压或肾功能减退等。

五、辅助检查

★1. 尿常规检查:清洁中段尿沉渣中**白细胞＞5 个/HP** 可疑为尿路感染。如有膀胱炎可见较多的红细胞。

2. 尿培养检查

　　★(1)**尿细菌培养及菌落计数**是诊断尿路感染的主要依据。

　　★(2)清洁中段尿培养,如**菌落计数≥10^5/ml 可确诊,$10^4 \sim 10^5$/ml 为可疑,＜10^4/ml 为污染**。

　　★(3)在耻骨上膀胱穿刺获取的尿培养如发现有细菌生长即有诊断意义。

3. 尿涂片检查:油镜下如每个视野≥1 个细菌则表明尿内细菌数＞10^5/ml。

4. 影像学检查

　　(1)可检查泌尿系统有无畸形和膀胱输尿管反流、肾脏有无瘢痕形成等。

　　(2)B 型超声波检查、肾盂造影、CT 扫描、动静态核素造影等。

六、治疗要点

1. 抗生素治疗:控制感染是治疗的关键,选用有效的抗生素如氨苄西林、磺胺药、头孢氨苄、喹诺酮类等。

★2. 疗程:**急性感染首次发作疗程 10～14 天**。再发性感染(包括复发性及再感染)急性发作用药 2 周左右,以后小剂量维持至痊愈。

七、护理问题

1. 体温过高:与细菌感染有关。

2. 排尿异常:与泌尿道炎症刺激有关。

3. 知识缺乏:与家长缺乏泌尿道感染的防治知识有关。

八、护理措施

1. 一般护理:急性期需卧床休息并鼓励患儿多饮水;供给足够热能、丰富的蛋白质和维生素、易消化的食物。

2. 对症护理:有高热、头痛或腰痛的患儿可用解热镇痛剂;有明显尿路刺激症状者可用阿托品、山莨菪碱等药或口服碳酸氢钠碱化尿液。

★3. 尿标本送检:先用肥皂水洗净外阴,再用 **0.1%苯扎溴铵冲洗 2 次**方可取中段尿标本。标本需在 **30 分钟内送检或存放在 4℃冰箱里**。

九、健康教育

★1. 保持外阴清洁,**女孩清洗外阴时从前向后擦洗**;幼儿不穿开裆裤或紧身裤。

★2. 疗程结束后每月随访 1 次作中段尿培养检查,连续 3 个月;如反复发作者则要每 3～6 个月复查 1 次,共 2 年或更长时间。

模拟试题栏——识破命题思路，提升应试能力

一、专业实务

A₁型题

1. 小儿泌尿系统解剖特点下列哪项**不正确**
   A. 婴儿期肾位置偏低，2岁以内查体可触及
   B. 婴幼儿输尿管长而弯曲，易受压及扭曲
   C. 婴幼儿膀胱位置偏高，尿液充盈时可触及
   D. 男婴尿道较长，常有包茎，不易发生逆行性感染
   E. 女婴尿道较短，容易发生上行性感染

2. 学龄前儿童少尿的标准为每日尿量少于
   A. 100ml
   B. 200ml
   C. 300ml
   D. 400ml
   E. 500ml

3. 小儿无尿是指每日尿量少于
   A. 20ml
   B. 50ml
   C. 80ml
   D. 100ml
   E. 200ml

4. 下列哪项是肾病综合征患者易自发形成血栓的原因
   A. 肾功能不全
   B. 感染
   C. 高脂血症
   D. 低钠血症
   E. 低钾血症

5. 小儿肾功能接近成人水平的年龄为
   A. 1岁
   B. 1.5岁
   C. 2岁
   D. 2.5岁
   E. 3岁

6. 急性肾小球肾炎是下列哪种性质的疾病
   A. 单侧肾脏化脓性炎症
   B. 双侧肾脏化脓性炎症
   C. 感染后免疫反应性疾病
   D. 病毒直接感染肾脏
   E. 细菌直接感染肾脏

A₂型题

7. 新生儿宝宝，女，出生4天，近两天家长发现宝宝尿液放置后有红褐色沉淀的原因是
   A. 尿酸盐结晶
   B. 盐类结晶
   C. 红细胞
   D. 管型沉淀
   E. 白细胞

8. 患儿，男，7岁，2周前患扁桃体炎。近日眼睑水肿，尿少，有肉眼血尿，血压135/90mmHg，诊断为急性肾小球肾炎，与本病关系密切的病史为
   A. 1天来腹痛
   B. 2天来腹泻
   C. 2周前腰部外伤
   D. 2周前扁桃体炎
   E. 2个月前尿路感染

9. 患儿，女，7岁，2周前患扁桃体炎，因尿少、浓茶色尿，伴颜面部水肿3天就诊。查体：血压140/86mmHg，水肿呈非凹陷性。实验室检查：尿蛋白＋＋，镜检尿红细胞满视野，血红蛋白100g/L，ASO滴度升高，血清补体下降，诊断为急性肾小球肾炎，患儿尿呈浓茶色是由于
   A. 碱性尿中红细胞破坏
   B. 酸性尿中红细胞破坏
   C. 饮水少
   D. 尿酸盐结晶
   E. 尿蛋白太高

10. 患儿，男，5岁，因全身水肿入院。查体：面部、腹壁及双下肢凹陷性水肿，阴囊水肿明显，诊断为肾病综合征。患儿辅助检查下列正确的是
   A. 血清胆固醇＜5.7mmol/L
   B. 血浆总蛋白明显增高
   C. 尿蛋白定性＋～＋＋
   D. 血白蛋白浓度＜30g/L
   E. 24小时尿蛋白定量＜0.05g/kg

11. 患儿，女，2岁，因发热、尿臭、排尿时哭闹，怀疑急性泌尿感染收入院，下列哪项是诊断患儿尿路感染的主要依据
   A. 尿常规
   B. 尿涂片
   C. 尿培养
   D. B超检查
   E. 肾盂造影

12. 患儿，女，1岁，因发热、排尿时哭闹不安、顽固性尿布皮炎，怀疑急性泌尿道感染收入院，中段尿细菌培养菌落计数可能是
   A. ＜10^4/ml
   B. 10^4～10^5/ml
   C. ≥10^5/ml
   D. ＞10^6/ml
   E. ＞10^7/ml

13. 患儿，女，5岁，2周前患扁桃体炎。近日因水肿、少尿、肉眼血尿、血压150/80mmHg入院，诊断为急性肾小球肾炎。引起患儿扁桃体炎最常见的细菌是
   A. 金黄色葡萄球菌
   B. 溶血性链球菌
   C. 肺炎球菌
   D. 大肠埃希菌
   E. 副大肠埃希菌

A₃/A₄型题

（14、15题共用题干）

患儿，女，4岁，因全身高度水肿入院，尿蛋白＋＋＋＋，血清白蛋白浓度20 g/L，血胆固醇9.0mmol/L，入院诊断为原发性肾病综合征。

14. 引起患儿水肿的主要原因是

   A. 尿路感染 　　　　B. 大量蛋白尿

   C. 高胆固醇血症 　　D. 低蛋白血症

   E. 循环血容量不足

15. 该病最根本的病理生理特点为

   A. 水肿 　　　　　　B. 高胆固醇血症

   C. 大量蛋白尿 　　　D. 低蛋白血症

   E. 氮质血症

（16、17题共用题干）

患儿，男，6岁，因尿频、尿痛2天来门诊就医，患儿不咳嗽，无发热、血压正常，诊断为泌尿道感染。

16. 引起患儿泌尿道感染最常见的病原菌为

   A. 链球菌 　　　　　B. 大肠埃希菌

   C. 白色念珠菌 　　　D. 铜绿假单胞菌

   E. 金黄色葡萄球菌

17. 下列哪项是患儿泌尿道感染的最主要途径

   A. 炎症直接蔓延 　　B. 血行感染

   C. 淋巴感染 　　　　D. 上行感染

   E. 下行感染

二、实践能力

A₁型题

18. 急性肾小球肾炎用青霉素治疗的目的是

   A. 缩短病程 　　　　B. 控制肾脏炎症

   C. 清除体内感染病灶 D. 预防并发症

   E. 预防复发

19. 急性肾小球肾炎患儿无盐或低盐饮食一直到

   A. 尿12小时尿细胞计数正常

   B. 尿常规正常

   C. 尿量增加、血压正常、水肿消退

   D. 血沉、补体正常

   E. ASO正常

20. 下列哪项是急性肾小球肾炎的典型临床表现

   A. 血尿、管型尿、高血压

   B. 血尿、水肿、少尿、高血压

   C. 大量蛋白尿、高脂血症、高血压

   D. 贫血、氮质血症、水肿

   E. 少尿、低蛋白血症、水肿

21. 下列哪项**不是**单纯性肾病的临床表现

   A. 大量蛋白尿 　　　B. 高度水肿

   C. 高血压 　　　　　D. 高胆固醇血症

   E. 低蛋白血症

22. 下列哪项是肾病综合征最常见的并发症

   A. 低钠血症 　　　　B. 上呼吸道感染

   C. 急性肾衰竭 　　　D. 低钾血症

   E. 静脉血栓形成

23. 单纯性肾病综合征与肾炎性肾病综合征的主要鉴别点在于

   A. 低蛋白血症 　　　B. 高度水肿

   C. 大量蛋白尿 　　　D. 血尿、高血压

   E. 高血脂

24. 下列哪项**不符合**泌尿系统感染的特点

   A. 新生儿多以全身症状为主

   B. 血行感染是小儿泌尿道感染主要途径

   C. 女婴发病率高于男婴

   D. 年长儿以膀胱刺激症状为主

   E. 婴幼儿以全身症状为主

A₂型题

25. 患儿，男，7岁，2周前患扁桃体炎。近日眼睑水肿，尿少，有肉眼血尿，血压135/90mmHg，诊断为急性肾小球肾炎。护士对患儿休息和活动的指导不正确的是

   A. 起病2周内应卧床休息

   B. 当水肿消退、肉眼血尿消失、血压正常后可下床轻微活动

   C. 血压正常、肉眼血尿消失后可恢复正常活动

   D. 血沉正常时可恢复上学，避免剧烈运动

   E. Addis计数正常后方可恢复正常活动

26. 患儿，男，8岁。因急性肾小球肾炎住院，2天后尿少、水肿加重，伴呼吸困难。查体：两肺闻及湿啰音，心律呈奔马律，肝脏增大。患儿可能并发了

   A. 急性支气管肺炎 　B. 急性肾衰竭

   C. 高血压脑病 　　　D. 急性肝衰竭

   E. 严重循环充血

27. 患儿，男，6岁，因面部水肿2周，拟诊"肾病综合征"入院。现患儿阴囊水肿明显，并有少许渗液。正确的护理措施为

   A. 严格控制水、盐摄入量

   B. 用丁字带托起阴囊，保持干燥

   C. 绝对卧床休息

   D. 高蛋白饮食

E. 保持床铺清洁、干燥、柔软

28. 患儿,女,4岁,诊断为肾病综合征。应用肾上腺皮质激素中程疗法的时间为

A. 8～12周　　　　　B. 3～5个月

C. 6个月　　　　　　D. 6～8个月

E. 8～12个月

29. 患儿,男,4岁,因高度水肿,尿蛋白＋＋＋＋入院。诊断为肾病综合征,治疗首选

A. 肾上腺皮质激素　　B. 青霉素

C. 环磷酰胺　　　　　D. 白蛋白

E. 利尿剂

30. 患儿,男,5岁。因全身水肿入院。查体:面部、腹壁及双下肢水肿。检查:尿常规示尿蛋白＋＋＋＋,血清胆固醇增高,血清白蛋白降低。诊断为肾病综合征,护士对患儿的护理下列哪项**不正确**

A. 绝对卧床休息

B. 记录尿量、体重、腹围

C. 注意观察泼尼松的不良反应

D. 避免感染等诱发因素

E. 避免肌内注射

31. 患儿,男,8岁,不咳嗽,有发热、尿频、尿痛3天,血压正常,应考虑的疾病是

A. 上呼吸道感染　　　B. 尿路感染

C. 肾结石　　　　　　D. 病毒性肾病

E. 肾病综合征

32. 患儿,女,1岁。发热、排尿时哭闹2天,诊断为泌尿道感染。以下哪项**不是**该病的预防措施

A. 早穿合裆裤

B. 便后洗净臀部,保持清洁

C. 女孩清洗外阴时自前向后擦洗

D. 及时矫治尿路畸形

E. 预防性使用抗生素

33. 患儿,女,2岁,以急性泌尿系感染收入院,有发热、尿臭、排尿时哭闹,为减少排尿时的不适,护士应告诉家长采取何种措施

A. 注意休息　　　　　B. 多喝水

C. 排便后清洁外阴　　D. 减少排尿

E. 少饮水

A₃/A₄型题

(34～36题共用题干)

患儿,男,6岁,3周前患扁桃体炎,因尿少、深棕色尿,伴颜面部水肿2天就诊。查体:血压130/82mmHg,水肿呈非凹陷性。实验室检查:尿蛋白

＋＋,镜检尿红细胞满视野,血红蛋白100g/L,ASO滴度升高,血清补体下降。

34. 对该患儿最可能的诊断为

A. 急性肾小球肾炎

B. 慢性肾小球肾炎

C. 单纯性肾病综合征

D. 肾炎性肾病综合征

E. 急进性肾炎

35. 目前患儿最主要的护理问题是

A. 营养失调　　　　　B. 体液过多

C. 有感染的危险　　　D. 潜在并发症

E. 知识缺乏

36. 对患儿的饮食管理下列正确的是

A. 尿量增加、水肿消退、血压正常后,仍需坚持低蛋白饮食

B. 供给低糖、低热量饮食

C. 尿少时控制食盐摄入,每日不超过9g

D. 严重水肿时除限制盐的摄入外,还应限制水的摄入

E. 氮质血症时控制蛋白质入量,每日1.5g/kg

(37～40题共用题干)

患儿,男,4岁,水肿,尿少1个月。查体:全身凹陷性水肿明显,血压98/70mmHg,尿蛋白＋＋＋＋,血清胆固醇增高,血清白蛋白降低,诊断为肾病综合征。

37. 治疗肾病综合征的首选药物是

A. 免疫抑制剂　　　　B. 抗生素

C. 利尿剂　　　　　　D. 激素

E. 镇静剂

38. 目前患儿最主要的护理问题是

A. 营养失调:低于机体需要量

B. 潜在并发症:药物副作用

C. 有感染的危险

D. 体液过多

E. 焦虑

39. 对患儿目前最主要的护理措施为

A. 保持床铺清洁,定时翻身

B. 补充维生素

C. 低盐饮食

D. 高蛋白饮食

E. 肌内注射药物

40. 若患儿病情好转,出院时健康指导应强调
　　A. 给予营养丰富的饮食
　　B. 按医嘱服用糖皮质激素,不能随意增、减或停药
　　C. 说明预防复发的注意事项
　　D. 说明不能剧烈活动的重要性
　　E. 预防接种停药后方可进行

(41～44 题共用题干)

　　患儿,男,8 岁。因眼睑水肿、尿少、肉眼血尿 2 天入院。患儿 2 周前曾患脓疱疮。查体:血压 138/90mmHg,眼睑水肿,咽部无充血,心肺未见异常,肝、脾不大。检查:ASO 增高,血清总补体、补体 C3 降低,尿蛋白＋＋,红细胞满视野,管型 1～2 个/HP。

41. 对患儿最可能的诊断为
　　A. 泌尿道感染　　　　B. 单纯性肾病
　　C. 急性肾小球肾炎　　D. 肾炎性肾病
　　E. 急性肾衰竭

42. 患儿突然出现烦躁不安、剧烈头痛、呕吐、眼花、惊厥,血压 152/104mmHg,最有可能并发
　　A. 化脓性脑膜炎　　　B. 高血压脑病
　　C. 电解质紊乱　　　　D. 严重循环充血
　　E. 急性肾功能不全

43. 出现上述并发症时,治疗药物首选
　　A. 静脉注射 20% 甘露醇
　　B. 肌内注射苯巴比妥
　　C. 静滴硝普钠
　　D. 静脉注射呋塞米
　　E. 肌内注射利血平

44. 下列哪项不是上述并发症的护理措施

　　A. 限制水盐摄入　　　B. 监测血压
　　C. 绝对卧床休息　　　D. 烦躁患儿注射吗啡
　　E. 迅速给降压药,静脉滴注时依血压情况调节速度

(45～47 题共用题干)

　　患儿,女,4 岁,因全身严重凹陷性水肿入院,查体:血压 86/54mmHg,尿蛋白＋＋＋＋,血清白蛋白 10g/L,血清胆固醇 9.2mmol/L。

45. 对该患儿最可能的诊断为
　　A. 急性肾小球肾炎
　　B. 慢性肾小球肾炎
　　C. 单纯性肾病综合征
　　D. 肾炎性肾病综合征
　　E. 急进性肾炎

46. 患儿对激素治疗耐药,选用下列何种药物治疗
　　A. 环磷酰胺　　　　B. 青霉素
　　C. 红霉素　　　　　D. 利血平
　　E. 吗啡

47. 给予上述药物治疗时,护理人员应特别注意观察的不良反应是
　　A. 静脉血栓　　　　B. 高血压
　　C. 出血性膀胱炎　　D. 库欣综合征
　　E. 骨质疏松

参考答案

1—5 DCBCB　6—10 CADBD　11—15 CCBDC
16—20 BDCCB　21—25 CBDBC　26—30 EBCAA
31—35 BEBAB　36—40 DDDCB　41—45 CBCDC
46—47 AC

(李继伟)

第10章　神经系统疾病患儿的护理

第1节　小儿神经系统解剖生理特点

一、脑

1. 小儿出生时大脑的重量 370g，占体重的 1/9～1/8。
2. 小儿的脑耗氧量，在基础代谢状态下占总耗氧量的 50%，而成人则为 20%，缺氧的耐受性较成人更差。

二、脊髓

1. 小儿脊髓相对较长。

★2. 出生时脊髓的末端位于第 3～4 腰椎水平，4 岁时上移到第 1～2 腰椎间隙。故给婴幼儿做腰椎穿刺时位置要低，以**第 4～5 腰椎间隙为宜，4 岁以后同成人。**

三、脑脊液

1. 脑脊液的量，婴儿为 40～60ml，幼儿为 60～100ml，学龄儿童为 80～120ml。
2. 脑脊液的压力，新生儿 0.29～0.78kPa（30～80mmH₂O），儿童 0.69～1.76kPa（70～180mmH₂O）。
3. 外观清亮，白细胞数 0～5（新生儿或小婴儿 0～20）×10⁶/L，蛋白 0.2～0.4（新生儿 0.2～1.2）g/L，氯化物 118～128mmol/L，糖 2.2～4.4mmol/L。

四、神经反射

★1. 终生存在的反射
- （1）浅反射：角膜反射、瞳孔反射、结膜反射、吞咽反射。提睾反射到出生 4～6 个月后才明显。
- （2）腱反射：从新生儿期可引出肱二头肌腱反射、肱三头肌腱反射、膝腱反射、跟腱反射。腱反射的减弱或消失提示神经、肌肉、神经肌肉结合处或小脑病变。

2. 小儿时期暂时性反射
- ★（1）出生时存在，以后逐渐消失的反射，觅食反射，握持反射，拥抱反射，于生后**3～4 个月消失。颈肢反射于生后 3～6 个月消失。**吸吮反射可至 4 个月后渐被主动的进食动作所代替而逐渐消失。
- ★（2）出生时不存在，以后逐渐出现并终生存在的反射，如降落伞反射 9～10 个月时出现；平衡反射 10～12 个月时出现等。

3. 病理反射：巴宾斯基（Babinski）征（2 岁以下小儿巴宾斯基征阳性可考虑为生理现象）、戈登（Gordon）征、霍夫曼（Hoffmann）征、查多克（Chaddock）征等。

4. 脑膜刺激征：颈强直、凯尔尼格（Kernig）征、布鲁津斯基（Brudzinski）征等。

第 2 节 化脓性脑膜炎

一、概述

1. 化脓性脑膜炎是由化脓菌感染引起的脑膜炎症。多见于**婴幼儿**。

2. 化脓性脑膜炎以发热、呕吐、头痛、烦躁、嗜睡、惊厥、脑膜刺激征及脑脊液改变为主要特征。

二、病因

1. 致病菌
- ★(1)新生儿及 2 个月以下的小婴儿:致病菌多为革兰阴性杆菌和金黄色葡萄球菌,**最常见的是大肠埃希菌。**
- ★(2)2 个月至小儿期:以**流感嗜血杆菌、脑膜炎球菌和肺炎链球菌**为主。
- ★(3)12 岁后:以**脑膜炎奈瑟菌、肺炎链球菌**多见。

2. 入侵途径:**上呼吸道感染**,胃肠道感染,皮肤、黏膜感染,新生儿脐部感染,少数由邻近组织感染,如中耳炎、乳突炎等直接入侵。

三、发病机制

1. 当小儿防御功能降低时,细菌通过血行播散并迅速繁殖,穿过血脑屏障,使脑膜和脊膜发生炎症,出现脑膜炎表现。

2. 并可发生脑室膜炎,导致硬脑膜下积液和(或)积脓、脑积水。

四、临床表现

1. 暴发型
- (1)起病急,高热、头痛、呕吐、烦躁、抽搐等,脑膜刺激征阳性,进行性休克。
- (2)治疗不及时 24 小时内死亡。

2. 亚急型
- (1)发病前数日可有上呼吸道或胃肠道感染的症状。
- (2)年长儿可诉头痛、肌肉酸痛,婴幼儿则表现发热、呕吐、烦躁、易激惹、精神委靡、目光凝视、惊厥、昏迷。
- ★(3)新生儿化脓性脑膜炎,缺乏典型的症状和体征。表现为**前囟饱满、颅缝增宽**、双侧瞳孔反射不对称,甚至出现脑疝。

3. 并发症:**硬脑膜下积液(最常见)**、脑积水、脑室管膜炎等。

五、辅助检查

1. 脑脊液
- ★(1)压力升高,**外观浑浊或呈脓性**,白细胞显著增多达 1000×10^6/L 以上,以中性粒细胞为主,蛋白增高,糖和氯化物下降。
- (2)涂片革兰染色找菌(阳性率 70%～90%)。
- (3)脑脊液细菌培养加药物敏感试验。
- (4)脑脊液检测细菌抗原。

2. 血常规
- (1)白细胞总数明显增多,可高达$(20～40) \times 10^9$/L。
- (2)分类以中性粒细胞增加为主,占 80% 以上。
- (3)严重感染时,白细胞可不增高。

3. 其他:血培养、皮肤瘀斑涂片找菌阳性及头颅 CT 等。

六、治疗要点

1. 抗生素治疗
- (1)病原菌未明时,可选用第三代头孢菌素:头孢曲松或头孢噻肟。
- (2)病原菌明确后,治疗应参照细菌药物敏感试验的结果,选用病原菌敏感的抗生素。

2. 对症及支持治疗 {
- (1)保持水、电解质的平衡。
- (2)给予 **20%甘露醇溶液降低颅内压**,防止脑疝的发生。
- (3)对症处理:降温、止痉及纠正休克。
- (4)并发症的治疗。
}

七、护理问题

1. 体温过高或体温过低:与细菌感染有关。

2. 潜在并发症:脑疝等。

3. 营养失调:低于机体需要量　与摄入不足、机体消耗增多有关。

4. 有皮肤完整性受损的危险:与长期卧床及意识障碍有关。

5. 有受伤的危险:与惊厥发作有关。

八、护理措施

1. 一般护理及饮食管理 {
- (1)保持病室的温度在 **18～22℃**,湿度 50%～60%。
- ★(2)鼓励患儿多饮水,体温高于 38.5℃时,应在 30 分钟内使体温降至正常水平。
- (3)遵医嘱定时给予抗生素。
- (4)协助或给予口腔护理。
- (5)给予高蛋白、高热量、高维生素饮食,不能进食者,给予鼻饲。
- (6)准确记录 24 小时出入量。
}

2. 观察病情对症处理 {
- (1)观察皮肤弹性、黏膜湿润的程度。
- (2)15～30 分钟巡视病房 1 次,每 4 小时测体温、脉搏、呼吸、血压并记录,发现问题及时通知医生并做好抢救准备工作。
- (3)评估颅内压增高发生的程度 {
  - 1)严密观察患儿生命体征、神志、瞳孔的变化,如有异常遵医嘱给予镇静、脱水药,嘱侧卧位并头肩抬高 **15°～30°**或头偏向一侧。
  - 2)备好吸痰用物。
  }
}

3. 防止并发症。

九、健康教育

1. 向家长介绍疾病的知识及治疗和护理情况,减轻家长的紧张焦虑情绪,以积极配合治疗和护理工作。

2. 指导患儿家长如何观察病情,讲解并示范帮助患儿翻身、清洁皮肤并保持干燥等护理患儿的方法。

3. 恢复期患儿,应积极进行恢复性功能锻炼。

4. 加强社区护理,做好预防化脓性脑膜炎的卫生宣教并采取相应的预防措施;积极锻炼身体,**预防上呼吸道感染**,按时接种各种疫苗。

第3节　病毒性脑膜炎、脑炎

一、概述

1. 病毒性脑膜炎、脑炎是由多种病毒引起的中枢神经系统感染性疾病。

2. 根据累及部位不同,临床表现为病毒性脑炎或脑膜炎,本病的病程多具有自限性。

二、病因及发病机制

★1. **80%是由肠道病毒引起**(如柯萨奇病毒、埃可病毒),其次为虫媒病毒(如乙脑病毒)、腮腺炎病毒和疱疹病毒等,虫媒病毒致病者约占 5%。

2. 病理可见脑膜充血,脑膜和血管周围有淋巴细胞及浆细胞浸润。血管内皮细胞及周围组织坏死,神经髓鞘变性,神经元被破坏。

三、临床表现

1. 病毒性脑膜炎
　(1)急性起病:可有数日前驱症状,病程大多在1～2周。
　(2)主要症状:发热、恶心、呕吐,年长儿可自诉头痛,颈、背、下肢疼痛,畏光等,但意识多不受累,可有颈强直等脑膜刺激征,无局限性神经系统体征。

2. 病毒性脑炎
　(1)前驱症状:急性全身感染症状如发热、头痛、呕吐、腹泻等。
　(2)中枢神经系统症状:惊厥、意识障碍、颅内压增高、运动功能障碍及精神障碍等。病程一般2～3周。

四、辅助检查

★1. 脑脊液检查:压力增高,细胞数大多在$(10～500)×10^6/L$,早期以中性粒细胞为主,后期以淋巴细胞为主,蛋白质轻度增高,糖和氯化物一般在正常范围,**脑脊液分离到病毒是确诊的依据**。

2. 病毒学检查:部分患儿脑脊液病毒培养及特异性抗体测试阳性。**恢复期特异性抗体滴度高于急性期4倍以上有诊断价值**。

五、治疗要点

1. 支持和对症治疗为主,如降温、止惊、降低颅内压、改善脑微循环、抢救呼吸和循环衰竭。

2. 抗病毒治疗可选用阿昔洛韦等。

六、护理问题

1. 体温过高:与病毒血症有关。

2. 躯体活动障碍:与昏迷、瘫痪有关。

3. 潜在并发症:颅内压增高。

七、护理措施

1. 维持正常体温。

2. 促进脑功能的恢复。

3. 促进肢体功能的恢复。

4. 注意病情观察,保证营养供应
　★(1)患儿取平卧位,肩背部稍垫高20°～30°,头偏向一侧,以便让分泌物排出。
　(2)每2小时翻身一次,轻拍背部促痰排出,防止坠积性肺炎的发生。
　(3)密切观察瞳孔及呼吸,以防因改变体位致脑疝形成和呼吸骤停。
　(4)保持呼吸道通畅,给氧。
　(5)对昏迷或吞咽困难的患儿,应尽早给予鼻饲,保证热量供应,做好口腔护理。
　(6)输注能量合剂营养脑细胞,促进脑功能恢复。
　(7)控制惊厥、保持镇静,因躁动不安会加重脑缺氧。遵医嘱使用镇静药、抗病毒药、激素、促进苏醒的药物等。

八、健康教育

1. 向家长介绍本病的预后情况,对遗有肢体瘫痪等症状,应及早加强功能锻炼和采用针灸、推拿等措施,以助功能恢复。

2. 注意个人卫生,尽量减少接触感染,在各种病毒感染流行时,小儿应尽量避免到人群集中场所,以防交叉感染。集体儿童机构中如发现病例,应做好消毒隔离工作。

模拟试题栏——识破命题思路，提升应试能力

一、专业实务

A₁型题

1. 新生儿化脓性脑膜炎最常见的病原菌是
    A. 脑膜炎球菌　　　　B. 肺炎链球菌
    C. 流感杆菌　　　　　D. 大肠埃希菌
    E. 厌氧菌

2. 婴儿化脓性脑膜炎最常见的病原菌侵入途径是
    A. 呼吸道感染　　　　B. 胃肠道感染
    C. 皮肤化脓病灶　　　D. 脐部感染
    E. 临近组织感染扩散

3. 典型的化脓性脑膜炎脑脊液改变是
    A. 细胞数增高、蛋白增高、糖增高
    B. 细胞数增高、蛋白增高、糖正常
    C. 细胞数增高、蛋白正常、糖增高
    D. 细胞数正常、蛋白增高、糖下降
    E. 细胞数增高、蛋白增高、糖下降

A₂型题

4. 2个月小儿，查体：体重 5.6kg，身长 60cm，握持反射存在，腹壁放射、提睾反射未引出，双侧巴宾斯基征阳性，属于
    A. 正常　　　　　　　B. 化脓性脑膜炎
    C. 发育迟缓　　　　　D. 病毒性脑膜炎、脑炎
    E. 呆小病

5. 患儿，女，20天。发热 3天，抽搐 1次入院。体检颈部略有抵抗，前囟饱满，脑脊液检查示细胞数为 1000×10^{6}/L，中性粒细胞 0.90。考虑为化脓性脑膜炎，引起该病的病原最可能是
    A. 大肠埃希菌　　　　B. 肺炎链球菌
    C. 流感杆菌　　　　　D. 脑膜炎球菌
    E. 金黄色葡萄球菌

6. 患儿，2岁，化脓性脑膜炎，入院后出现意识不清，呼吸不规则，两侧瞳孔不等大，对光反射迟钝。该患儿可能出现的并发症是
    A. 脑疝　　　　　　　B. 脑脓肿
    C. 脑积水　　　　　　D. 脑室管膜炎
    E. 脑神经损害

7. 患儿，男，6个月。因发热、呕吐 3天，惊厥 2次入院，脑脊液检查结果支持化脓性脑膜炎的诊断。以下哪项描述可能与该患儿的脑脊液检查不符合
    A. 外观清亮　　　　　B. 细胞数增多

C. 压力增高　　　　　D. 蛋白增多
    E. 糖和氯化物降低

A₃/A₄型题

（8～10题共用题干）

患儿，女，5岁，发热 3天，头痛、呕吐 1天，反复惊厥伴意识障碍半天。既往有热惊厥史。查体：意识模糊，颈无抵抗，心、肺、腹未见异常。考虑为病毒性脑膜炎。

8. 为确诊该患儿是否为病毒性脑膜炎，正确的做法是
    A. 立即取血做细菌培养
    B. 立即做头颅 CT 扫描
    C. 立即取呕吐物送检
    D. 立即取尿样、粪样送检
    E. 抽搐停止后做腰椎穿刺取液送检

9. 如进行腰穿，该患儿的穿刺部位应为
    A. 第 1～2 腰椎　　　B. 第 2～3 腰椎
    C. 第 3～4 腰椎　　　D. 第 4～5 腰椎
    E. 第 5 腰椎以下

10. 确诊病毒性脑炎，最重要的依据是
    A. 脑脊液常规和生化典型改变
    B. 发热、头痛、呕吐、惊厥、意识障碍等症状
    C. 脑电图呈弥漫性或局限性慢波
    D. 脑脊液分离到病毒
    E. 恢复期抗体滴度较急性期高出 4 倍以上

（11～14题共用题干）

6个月男婴，因发热、咳嗽 4天，嗜睡、呕吐、反复惊厥 1天入院。查体：神志清，精神差，前囟膨隆，咽部黏膜充血，肺部未听到啰音，颈无抵抗，凯尔尼格征阳性。该患儿可能患化脓性脑膜炎。

11. 该患儿最可能的病因是
    A. 皮肤黏膜感染　　　B. 上呼吸道感染
    C. 消化道感染　　　　D. 中耳炎
    E. 支气管肺炎

12. 最可能的致病菌为
    A. 大肠埃希菌　　　　B. 肺炎链球菌
    C. 流感杆菌　　　　　D. 脑膜炎球菌
    E. 厌氧菌

13. 该病发病年龄多见于
    A. 新生儿　　　　　　B. 婴幼儿
    C. 学龄前期儿童　　　D. 学龄期儿童

E. 青春期

14. 为尽快明确病因,首先应选择的检查是
    A. 血常规检查　　　B. CT
    C. 胸部 X 线片　　　D. 脑电图检查
    E. 脑脊液涂片或细菌培养找致病菌

二、实践能力

A₁ 型题

15. 与年长儿相比,化脓性脑膜炎新生儿患者特有的临床表现为
    A. 脑疝
    B. 前囟饱满、颅缝增宽
    C. 头痛、呕吐
    D. 脑膜刺激征
    E. 惊厥

16. 化脓性脑膜炎最常见的并发症是
    A. 脑积水　　　B. 硬膜下积液
    C. 脑室管膜炎　D. 呼吸衰竭
    E. 脑性低钠血症

17. 以下哪项不是病毒性脑膜炎、脑炎临床表现
    A. 颜面水肿　　　B. 前囟饱满
    C. 偏瘫　　　　　D. 幻觉、失语
    E. 惊厥

18. 对化脓性脑膜炎患儿的处理,正确的是
    A. 保持安静,头侧位以防窒息
    B. 硬脑膜下穿刺时应侧卧位,固定头部
    C. 重症患儿输液速度宜快,防止休克
    D. 颅内压高时应适量放出脑脊液
    E. 硬脑膜下积液者可穿刺放液,每次不少于 30ml

A₂ 型题

19. 患儿,女,4 个月,因发热 3 天,抽搐一次入院,体温波动于 38～39.5℃,无咳嗽,1 天前出现频繁抽搐,伴喷射性呕吐。查体:精神委靡,易激惹,左耳有脓性分泌物,凯尔尼格征和巴宾斯基征阳性,诊断为化脓性脑膜炎。目前该患儿最重要的护理措施是
    A. 避免一切不必要的刺激
    B. 让患儿侧卧位休息
    C. 密切观察抽搐的表现
    D. 监测患儿的体温
    E. 准确记录呕吐量和性状

20. 患儿,男,10 个月,出现喷射性呕吐,前囟饱满,临床诊断为化脓性脑膜炎,以下护理措施不正确的是
    A. 严密观察患儿生命体征及瞳孔的变化
    B. 保持室内安静,避免一切刺激

C. 将患儿头肩抬高 15°～30°,侧卧位
D. 给予甘露醇
E. 增加补液量

21. 化脓性脑膜炎患儿,观察病情变化时,发现瞳孔忽大忽小,或两侧不等大,对光反射迟钝,血压升高。提示
    A. 复发
    B. 中枢性呼吸衰竭
    C. 脑疝
    D. 为正常反应
    E. 抗生素剂量不够

22. 患儿,男,日龄 12 天。发热、拒乳、呕吐 3 天,抽搐 2 次。查体:体温 38.5℃,入院后频繁出现喷射性呕吐,前囟饱满,颈稍抵抗,临床诊断为化脓性脑膜炎。首优的护理问题是
    A. 体温过高
    B. 急性意识障碍
    C. 营养失调
    D. 潜在并发症:脑疝
    E. 体液过多

23. 患儿,女,5 个月。因高热伴喷射性呕吐入院,现患儿烦躁不安,哭闹不止,前囟隆起,下列护理措施中不妥的是
    A. 保持室内安静
    B. 让患儿平卧位
    C. 护理操作集中进行
    D. 严密观察生命体征
    E. 静脉输入降颅压药先快后慢

24. 患儿,男,6 个月,为化脓性脑膜炎,在治疗过程中突然全身抽搐持续 10 分钟,继而出现一侧瞳孔散大,四肢肌张力增高,可能发生了下列哪一种情况
    A. 蛛网膜下隙出血　B. 脑积水
    C. 脑疝　　　　　　D. 硬膜下积液
    E. 脑脓肿

A₃/A₄ 型题

(25、26 题共用题干)

患儿,女,8 个月。化脓性脑膜炎入院,护士巡视时发现患儿出现喷射性呕吐、烦躁不安、惊厥,有颅内压增高的可能。

25. 此时应立即给予的护理措施是
    A. 保持安静,平卧位
    B. 各项护理措施分开进行
    C. 加快输液速度以防休克
    D. 静脉推注甘露醇
    E. 观察患儿呼吸节律及瞳孔的变化

26. 下列护理中不妥的是
    A. 立即进行物理降温
    B. 按医嘱使用抗生素
    C. 保持安静,避免刺激

D. 按医嘱使用止惊药物

E. 禁食以防窒息

(27～30题共用题干)

患儿,男,6个月。发热、咳嗽、流涕3天入院。入院后体温持续不退,达40℃,呕吐、嗜睡,抽搐2次。查体:胸、腹及四肢皮肤有瘀斑,前囟饱满,双肺呼吸音粗糙,可闻及少许啰音,腹软,肝轻度肿大。脑脊液检查:外观浑浊,压力升高。

27. 该患儿可能发生的疾病是

    A. 上呼吸道感染　　　B. 支气管肺炎

    C. 化脓性脑膜炎　　　D. 高热惊厥

    E. 败血症

28. 为尽快明确病因,首先应选择的检查是

    A. 血常规检查　　　　B. CT

    C. 胸部X线片　　　　D. 脑电图检查

E. 脑脊液涂片或细菌培养

29. 为防颅内压增高,患儿可侧卧位并将床头抬高

    A. 10°～15°　　　　B. 15°～30°

    C. 30°～35°　　　　D. 35°～40°

    E. 45°～50°

30. 预防本病的发生,健康教育中哪项最重要

    A. 预防上呼吸道感染　　B. 积极锻炼身体

    C. 注意个人卫生　　　　D. 多吃水果、蔬菜

    E. 按时接种各种疫苗

参考答案

1—5 DAEAA　6—10 AAEDD　11—15 BCBEB

16—20 BAAAE　21—25 CDBCD　26—30 ECEBA

（谢琼华）

第11章　常见传染病患儿的护理

第1节　传染病概述

一、传染过程

传染过程简称传染，是指病原体侵入人体，人体与病原体相互作用、相互斗争的过程。是否引起疾病取决于病原体的致病力和机体的免疫力两个因素，而产生5种不同的结局。

1. 病原体被清除 {
(1)被人体的非特异性免疫屏障如胃酸所清除；
(2)被人体的特异性被动免疫所中和，如来自母体经胎盘传给胎儿的抗体；
(3)被预防接种或感染后获得的特异性主动免疫而清除。

2. 隐性感染：病原体感染人体后，引起机体发生特异性免疫应答，但不引起或仅引起轻微的组织损伤，临床上无任何症状、体征，只有通过免疫学检查发现特异性抗原或抗体。

3. 显性感染：病原体感染人体后，不但引起机体发生免疫应答，而且引起组织损伤和病理改变，出现临床症状体征。

4. 病原携带状态：按病原携带的持续时间3个月以下或以上分别称为急性或慢性携带者。其共同特点是无明显临床症状，而持续排出病原体。病原携带者是传染病重要的传染源。

5. 潜伏性感染：指传染过程中，病原体与人体相互作用时，保持暂时的平衡状态，不出现临床表现，但当机体防御功能减低时，原已潜入人体内的病原体便乘机繁殖，引起发病。如带状疱疹、疟疾。潜伏性感染期间病原体不排体外，这与病原携带者不同。

★二、传染病的基本特征

1. 有病原体。

2. 有传染性。

3. 有流行性、季节性、地方性。

4. 感染后免疫性。

★三、传染病流行的三个环节

1. 传染源。

2. 传播途径。

3. 易感人群。

四、影响流行过程的因素

1. 自然因素：气候、温度、湿度、地理环境等。

2. 社会因素：社会经济、文化教育、生活水平以及公共卫生设施和劳动环境等。

★五、传染病的临床特点

1. 潜伏期：指病原体侵入机体之后至出现临床症状之前的这一阶段，**了解潜伏期最重要的临床意义是可以确定检疫期限**，并有助于传染病的诊断和流行病学调查。

2. 前驱期:指起病至开始出现该病明显症状为止。

3. 症状明显期:出现该传染病所特有的症状、体征。

4. 恢复期:症状、体征基本消失,如较长时间机体功能仍不能恢复正常则称为后遗症。

六、传染病的预防

★1. 管理传染源
(1)甲类为强制管理传染病:包括鼠疫、霍乱两种。城镇要求 **2 小时内上报**,农村不超过 6 小时。

(2)乙类为严格管理传染病:包括传染性非典型肺炎、艾滋病、病毒性肝炎、脊髓灰质炎、人感染高致病性禽流感、麻疹、流行性出血热、狂犬病、流行性乙型脑炎、登革热、炭疽、细菌性和阿米巴性痢疾、肺结核、伤寒和副伤寒、流行性脑脊髓膜炎、百日咳、白喉、新生儿破伤风、猩红热、布鲁菌病、淋病、梅毒、钩端螺旋体病、血吸虫病、疟疾共 25 种。城镇要求 **12 小时内上报**,农村不超过 24 小时。

(3)丙类为监测管理传染病:包括流行性感冒、流行性腮腺炎、风疹、急性出血性结膜炎、麻风病、流行性和地方性斑疹伤寒、黑热病、包虫病、丝虫病、除霍乱、细菌性和阿米巴性痢疾、伤寒和副伤寒以外的感染性腹泻病 10 种。**在监测点内按乙类传染病方法报告。**

2. 切断传播途径
(1)消化道传染病主要应采取管理饮食、管理粪便、保护水源、消灭苍蝇、饭前便后洗手、加强个人卫生等措施。

(2)呼吸道传染病要保持室内空气新鲜、加强通风、空气消毒、外出戴口罩及流行期间避免大型集会等。

(3)虫媒传染病则以防虫、杀虫和驱虫措施为主。

3. 保护易感人群
(1)提高人群非特异性免疫力。

(2)提高人群特异性免疫力。

(3)药物预防。

七、小儿传染病的护理管理

1. 建立预诊制度。

2. 疫情报告制度。

3. 隔离制度。

4. 消毒制度
(1)预防性消毒:对疑有传染源存在和可能被病原体污染的场所和物品进行的消毒。

(2)随时消毒:对传染源的排泄物、分泌物以及被污染的物品和场所随时进行的消毒。

(3)终末消毒:传染病病人出院、转科或死亡后,对病人、病室及用物进行一次彻底的消毒。

5. 观察病情。

6. 卫生宣教。

第2节 儿科常见传染病

★一、病因及流行病学特点(表 11-1)

表 11-1 儿科常见传染病病因及流行病学特点

疾病	病因	流行病学特点			
		传染源	传播途径	易感人群	流行特点
麻疹	麻疹病毒	病人是唯一传染源。出疹前 5 天至出疹后 5 天均有传染性,如合并肺炎传染性可延长至出疹后 10 天	主要通过**空气飞沫传播**。密切接触者可经污染病毒的手传播	普遍易感	全年均可发病,以冬、春两季为主,好发年龄为 6 个月至 5 岁的小儿

疾病	病因	流行病学特点			
		传染源	传播途径	易感人群	流行特点
水痘	水痘-带状疱疹病毒	水痘病人是唯一的传染源,出疹前 1 日至疱疹全部结痂时均有传染性,且传染性极强	**通过飞沫或直接接触传播**	普遍易感	本病一年四季均可发病,以冬、春季高发
猩红热	乙型 A 组溶血性链球菌	病人及带菌者为主,自发病前 24 小时至疾病高峰传染性最强	主要通过**空气飞沫**直接传播,亦可由食物、玩具、衣服等物品间接传播。偶可经伤口、产道污染而传播	普遍易感	四季皆可发生,但以春季多见
流行性腮腺炎	腮腺炎病毒	患者和隐性感染者为本病的传染源,自腮腺肿大前 1 天到消肿后 3 天均有传染性	主要通过直接接触、飞沫传播,也可经唾液污染的食具、玩具等途径传播	普遍易感	全年可发病,以冬、春季为主,感染后一般能获持久的免疫力
中毒型细菌性痢疾	痢疾杆菌	病人及带菌者	经**粪-口**途径传播,受污染的食物、玩具等也可传播本病	2～7 岁小儿为主	一年四季均有发病,以夏秋季为高峰,易重复感染或再发

二、儿科常见传染病临床表现

★1. 麻疹(表 11-2)

表 11-2　麻疹临床表现

时期	持续时间	临床表现
潜伏期	6～18 天,平均为 10 天左右	轻度发热、精神差、全身不适
前驱期(出疹前期)	3～4 天	**发热为首发症状**,同时伴有流涕、咳嗽、流泪等类似感冒症状,结膜充血、流泪、畏光及眼睑水肿是本病特点。**麻疹黏膜斑持续 1～2 天逐渐消失,对麻疹的早期诊断有特殊意义**
出疹期	3～5 天	皮疹从发热 **3～4** 天后开始出现,出诊顺序:耳后、发际到颜面部,然后从上而下延及躯干、四肢,最后到手掌、足底。此期全身中毒症状及咳嗽加剧,肺部可闻少量湿啰音,全身淋巴结及肝脾肿大
恢复期	3～5 天	体温下降,全身症状明显减轻。皮疹按出疹的先后顺序消退,可有麦麸样脱屑及浅褐色色素沉着,1～2 周后完全消失

★2. 水痘(表 11-3)

表 11-3　水痘临床表现

时期	持续时间	临床表现
潜伏期	12～21 天,平均 14 天	
前驱期	仅 1 天左右	表现为低热、不适、厌食、流涕、咳嗽等
出疹期	**发热第 1 天就可出疹**	皮疹特点为: ①皮疹按斑疹、丘疹、疱疹、结痂的顺序演变。连续分批出现,同一部位可见不同性状的皮疹

时期	持续时间	临床表现
		②皮疹为**向心性分布**,躯干多,四肢少,且皮疹脱痂后一般不留瘢痕
		③疱疹可发生于口腔、咽、眼结膜和生殖器等处,易破溃形成溃疡,疼痛明显
		④水痘多为自限性疾病,10 天左右自愈

★3. 猩红热(表 11-4)

表 11-4　猩红热临床表现

时期	★临床表现
潜伏期	1~12 天,一般 2~5 天
前驱期	起病急、畏寒、高热,多为持续性,常伴头痛、恶心呕吐、全身不适、咽部红肿、扁桃体发生化脓性炎症
出疹期	(1)皮疹:多在发热后**第 2 天**出现,始于耳后、颈部及上胸部,24 小时左右迅速波及全身。皮疹特点为: 1)全身弥漫性充血的皮肤上出现分布均匀的针尖大小的丘疹,压之褪色,触之有砂纸感 2)疹间无正常皮肤,伴有痒感 3)皮疹约 48 小时达高峰,然后体温下降、皮疹按出疹顺序 2~4 日内消失 (2)特殊体征: 1)帕氏线:腋窝、肘窝、腹股沟处可见皮疹密集并伴出血点,呈线状 2)口周苍白圈:面部潮红,有少量皮疹,口鼻周围无皮疹,略显苍白 3)杨梅舌:病初舌被覆白苔,3~4 日后白苔脱落,舌乳头红肿突起
脱屑期	于病后 1 周末,按出疹顺序开始脱屑,躯干为**糠皮样脱屑**,手掌、足底可见大片状脱皮,呈"手套"、"袜套"状。脱皮持续 1~2 周。无色素沉着

★4. 流行性腮腺炎(表 11-5)

表 11-5　流行性腮腺炎临床表现

病变	临床表现
腮腺炎	(1)部分患儿可有发热、头痛、乏力、肌痛、厌食等前驱期症状 (2)腮腺肿大常是疾病的首发体征。通常先起于一侧,2~3 天内波及对侧,也有两侧同时肿大或始终限于一侧者。肿胀以耳垂为中心,向周围弥漫肿大,局部不红,边缘不清,轻度压痛,咀嚼食物时疼痛加重 (3)在上颌第二磨牙相对应的颊黏膜处,可见红肿的腮腺管口,持续 3~7 天,然后逐渐消退。颌下腺和舌下腺也可同时受累
脑膜脑炎	(1)**是腮腺炎最常见的并发症** (2)常发生在腮腺肿大前后的 2 周左右,可有头痛、颈项强直、呕吐、嗜睡、高热等症状及脑脊液异常 (3)大部分预后良好,症状可于 7~10 天内缓解。重者可留有后遗症或死亡
睾丸炎和卵巢炎	(1)常见于青春期和成人,多发生于腮腺炎后 1 周内 (2)主要表现为发热、病变的睾丸多为单侧,有触痛、肿胀 (3)卵巢炎多表现为下腹疼痛,平均病程 4 天,一般不影响生育
急性胰腺炎	(1)较少见 (2)常发生于腮腺肿胀数日后,表现为中上腹剧痛,有压痛和肌紧张。伴发热、寒战、呕吐、腹胀、腹泻或便秘等

★5. 中毒型细菌性痢疾(表11-6)

表11-6 中毒型细菌性痢疾临床表现

临床分型	临床表现
休克型	(1)表现为感染性休克:面色苍白、四肢厥冷、脉搏细速、血压下降、皮肤花纹
	(2)可伴有心功能不全、少尿或无尿及不同程度的意识障碍
	(3)肺循环障碍时,突然呼吸加深加快,呈进行性呼吸困难,直至呼吸衰竭
脑型	(1)以颅内压增高、脑水肿、脑疝和呼吸衰竭为主
	(2)患儿有剧烈头痛、呕吐、血压增高,心率相对缓慢,肌张力增高,反复惊厥及昏迷
	(3)严重者可呈现呼吸节律不齐,两侧瞳孔大小不等或散大,对光反应迟钝
肺型	主要表现为呼吸窘迫综合征
混合型	兼有上述两型的表现,是最凶险的类型,病死率很高

二、并发症

★1. 麻疹
- (1)支气管肺炎:最常见的并发症。
- (2)喉炎。
- (3)心肌炎。
- (4)麻疹脑炎。
- (5)结核病恶化。

2. 水痘
- (1)皮肤细菌感染。
- (2)水痘脑炎。
- (3)原发性水痘肺炎。

3. 猩红热
- (1)急性肾小球肾炎。
- (2)风湿病。
- (3)关节炎。

★4. 流行性腮腺炎
- (1)脑膜脑炎。
- (2)睾丸炎和卵巢炎。
- (3)胰腺炎。

四、辅助检查及治疗要点(表11-7)

表11-7 常见传染病辅助检查及治疗要点

疾病	辅助检查	治疗要点
★麻疹	酶联免疫吸附试验检测血清中麻疹 IgM 抗体有早期诊断价值	加强护理、对症治疗、中药透疹治疗、预防感染
★水痘	(1)血象白细胞正常或偏高 (2)可做血清特异性抗体 IgM 检查	(1)对症治疗:皮肤瘙痒时可局部应用炉甘石洗剂或口服抗组胺药。发热时给予退热剂。忌用阿司匹林以免增加 Reye 综合征的危险 (2)抗病毒治疗:阿昔洛韦为首选药物,一般在水痘发病后24小时内应用才有效
★猩红热	(1)白细胞总数增高,可达$(10\sim20)\times10^{12}/L$,中性粒细胞占80%以上 (2)取咽拭子或其他病灶分泌物培养,可得到乙型溶血性链球菌	(1)首选青霉素治疗,每日2~4万 U/kg,分2次肌内注射,共7~10天 (2)对青霉素过敏或耐药者可用红霉素或第一代头孢菌素治疗 (3)中毒症状严重或伴休克症状者,应给予相应处理,防治并发症

续表

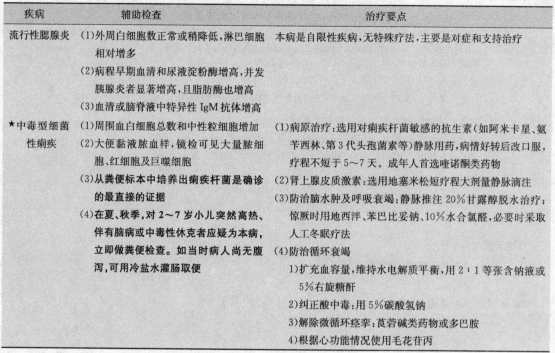

疾病	辅助检查	治疗要点
流行性腮腺炎	(1)外周白细胞数正常或稍降低,淋巴细胞相对增多 (2)病程早期血清和尿液淀粉酶增高,并发胰腺炎者显著增高,且脂肪酶也增高 (3)血清或脑脊液中特异性IgM抗体增高	本病是自限性疾病,无特殊疗法,主要是对症和支持治疗
★中毒型细菌性痢疾	(1)周围血白细胞总数和中性粒细胞增加 (2)大便黏液脓血样,镜检可见大量脓细胞、红细胞及巨噬细胞 (3)从粪便标本中培养出痢疾杆菌是确诊的最直接的证据 (4)在夏、秋季,对2～7岁小儿突然高热、伴有脑病或中毒性休克者应疑为本病,立即做粪便检查。如当时病人尚无腹泻,可用冷盐水灌肠取便	(1)病原治疗:选用对痢疾杆菌敏感的抗生素(如阿米卡星、氨苄西林、第3代头孢菌素等)静脉用药,病情好转后改口服,疗程不短于5～7天。成年人首选喹诺酮类药物 (2)肾上腺皮质激素:选用地塞米松短疗程大剂量静脉滴注 (3)防治脑水肿及呼吸衰竭:静脉推注20%甘露醇脱水治疗;惊厥时用地西泮、苯巴比妥钠、10%水合氯醛,必要时采取人工冬眠疗法 (4)防治循环衰竭 1)扩充血容量,维持水电解质平衡,用2∶1等张含钠液或5%右旋糖酐 2)纠正酸中毒:用5%碳酸氢钠 3)解除微循环痉挛:莨菪碱类药物或多巴胺 4)根据心功能情况使用毛花苷丙

五、护理问题/诊断

1. 麻疹
   - (1)体温过高:与病毒血症、继发感染有关。
   - (2)皮肤完整性受损的危险:与皮疹有关。
   - (3)感染的危险:与机体免疫力低下有关。

2. 水痘
   - (1)皮肤完整性受损:与水痘病毒引起的皮疹及继发感染有关。
   - (2)体温过高:与病毒血症有关。

3. 猩红热
   - (1)皮肤完整性受损的危险:与皮疹有关。
   - (2)体温过高:与细菌感染有关。

4. 流行性腮腺炎
   - (1)疼痛:与腮腺非化脓性炎症有关。
   - (2)体温过高:与病毒感染有关。

5. 中毒型细菌性痢疾
   - (1)体温过高:与毒血症有关。
   - (2)组织灌注量的改变:与机体的高敏状态和毒血症致微循环障碍有关。
   - (3)潜在并发症:脑水肿、呼吸衰竭。

六、护理措施

1. 麻疹
   - ★(1)高热的护理
     - 1)绝对卧床休息至皮疹消退、体温正常。
     - 2)出疹期不宜用药物或物理方法强行降温,尤其是酒精擦浴、冷敷等物理降温,以免影响透疹。体温超过40℃以上时可用小量的退热剂,以免发生惊厥。
   - (2)皮肤黏膜的护理
     - 1)保持床单整洁干燥和皮肤清洁,勤剪指甲,防抓伤皮肤继发感染。
     - 2)生理盐水清洗双眼,再滴入抗生素眼液或眼膏,可加服维生素A预防眼干燥症。
     - 3)及时评估透疹情况,如透疹不畅,可用鲜芫荽(香菜)煎水服用并涂抹全身,以促进血液循环,使皮疹出齐、出透,平稳度过出疹期。

1. 麻疹

(3)饮食护理
- 1)发热期间给予清淡易消化的流质饮食,少量多餐。
- 2)多喂开水及热汤,有利于排毒、退热、透疹。
- 3)恢复期应添加高蛋白、高维生素的食物。

(4)防止呕吐物或泪水流入外耳道发生中耳炎,及时清除鼻痂,加强口腔护理,多喂白开水。

(5)观察病情变化:麻疹并发症较多且重,为及早发现,应密切观察病情。

★(6)预防感染的传播

1)隔离患儿
- ①对患儿宜采取呼吸道隔离至出疹后 **5** 天。
- ②有并发症者延至出疹后 **10** 天。
- ③接触的易感儿隔离观察 21 天。

2)切断传播途径
- ①每天用紫外线消毒患儿房间或通风半小时。
- ②衣物用后应在阳光下曝晒,减少不必要的探视。
- ③医务人员接触患儿前后应洗手、更换隔离衣或在空气流动处停留半小时。

3)保护易感人群
- ①对 **8 个月**以上未患过麻疹的小儿**可接种麻疹疫苗**。
- ②易感儿接触病人后 2 日内接种麻疹疫苗有预防效果。
- ③接触后 5 日内注射人血丙种球蛋白或胎盘球蛋白可免于发病,6 日后注射可减轻症状,有效免疫期 1~8 周。

2. 水痘

★(1)皮肤的护理
- 1)室温适宜,保持衣被清洁,避免过厚,以免加重皮疹瘙痒引起不适。
- 2)剪短指甲,戴连指手套,避免抓破皮疹。
- 3)若有汗应擦干并及时更换内衣,保持皮肤清洁、干燥。
- 4)疱疹无破溃,可涂炉甘石洗剂或 5% 碳酸氢钠溶液;已破溃者涂 1% 甲紫;有继发感染者,局部用抗生素软膏。

(2)降低体温:忌用阿司匹林,以免增加 **Reye 综合征**的危险。

(3)病情观察:注意观察精神、体温、食欲及有无呕吐等,及早发现并发症并予以相应的治疗及护理。如有口腔疱疹溃疡影响进食,应予补液。

(4)预防疾病的传播
- 1)**无并发症患儿多在家中隔离治疗,至疱疹全部结痂或出疹后 7 日止。**
- 2)**易感儿接触后应检疫 3 周。**
- 3)体弱、免疫缺陷者,应在接触水痘后 72 小时内接种水痘-带状疱疹病毒减毒活疫苗。

3. 猩红热

★(1)发热护理
- 1)急性期病人绝对卧床休息 2~3 周以减少并发症。高热时给予适当物理降温,但忌用冷水或酒精擦浴。
- 2)急性期应给予营养丰富的含大量维生素且易消化的流质、半流质饮食,恢复期给软食,鼓励并帮助病人进食。提供充足的水分,以利散热及排泄毒素。
- 3)遵医嘱及早使用**青霉素 G 治疗**,并给溶菌酶含片或用生理盐水稀释 2~5 倍的复方硼砂溶液漱口,每天 4~6 次。

(2)皮肤护理
- 1)观察皮疹及脱皮情况。
- 2)保持皮肤清洁,可用温水清洗皮肤(禁用肥皂水)。
- 3)剪短患儿指甲,避免抓破皮肤。
- 4)脱皮时勿用手撕扯,可用消毒剪刀修剪,以防感染。

(3)预防并发症
- 1)注意观察血压变化。
- 2)有无眼睑水肿、尿量减少及血尿等。
- 3)每周尿常规检查两次。

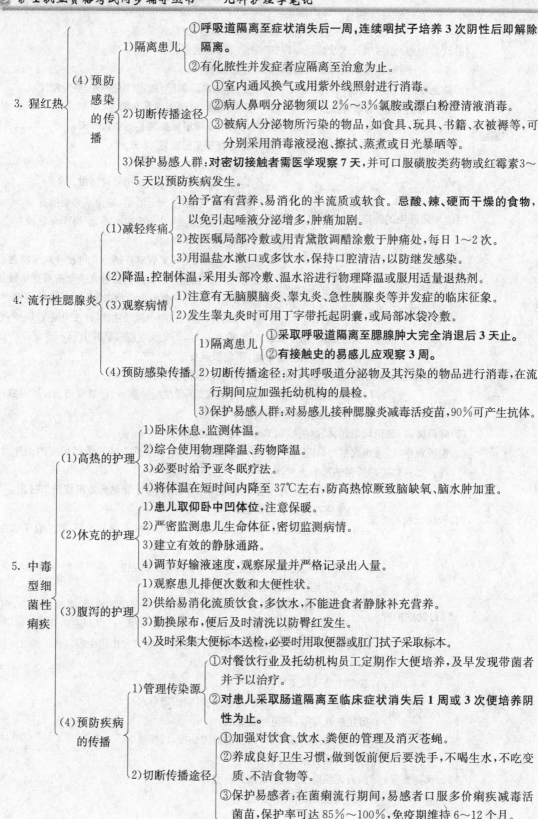

3. 猩红热
- (4) 预防感染的传播
  - 1) 隔离患儿
    - ①呼吸道隔离至症状消失后一周,连续咽拭子培养3次阴性后即解除隔离。
    - ②有化脓性并发症者应隔离至治愈为止。
  - 2) 切断传播途径
    - ①室内通风换气或用紫外线照射进行消毒。
    - ②病人鼻咽分泌物须以2%～3%氯胺或漂白粉澄清液消毒。
    - ③被病人分泌物所污染的物品,如食具、玩具、书籍、衣被褥等,可分别采用消毒液浸泡、擦拭、蒸煮或日光暴晒等。
  - 3) 保护易感人群:对密切接触者需医学观察7天,并可口服磺胺类药物或红霉素3～5天以预防疾病发生。

4. 流行性腮腺炎
- (1) 减轻疼痛
  - 1) 给予富有营养、易消化的半流质或软食。忌酸、辣、硬而干燥的食物,以免引起唾液分泌增多,肿痛加剧。
  - 2) 按医嘱局部冷敷或用青黛散调醋涂敷于肿痛处,每日1～2次。
  - 3) 用温盐水漱口或多饮水,保持口腔清洁,以防继发感染。
- (2) 降温:控制体温,采用头部冷敷、温水浴进行物理降温或服用适量退热剂。
- (3) 观察病情
  - 1) 注意有无脑膜脑炎、睾丸炎、急性胰腺炎等并发症的临床征象。
  - 2) 发生睾丸炎时可用丁字带托起阴囊,或局部冰袋冷敷。
- (4) 预防感染传播
  - 1) 隔离患儿
    - ①采取呼吸道隔离至腮腺肿大完全消退后3天止。
    - ②有接触史的易感儿应观察3周。
  - 2) 切断传播途径:对其呼吸道分泌物及其污染的物品进行消毒,在流行期间应加强托幼机构的晨检。
  - 3) 保护易感人群:对易感儿接种腮腺炎减毒活疫苗,90%可产生抗体。

5. 中毒型细菌性痢疾
- (1) 高热的护理
  - 1) 卧床休息,监测体温。
  - 2) 综合使用物理降温、药物降温。
  - 3) 必要时给予亚冬眠疗法。
  - 4) 将体温在短时间内降至37℃左右,防高热惊厥致脑缺氧、脑水肿加重。
- (2) 休克的护理
  - 1) 患儿取仰卧中凹体位,注意保暖。
  - 2) 严密监测患儿生命体征,密切监测病情。
  - 3) 建立有效的静脉通路。
  - 4) 调节好输液速度,观察尿量并严格记录出入量。
- (3) 腹泻的护理
  - 1) 观察患儿排便次数和大便性状。
  - 2) 供给易消化流质饮食,多饮水,不能进食者静脉补充营养。
  - 3) 勤换尿布,便后及时清洗以防臀红发生。
  - 4) 及时采集大便标本送检,必要时用取便器或肛门拭子采取标本。
- (4) 预防疾病的传播
  - 1) 管理传染源
    - ①对餐饮行业及托幼机构员工定期作大便培养,及早发现带菌者并予以治疗。
    - ②对患儿采取肠道隔离至临床症状消失后1周或3次便培养阴性为止。
  - 2) 切断传播途径
    - ①加强对饮食、饮水、粪便的管理及消灭苍蝇。
    - ②养成良好卫生习惯,做到饭前便后要洗手,不喝生水,不吃变质、不洁食物等。
    - ③保护易感者:在菌痢流行期间,易感者口服多价痢疾减毒活菌苗,保护率可达85%～100%,免疫期维持6～12个月。

模拟试题程——识破命题思路，提升应试能力

一、专业实务

A_1 型题

1. 确定一种传染病的检疫期根据是
   - A. 该病传染性的大小
   - B. 病程的长短
   - C. 病情的严重程度
   - D. 潜伏期的长短
   - E. 病原体的毒力

2. 下列哪一种传染病属于甲类传染病
   - A. 传染性非典型肺炎
   - B. 艾滋病
   - C. 霍乱
   - D. 人感染高致病性禽流感
   - E. 病毒性肝炎

3. 下列乙类传染病中，需采用甲类传染病的预防控制措施的是
   - A. 肺结核
   - B. 艾滋病
   - C. 传染性非典型肺炎
   - D. 病毒性肝炎
   - E. 猩红热

   解析：对乙类传染病中传染性非典型肺炎、炭疽中的肺炭疽和人感染高致病性禽流感，采用甲类传染病的预防控制措施。

4. 下列属于强制管理传染病，城镇要求 2 小时内、农村不超过 6 小时上报的是
   - A. 病毒性肝炎
   - B. 肺结核
   - C. 艾滋病
   - D. 霍乱
   - E. 猩红热

A_2 型题

5. 患儿，男，3 岁，确诊麻疹合并肺炎，该患儿具有传染性的时段是
   - A. 出疹期
   - B. 出疹前 10 天至出疹后 5 天
   - C. 出疹前 10 天至出疹后 10 天
   - D. 出疹前 5 天至出疹后 5 天
   - E. 出疹前 5 天至出疹后 10 天

6. 患儿，男，6 岁，确诊流行性腮腺炎，该患儿具有传染性的时段为
   - A. 腮腺肿大期
   - B. 腮腺肿大前 2 日至肿大后 6 日
   - C. 腮腺肿大前 1 日至肿大后 3 日
   - D. 腮腺肿大前 3 日至肿大后 1 日
   - E. 腮腺肿大前 2 日至肿大后 6 日

7. 患儿，男，6 岁，确诊流行性腮腺炎，该病的传播途径是
   - A. 呼吸道传播
   - B. 消化道传播
   - C. 体液传播
   - D. 接触传播
   - E. 虫媒传播

8. 患儿，男，6 岁，确诊流行性腮腺炎，该患儿应隔离至
   - A. 体温恢复正常
   - B. 腮肿完全消退
   - C. 腮肿完全消退，再观察 3 天
   - D. 腮肿完全消退，再观察 7 天
   - E. 发病后 3 周

9. 患儿，女，4 岁，确诊水痘，该患儿具有传染性的时段为
   - A. 潜伏期
   - B. 出疹期
   - C. 出疹前 10 天至出疹后 5 天
   - D. 出疹前 5 天至第一批疹退
   - E. 出疹前 1～2 天至全部疱疹结痂

10. 患儿，女，4 岁，确诊水痘，关于该病的叙述以下**不正确**的是
    - A. 水痘是由水痘-带状疱疹病毒引起的疾病
    - B. 以全身出现水疱疹为特征
    - C. 感染水痘后一般可持久免疫，但可发生带状疱疹
    - D. 水痘只通过飞沫传播
    - E. 四季可发病，以冬春季为高

11. 患儿，男，5 岁，确诊猩红热，该病的主要传染源是
    - A. 乙型溶血性链球菌携带者
    - B. 链球菌引起咽峡炎患儿
    - C. 伤口感染患儿
    - D. 猩红热患儿
    - E. 猩红热患儿和带菌者

12. 患儿，男，5 岁，确诊猩红热，该病人应隔离到
    - A. 体温正常
    - B. 症状消失
    - C. 青霉素治疗后 8 天
    - D. 咽拭子培养 3 次阴性后
    - E. 症状完全消失 1 周，咽拭子培养 3 次阴性后

13. 患儿,男,5岁,因中毒型细菌性痢疾入院,关于该病的治疗措施正确的是
    A. 选用对痢疾杆菌敏感的抗生素口服给药
    B. 病情好转即停药,以防抗生素滥用增加痢疾杆菌的耐药性
    C. 喹诺酮类药物对儿童骨髓发育有影响,故不宜应用
    D. 慎用肾上腺皮质激素,必须使用时亦应小剂量口服给药
    E. 休克型患儿少尿时口服利尿剂治疗

A₃/A₄ 型题

(14~16 题共用题干)

患儿,4岁,突然出现发热、惊厥。经询问,该患儿平时不注意卫生,吃生地瓜未洗。

14. 该患儿可能患有
    A. 急性上呼吸道感染
    B. 急性肾小球肾炎
    C. 急性喉炎
    D. 中毒型细菌性痢疾
    E. 急性支气管炎

15. 该病的确诊依据是
    A. 夏秋季急性起病,高热   B. 黏液脓血便
    C. 里急后重   D. 血压下降
    E. 粪便培养发现痢疾杆菌

16. 应对其采取肠道隔离至
    A. 临床症状好转
    B. 临床症状消失
    C. 3 次大便培养阴性
    D. 2 次大便培养阴性
    E. 1 次大便培养阳性

(17、18 题共用题干)

患儿,女,5岁,因发热3天,皮疹1天入院,入院诊断为麻疹。

17. 该病的主要传播途径是
    A. 消化道   B. 血液
    C. 接触性   D. 呼吸道
    E. 虫媒

18. 降低该病发病率的关键措施是
    A. 早发现、早治疗、早隔离
    B. 易感儿按时接种麻疹疫苗
    C. 患儿停留过的病室要彻底通风
    D. 易感儿接触患儿后注射免疫球蛋白
    E. 流行期间易感儿不要到人群密集的公共场所

二、实践能力

A₁ 型题

19. 下列为猩红热常见并发症的是
    A. 变态反应性疾病   B. 心肌炎
    C. 喉炎   D. 支气管肺炎
    E. 脑膜脑炎

20. 麻疹出疹的顺序是
    A. 耳后发际—面部—躯干—四肢—手掌足底
    B. 四肢末端—躯干—头面—耳后发际
    C. 头面—耳后—躯干—四肢末端—全身
    D. 四肢末端—头面—躯干—背部—胸部
    E. 耳后发际—四肢末端—头面—前胸—后背

A₂ 型题

21. 患儿,女,3岁,因发热3天,出疹1天入院,入院诊断为麻疹,该病早期诊断的临床依据是
    A. 发热3~4天后耳后出疹
    B. 接触麻疹患儿后发热
    C. 高热及耳后、淋巴结肿大
    D. 口腔有麻疹黏膜斑
    E. 未按时接种麻疹疫苗

22. 患儿,女,8岁。确诊水痘,关于该病下列叙述**不正确**的是
    A. 由呼吸道和接触传播
    B. 病人为主要传染源
    C. 水痘为自限性疾病,病程10天左右
    D. 皮疹呈离心性分布
    E. 皮疹成批出现,斑疹、丘疹、疱疹和结痂同时存在

23. 患儿,男,6岁,确诊流行性腮腺炎,关于该病下列叙述**不正确**的是
    A. 保持口腔清洁,餐后漱口
    B. 患病后可获持久免疫
    C. 腮腺部位肿痛,但不红
    D. 进酸、辣食物,可促进食欲
    E. 由腮腺炎病毒所致

24. 患儿,女,8岁。确诊水痘,现处于出疹期,自述皮疹瘙痒难忍。下列护理措施正确的是
    A. 指导其隔衣物挠抓皮疹患处
    B. 皮疹完全消退前不可洗澡,以防感染
    C. 局部可涂抹地塞米松霜
    D. 遵医嘱口服抗组胺药物
    E. 皮疹处不可涂抹炉甘石洗剂

25. 患儿,女,8岁。确诊中毒型细菌性痢疾休克型,

该病的主要临床特点是

A. 腹泻、呕吐

B. 黏液脓血便

C. 夏秋季急性起病、高热

D. 出现周围循环衰竭症状

E. 粪便检查发现痢疾杆菌

A₃/A₄ 型题

（26～28 题共用题干）

患儿，2 岁，高热 4～5 天，1 天来全身出皮疹，为红色粟粒大小斑丘疹。疹间皮肤不充血，精神食欲差，伴有流涕、畏光、咳嗽重。

26. 最可能的诊断是

  A. 麻疹   B. 风疹

  C. 幼儿急疹   D. 猩红热

  E. 水痘

27. 患儿的皮疹最初出现的部位应该是

  A. 手心、足心   B. 面部

  C. 耳后发际   D. 颈部

  E. 躯干

28. 应对其采取隔离至

  A. 起病后 5 天

  B. 出疹后 1 周

  C. 疹退后 5 天

D. 无并发症隔离到出疹后 5 天,有并发症隔离到出疹后 10 天

E. 疹退后 10 天

（29、30 题共用题干）

患儿，女，6 岁，确诊中毒型细菌性痢疾。

29. 护士评估其体温 39.6℃,提出"体温过高"的护理诊断,其相关因素为

  A. 与腹泻有关

  B. 与休克有关

  C. 与病毒血症有关

  D. 与内毒素血症有关

  E. 与败血症有关

30. 为预防传播,应对其采取肠道隔离至

  A. 临床症状好转

  B. 临床症状消失

  C. 3 次大便培养阴性

  D. 4 次大便培养阴性

  E. 5 次大便培养阴性

参考答案

1—5 DCCDE   6—10 CACED   11—15 EECDE

16—20 CDBAA   21—25 DDDDE   26—30 ACDDC

（梁文丽）

第12章 结核病患儿的护理

第1节 结核病概述

结核病是由结核杆菌引起的一种慢性感染性病,各个脏器均可受累,以原发型肺结核最常见,严重病例可引起血行播散发生粟粒型结核病和结核性脑膜炎,后者是小儿结核病引起死亡的主要原因。有些成人结核病是在儿童时期受感染的基础上发展而来的。

一、病因及发病机制

★1. 病原学:结核杆菌属分枝杆菌,染色具有抗酸性。**对人具有致病性的主要是人型和牛型结核杆菌,其中人型是人类结核病的主要病原体。**

2. 发病机制:小儿初次感染结核菌4～8周,产生细胞免疫,同时出现组织超敏反应。

★3. 流行病学:**开放性肺结核患者是主要传染源,呼吸道为主要传播途径。**健康小儿吸入带结核菌的飞沫或尘埃后可引起感染,形成肺部原发病灶。小儿感染结核杆菌后是否发病主要取决于结核菌的毒力与数量及机体的免疫力强弱。

二、辅助检查

★1. 结核菌素试验:可测定受试者是否感染过结核杆菌。小儿受结核菌感染4～8周后作结核菌素试验即显阳性反应

(1)试验方法:常用结核菌纯蛋白衍化物(PPD)0.1ml(每0.1ml内含结核菌素5单位)。在前臂掌侧中、下1/3交界处皮内注射,使之形成直径6～10mm的皮丘。**48～72小时观察反应结果。**记录时应测局部硬结直径,以毫米数表示,先测横径,后测纵径,取两者的平均值来表示反应强度。

(2)结果判断:记录时应测硬结直径,以局部硬结的毫米数来判断反应强度,标准如下:
阴性— 无硬结
阳性(弱)＋ 红硬,平均直径5～9mm
(中)＋＋ 红硬,平均直径10～19mm
(强)＋＋＋ 红硬,平均直径≥20mm
(极强)＋＋＋＋ 除硬结外,还有水疱、破溃或淋巴管炎

若患儿有疱疹型结膜炎、结节性红斑或一过性多发性结核过敏性关节炎,宜用1结核菌素单位的PPD试验,以防局部过敏反应及可能引起的体内病灶反应。

(3)临床意义:

1)阳性反应

阳性一般表示曾受过感染或已接种卡介苗出现的过敏反应,并不一定存在结核病。但强阳性表示体内已受到结核菌感染,是诊断小儿结核病的特异性指征之一

①见于3岁以下,尤其是1岁以下未接种卡介苗的小儿,表示体内有新的结核病灶,年龄愈小,活动性结核的可能性愈大。

②儿童无明显临床症状而呈阳性反应,表示受过结核菌感染,但不一定有活动病灶。

★1. 结核菌素试验:可测定受试者是否感染过结核杆菌。小儿受结核菌感染 **4～8周**后作结核菌素试验即显阳性反应

（3）临床意义:阳性一般表示曾受过感染或已接种卡介苗出现的过敏反应,并不一定存在结核病。但强阳性表示体内已受到结核菌感染,是诊断小儿结核病的特异指征之一

1）阳性反应
③强阳性反应,表示体内有活动性结核病灶。
④2 年之内由阴转阳,或反应强度从原直径＜10mm 增至＞10mm,且增加的幅度为 6mm 以上者,表示新近有感染,或可能有活动性病灶。
⑤接种卡介苗后的阳性反应与自然感染后的阳性反应的区别,见表 12-1。

表 12-1　接种卡介苗后的阳性反应与自然感染后的阳性反应的区别

	接种卡介苗后	自然感染
硬结直径	多为 5～9mm	多为 10～15mm
硬结颜色	浅红	深红
硬结质地	较软、边缘不清	较硬、边缘清楚
阳性反应持续时间	较短,2～3 天即消失	较长,可达 7～10 天以上
阳性反应的变化	有较明显的逐年减弱倾向,一般于 3～5 年内逐渐消失	短时间内反应无减弱倾向,可持续若干年,甚至终身

2）阴性反应的临床意义
①未受过结核感染。
②结核变态反应初期(初次感染后 4～8 周内)。
③机体免疫反应受抑制时,呈假阴性反应,如重症结核病、麻疹等。
④技术误差或结核菌素效价不足。

2. 实验室检查
（1）结核菌检查:从痰、胃液、脑脊液、浆膜腔液中找到结核菌是**确诊的重要手段**。胃液检查在患儿清晨初醒时进行,采取标本以培养为宜。
（2）免疫学诊断及生物学基因诊断。
（3）血沉:通过血沉变化可判断疗效,还可判断病灶是否具有活动性。

★3. X 线检查
（1）X 线检查是诊断小儿肺结核的主要方法。
（2）胸片检查对确定**病灶的部位、范围、性质、发展和决定治疗方案**等具有重要的作用。最好是同时作正、侧位胸片检查。
（3）侧位片可发现肿大淋巴结或靠近肺门部位的原发病灶。
（4）必要时进行断层或 CT 检查。

4. 其他:如纤维支气管镜检查、淋巴结活组织检查、眼底镜检查、超声波检查等。

三、预防

★1. 控制传染源:早期发现并治愈结核菌涂片阳性病人。对托幼机构及小学的教职员工定期体检,及时发现和隔离传染源能有效地减少小儿感染结核的机会。

★2. 卡介苗(BCG)接种:是预防小儿结核病的有效措施。

禁忌证:结核菌素试验阳性者、注射部位有湿疹或全身性皮肤病、急性传染病恢复期、先天胸腺发育不全或严重免疫缺陷病患儿。

★3. 化学药物预防:预防肺内非活动性病变发病,有下列指征的小儿,可用异烟肼预防性服药。每日10mg/kg,疗程6~12个月

(1)密切接触家庭内开放性肺结核患者。
(2)3岁以下未接种卡介苗而结核菌素试验阳性者。
(3)结核菌素试验新近由阴性转为阳性。
(4)结核菌素试验阳性伴结核中毒症状者。
(5)结核菌素试验阳性,新患麻疹或百日咳小儿。
(6)结核菌素试验阳性而需较长时间使用肾上腺糖皮质激素或其他免疫抑制剂者。

四、治疗原则

早期、联合、全程、规律、适量。

★1. 一般治疗:注意休息,加强合理营养,给予**高蛋白和高维生素**的食物,避免接触各种传染病源。

(1)抗结核药物种类、用法、毒副反应和注意事项,见表12-2。

表12-2 常用抗结核药物使用简表

2. 抗结核药物的使用

药品	每日用量	给药途径	毒副反应	注意事项
异烟肼	10~20mg/kg,不超过300mg	口服 肌内注射 静脉滴注	**周围神经炎、精神症状**、皮疹、肝脏损害	临床采用每100mg异烟肼同时应用**维生素B₆10mg**的方法预防周围神经炎,利福平可增加异烟肼的肝脏毒性,合用时均以不超过每日10mg/kg为宜,每月查肝功能
链霉素	15~20mg/kg,不超过0.75g	肌内注射	**第Ⅷ对颅神经损害**、肾损害、周围神经炎、过敏反应	细心观察前庭和听力功能及检查血尿素氮
利福平	10~15mg/kg	口服	**肝脏损害**、消化道反应、过敏反应,可致白细胞和血小板下降	与异烟肼合用增加对肝脏毒性,多在治疗前2个月内出现,每月查肝功能
乙胺丁醇	15mg/kg	口服	**球后视神经炎**、周围神经炎、消化道反应、肝功能损害	每月查视力、视野及辨色力
吡嗪酰胺	20~30mg/kg	口服	肝脏损害、尿酸血症、痛风、消化道反应	每月查肝功能并适时查血尿酸
乙硫异烟胺	10~15mg/kg	口服	肝脏损害、造血障碍、消化道反应、肾损害	定期复查肝功能

(2)目前国内抗结核药物的分类

第一线:异烟肼、利福平、链霉素、吡嗪酰胺。
第二线:乙胺丁醇、氨硫脲、卡那霉素、对氨基水杨酸钠、乙硫异烟胺等。

★3. 化疗方案

(1)标准疗法:一般用于无明显症状的原发性肺结核。疗程9~12个月。
(2)两阶段疗法:用于活动性原发型肺结核、急性粟粒型结核病及结核性脑膜炎。**分强化治疗阶段和巩固治疗阶段。**
(3)短程疗法:分6个月和9个月两种疗程。

第2节　原发型肺结核

一、概述

原发型肺结核是结核菌初次侵入肺部后的原发感染,**是小儿肺结核的主要类型**,包括**原发综合征与支气管淋巴结结核**,多呈良性经过,但亦可进展导致干酪性肺炎、结核性胸膜炎,或恶化进展为血行播散型肺结核或结

核性脑膜炎。

二、发病机制及病理改变

★1. 结核杆菌吸入肺，常在肺形成原发病灶。原发灶多见于胸膜下，在肺上叶底部和下叶上部，以右侧多见。其基本病变是渗出、增殖与坏死。

★2. 原发综合征病变由三部分组成肺部原发病灶、肿大的淋巴结和两者相连的发炎淋巴管。支气管淋巴结结核以胸腔内肿大的淋巴结为主。两者并为一型即原发型肺结核。

★3. 原发型肺结核的病理转归：①吸收好转、钙化或硬结。**此种转归最常见**，是小儿结核病的特点之一。②病变进展：产生空洞、支气管淋巴结周围炎、支气管内膜结核和干酪性肺炎、结核性胸膜炎。③病变恶化：血行播散导致急性粟粒型肺结核或全身性急性粟粒型结核病。

三、临床表现

★1. 轻症可无症状，仅在 X 线检查时被发现。一般起病缓慢，可有低热、食欲减退、消瘦、盗汗、疲乏等结核中毒症状。

2. 婴幼儿及症状较重者可表现为急性高热，但一般情况尚好，与发热不相称，2～3 周后转为持续低热。

3. 若有淋巴结高度肿大，可产生压迫症状，出现类似百日咳样痉咳、喘鸣或声音嘶哑。

4. 部分患儿可出现疱疹性结膜炎、皮肤结节性红斑或多发性、一过性关节炎等结核变态表现。

5. 体检可见周围淋巴结有不同程度肿大，肺部体征不明显，与肺内病变不一致。婴儿可伴肝脾大。

四、辅助检查

1. X 线检查：原发综合征由肺部原发病灶、肿大的淋巴结和两者相连的发炎淋巴管组成，**X 线胸片呈典型哑铃"双极影"**。肺内原发灶有时已吸收，或被纵隔掩盖，仅肺门淋巴结肿大，故临床诊断支气管淋巴结结核多见。**X 线表现为肺门淋巴结肿大，边缘模糊称炎症型，边缘清晰称结节型。**

2. 结核菌素试验：结核菌素试验呈强阳性或由阴性转为阳性。

五、治疗原则

治疗目的是杀灭病灶中的结核菌和防止血行播散。

六、护理问题

1. 营养失调。

2. 活动无耐力。

3. 有传播感染的可能。

4. 知识缺乏。

七、护理措施

★1. 饮食护理：结核病为慢性消耗性疾病，应给予**高热量、高蛋白、高维生素、富含钙质的食物**，以增强抵抗力，促进机体修复能力和病灶愈合。

2. 日常生活护理：建立合理的生活制度，居室空气新鲜、阳光充足。

3. 观察药物副作用：观察患儿有无胃肠道反应、耳鸣、耳聋、眩晕、视力减退或视野缺损、手足麻木、皮疹等；定期复查肝功能。

4. 预防感染传播：结核患儿活动期应实行隔离措施。

第3节 急性粟粒型肺结核

一、概述

急性粟粒型肺结核或称急性血行播散型肺结核,常是原发综合征恶化的结果,是由于胸腔内淋巴结或原发灶内大量结核菌进入血流所引起,多见于婴幼儿初染结核后 **3～6 个月以内**。本病早期发现、及时治疗预后良好,伴结核性脑膜炎时,预后较差。

二、病因及发病机制

★1. 原发灶或胸腔内淋巴结干酪坏死病变破坏血管,致大量结核菌进入肺动脉引起粟粒型肺结核。

2. 如结核菌进入肺静脉经血行或经淋巴播散至全身引起急性全身性粟粒型结核病,可累及肺、脑、脑膜、肝、脾、腹膜、肠、肠系膜淋巴结、肾、肾上腺及心脏等。

★3. 病理改变为直径 1～2mm 的灰黄色粟粒样结核结节,均匀布满两肺,肺上部较多,位于间质,肺泡腔内少见。

三、临床表现

1. 多数起病急,有高热和严重中毒症状,伴盗汗、食欲减退、面色苍白。

2. 少数患儿表现为咳嗽、气急、发绀,颇似肺炎。

3. 多数患儿同时有结核性脑膜炎症状。

4. 6 个月以下婴儿患粟粒型肺结核的特点为病情重而不典型,累及器官多,特别是伴发结核性脑膜炎者居多。病程进展快,病死率高。

5. 体格检查常缺少明显体征,表现为症状和体征与 X 线的不一致性,偶可闻及细湿啰音,全身淋巴结和肝脾肿大。少数患儿皮肤可见粟粒疹。

四、辅助检查

★1. X 线检查:胸部 X 线片常对诊断起决定性作用,在起病后 2～3 周胸部 X 线片可发现大小一致、密度一致、分布均匀的粟粒状阴影,密布于两侧肺野。

2. 结核菌素试验:重症患儿结核菌素试验可呈假阴性。

3. 痰或胃液中可查到结核菌。

4. 粟粒疹和眼底检查所见的结核结节有诊断意义。

五、治疗原则

两段疗法:伴严重中毒症状、呼吸困难和结核性脑膜炎时,在应用足量抗结核药物的同时,可加用肾上腺皮质激素,如泼尼松 1～2mg/(kg·d)。疗程 1～2 个月。

六、护理问题

1. 体温过高。

2. 营养失调。

3. 活动无耐力。

4. 有传播感染的可能。

5. 知识缺乏。

七、护理措施

1. 观察体温变化,给予降温处理。

2. 卧床休息,保持安静,保持呼吸道通畅,必要时吸氧。

3. 供给充足的营养。

4. 密切观察病情变化,定时测体温、呼吸、脉搏及神志变化,如出现烦躁不安、嗜睡、头痛、呕吐、惊厥等脑膜炎症状应及时通知医生,并积极配合抢救。

第 4 节　结核性脑膜炎

一、概述

结核性脑膜炎简称结脑,是小儿结核病中最严重的一型,病死率较高,存活者亦可遗留后遗症,常在结核原发感染后 1 年以内发生。

二、病因及发病机制

1. 由于小儿血-脑屏障功能差,中枢神经系统发育不成熟,免疫功能不完善,入侵的结核菌易经血行播散,常由肺或骨结核等播散而来。

2. 结核菌使软脑膜呈弥漫性特异性改变,在大脑、小脑、脑底部及沿血管形成多发结核结节。

3. 蛛网膜下腔大量炎性渗出物,尤以颅底部最为明显,易引起脑神经损害和脑脊液循环受阻。

4. 脑血管亦呈炎性改变,严重者因脑组织缺血软化而出现瘫痪。

★三、临床表现

1. 早期(前驱期):1～2 周。**主要症状为性情改变**、精神呆滞、喜哭、易怒、睡眠不安、双目凝视等,同时有低热、呕吐、便秘,年长儿可诉头痛,婴儿则表现为嗜睡或发育迟滞等。

2. 中期(脑膜刺激征期):1～2 周,因颅内高压出现剧烈头痛、喷射性呕吐、嗜睡或惊厥,体温进一步增高。**脑膜刺激征(颈强直、凯尔尼格征、布鲁津斯基征)阳性是结脑最主要和常见的体征**。小婴儿则以前囟饱满为主。此期还可出现颅神经功能障碍,最常见者为面神经瘫痪。

3. 晚期(昏迷期):1～3 周,上述症状逐渐加重,由意识蒙眬、半昏迷进入完全昏迷,频繁惊厥甚至可呈强直状态。患儿极度消瘦,明显出现水、电解质代谢紊乱。**最终死于因脑疝而导致的呼吸及血管运动中枢麻痹**。

四、辅助检查

★1. 脑脊液:压力增高,**外观透明或呈毛玻璃样**,涂片检查,可查到结核菌。**糖和氯化物含量同时降低为结脑典型改变**,蛋白定量增加。

2. 结核菌素试验:高达 50% 的结脑患儿结核菌素试验呈阴性反应。

五、治疗原则

1. **抗结核治疗**:控制炎症需联合使用
易透过血-脑屏障的抗结核药 {(1)强化治疗阶段:3～4 个月。
(2)巩固治疗阶段:不少于 12 个月。

2. **降低颅内高压** {(1)肾上腺糖皮质激素可迅速减轻结核中毒症状,抑制炎症渗出,改善毛细血管通透性,减轻脑水肿,降低颅内压,且可减轻粘连和脑积水的发生。
(2)用 20% 甘露醇降颅内压。
(3)用药物降颅内压无效或疑有脑疝者,应行侧脑室引流术。

六、护理问题

1. 营养失调。

2. 活动无耐力。

3. 有传播感染的可能。

4. 潜在并发症:脑疝。

5. 知识缺乏。

七、护理措施

1. 密切观察病情变化
   (1) 观察体温、脉搏、呼吸、血压、神志、惊厥、双瞳大小及对光反射情况等,早期发现颅内高压或脑疝,便于及时采取抢救措施。
   (2) 患儿应绝对卧床休息,保持室内安静,护理操作尽量集中进行,减少对患儿的刺激。在惊厥发作时齿间应置牙垫,防舌咬伤,防止坠床跌伤。
   (3) 遵医嘱使用肾上腺皮质激素、**脱水剂**、利尿剂和呼吸兴奋剂。
   (4) 配合医师为患儿做腰椎穿刺,颅压高时腰椎穿刺应在应用脱水剂半小时后进行,腰穿后去枕平卧 4～6 小时,以防发生头痛。

2. 保持呼吸道通畅
   (1) 对有呼吸功能障碍患儿,应保持呼吸道通畅,取侧卧位,以免仰卧时舌后坠堵塞喉头。
   (2) 解松衣领,及时清除口鼻咽喉分泌物及呕吐物,防止误吸窒息或发生吸入性肺炎。
   (3) 必要时吸氧,或进行人工辅助呼吸。

3. 皮肤、黏膜的护理:防止压疮和继发感染。

4. 做好饮食护理,保持水、电解质平衡,评估患儿的进食及营养状况,为患儿提供**高热量、高蛋白质及维生素食物**。进食宜少量多餐,耐心喂养。对昏迷不能吞咽者,可鼻饲和由静脉补液,维持水、电解质平衡。

5. 心理护理。

八、健康教育

1. 坚持全程、合理用药。

2. 做好病情及药物不良反应的观察,定期门诊复查。

3. 为患儿制定良好的生活制度,保证休息时间,适当地进行户外活动。注意饮食,供给充足的营养。

4. 避免继续与开放性结核病人接触,以防重复感染。积极预防和治疗各种急性传染病,防止疾病复发。

5. 对留有后遗症的患儿,应对其瘫痪肢体进行理疗、被动活动等功能锻炼,防止肌肉萎缩。对失语和智力低下者,应进行语言训练和适当教育。

模拟试题栏——识破命题思路,提升应试能力

一、专业实务

A₁型题

1. 小儿时期的结核病,以下最多见的是
   A. 原发性肺结核
   B. 结核隐性感染
   C. 支气管淋巴结核
   D. 粟粒型肺结核
   E. 结核性脑膜炎

2. 有关小儿肺结核的流行病学特征,下列描述**不正确**的是
   A. 消化道为其主要传播途径
   B. 开放性肺结核患者是主要传染源
   C. 新生儿对结核菌非常易感
   D. 居住拥挤、营养不良等是人群结核病高发的原因
   E. 耐药菌株的产生,使全球结核病的控制面临严峻考验

解析: 虽然小儿肺结核亦可经过消化道传播,但呼吸道为其主要传播途径。

3. 异烟肼预防性用药可达到预防儿童活动性肺结核的目的。下列需要预防性用药的是
   A. 父亲曾患结核,现已治愈的小儿
   B. 结核菌素(简称 PPD)试验阳性,新近患麻疹的小儿
   C. 接种过卡介苗,PPD 试验硬结直径 5mm 的小儿
   D. 无任何症状,PPD 试验持续阴性的小儿
   E. 体质较弱,经常感冒的小儿

解析:有下列指征的小儿可预防性用药:① 密切接触家庭内开放性肺结核者;② 3 岁以下婴幼儿未接种卡介苗而结核菌素试验阳性者;③ 结核菌素试验新近由阴性转为阳性者;④ 结核菌素试验阳性伴结核中毒症状者;⑤ 结核菌素试验阳性,新患麻疹或百日咳的小儿;⑥ 结核菌素试验阳性而需较长时间使用免疫抑制剂者。

4. 以下不属于卡介苗接种禁忌的是
   A. 先天性胸腺发育不良
   B. 急性传染病恢复期
   C. 全身性皮肤病
   D. 结核菌素试验阴性者
   E. 严重免疫缺陷者

5. 小儿受结核菌感染至 PPD 试验阳性的时间为
   A. 2～4 周   B. 4～8 周后
   C. 8～10 周   D. 10～12 周
   E. 12～16 周

6. 小儿结核病最主要的传染源为
   A. 结核菌素试验阳性者
   B. 结核菌涂片阳性者
   C. 未曾接种卡介苗者
   D. 肺结核病灶完全钙化者
   E. 曾感染结核现已治愈者

解析:选项中只有结核涂片阳性者明确向体外排菌,因此是最主要的传染源。

7. 结核性脑膜炎是小儿结核病中最严重的一种,有关脑脊液的特点正确的是
   A. 蛋白质含量降低
   B. 蛋白质含量正常
   C. 糖和氯化物含量降低
   D. 糖和氯化物含量增高
   E. 糖和氯化物含量正常

A₂型题

8. 周到,男,2 岁,因"反复咳嗽 2 个月"就诊,为其行 PPD 检查,观察 PPD 结果的时间为注射后
   A. 12 小时   B. 12～24 小时
   C. 24～48 小时   D. 48～72 小时
   E. 72 小时后

9. 护士观察一患儿的 PPD 试验后记录为"+++",她观察到的情况应为
   A. 硬结直径 20cm 以上
   B. 红斑直径 20cm 以上
   C. 硬结直径 10～20cm 以上
   D. 红斑直径 15cm 以上
   E. 红斑直径 20cm 以上,伴水疱及局部坏死

10. 2 岁患儿被确诊为原发型肺结核。家长询问该病的预后,护士可以解释其最常见的病理转归为
    A. 吸收好转
    B. 进展为干酪性肺炎
    C. 进展为结核性胸膜炎
    D. 恶化为急性粟粒型肺结核
    E. 全身性急性粟粒型结核病

11. 患儿确诊肺结核后使用了异烟肼,在对家长进行健康教育时可向家长说明其不良反应不包括以下的
    A. 听神经损害   B. 周围神经炎
    C. 过敏反应   D. 肝脏损害
    E. 皮疹

12. 3 岁患儿确诊结核性脑膜炎。脑脊液检查可能出现
    A. 外观呈毛玻璃样
    B. 白细胞数目无明显增加
    C. 蛋白定量减少
    D. 糖含量升高
    E. 氯化物含量升高

13. 2 岁小儿未接种卡介苗,结核菌素试验阳性表示
    A. 体内有活动性结核病灶
    B. 曾感染过结核
    C. 近 3 周内感染结核
    D. 对结核有抵抗力
    E. 不会再感染结核

14. 患儿,女,13 个月,因怀疑"结核性脑膜炎"行腰穿检查。诊断结核性脑膜炎最可靠的脑脊液结果是
    A. 脑脊液压力升高
    B. 脑脊液外观呈毛玻璃样
    C. 脑脊液放置 24 小时有薄膜形成
    D. 脑脊液中找到结核杆菌
    E. 脑脊液中糖和氯化物含量降低

15. 患儿,女,3 岁,未接种卡介苗。行 PPD 检查局部出现硬结、水疱,局部痒感明显,判断其为
    A. 阴性(—)   B. 弱阳性(+)
    C. 中阳性(++)   D. 强阳性(+++)
    E. 极强阳性(++++)

16. 患儿,女,8岁。结核菌素试验呈强阳性,表明
    A. 患儿未受结核感染
    B. 患儿曾感染,但目前体内无活动结核病灶
    C. 患儿体内有活动性结核病灶
    D. 患儿处于结核变态反应初期
    E. 患儿接受过卡介苗接种

解析:结核菌素试验结果呈强阳性反应,表明体内有活动性结核病灶。

17. 患儿,男,11个月,未接种过卡介苗,PPD试验阳性,说明该患儿
    A. 近2～3周内感染结核菌
    B. 体内已有免疫力,不会再感染结核菌
    C. 体内有活动结核病灶
    D. 受过结核菌感染,不一定有活动结核
    E. 对结核菌无免疫力,不一定有活动结核

18. 小儿,女,1岁半。其父近日胸片示浸润性肺结核,时有咯血,小儿与父母同住,无任何症状,胸片阴性,PPD试验(+)。此时最合适的措施是
    A. 立即给小儿接种卡介苗
    B. 隔离小儿,继续观察
    C. 隔离其父,小儿口服异烟肼+肌内注射链霉素,疗程为1年
    D. 不必给小儿服药,定期复查胸片,发现病灶再行抗结核治疗
    E. 隔离其父,小儿口服异烟肼,疗程0.5～1年

19. 小刚,男,1岁,未接种过卡介苗,结核素试验呈阳性反应,此种情况最可能表示为
    A. 近2～3周内初次感染结核
    B. 对结核无免疫力
    C. 体内有陈旧结核病灶
    D. 体内有结核病灶
    E. 身体已有免疫力

20. 小坚,男,2岁。出生时曾接种卡介苗,1岁半时PPD试验为6mm×6mm,最近PPD试验为14mm×16mm,此时可能性较大的情况是
    A. 卡介苗反应所致
    B. 曾经有结核感染
    C. 新近有结核感染
    D. 非结核性分枝杆菌感染
    E. 假阳性反应

21. 小磊,2岁,曾接种过卡介苗,现结核菌素试验局部出现硬结,平均直径在20mm以上,判断其为

    A. 阴性(一)   B. 弱阳性(十)
    C. 中阳性(十十)   D. 强阳性(十十十)
    E. 极强阳性(十十十十)

解析:因结核菌素试验在结核病诊断中有着重要作用,也是临床常见的重要护理实践内容,故应该牢记其反应强度的判断标准,并熟知不同反应程度的临床意义。

22. 田园,女,15个月。因怀疑感染结核而收入院做相关检查,但家长因担心射线有害身体不愿做胸部X线检查。作为主管护士,你对有关X线检查在小儿肺结核诊断中的应用的看法是
    A. 目前X线检查已被CT所取代
    B. X线检查不能明确病灶位置
    C. X线检查可协助决定治疗方案
    D. X线检查只做正位片
    E. X线检查只做侧位片

A₃/A₄型题

(23～25题共用题干)

5岁小儿,反复咳嗽伴低热3个月,近1个月来家长感觉小儿较前明显消瘦,前来就诊,被诊断为原发综合征。

23. 家长询问本病最常见的传播途径,护士应向其解释
    A. 皮肤黏膜   B. 呼吸道
    C. 消化道   D. 血行播散
    E. 母婴垂直传播

24. 以下对确诊本病有帮助的X线检查结果是
    A. 云雾状阴影   B. 团块状阴影
    C. 哑铃状"双极影"   D. 斑点状阴影
    E. 粟粒状阴影

25. 本病的治疗可应选用
    A. 12个月的标准疗法 B. 9个月的标准疗法
    C. 9个月的短程疗法   D. 6个月的短程疗法
    E. 两阶段疗法

(26～28题共用题干)

患儿,男,1岁,因不规则发热4周,呕吐2天,抽搐1次入院。否认结核接触史,未接种卡介苗。查体:体温38.2℃。神志清,精神差,颈稍硬。凯尔尼格征(+),布鲁津斯基征(一)。进行PPD试验(十十十)。

26. 该患儿最有可能发生
    A. 原发型肺结核   B. 继发型肺结核
    C. 粟粒型肺结核   D. 浸润性肺结核

E. 结核型脑膜炎

27. 为确诊最有意义的检查是

A. 胸部 X 线　　　　B. 脑脊液培养

C. 胸部 CT　　　　　D. 脑 CT

E. 脑电图

28. 本病的主要治疗原则是

A. 抗结核治疗＋降低颅内压

B. 抗结核治疗＋营养支持

C. 抗结核治疗＋维生素

D. 抗结核治疗＋降温

E. 抗结核治疗＋止吐

二、实践能力

A₁ 型题

29. 下列不属于结核性脑膜炎早期临床表现的是

A. 性情改变　　　　B. 精神呆滞

C. 头痛　　　　　　D. 脑膜刺激征

E. 低热

30. 小儿结核性脑膜炎中期,主要临床表现为

A. 颈项强直,凯尔尼格征阳性

B. 昏迷

C. 频繁惊厥

D. 神情淡漠

E. 发热、盗汗

31. 以下哪条**不符合**原发型肺结核的临床特点

A. 起病缓慢

B. 有结核中毒症状

C. 肺部体征明显

D. 肝脾肿大

E. 疱疹性结膜炎,皮肤结节性红斑

A₂ 型题

32. 某家庭中有成员患活动性结核病,家长担心家中小儿被传染,向社区护士咨询预防小儿结核病的方法,你的介绍是

A. 及时发现患者

B. 隔离患者

C. 接种卡介苗

D. 隔离治疗患者及小儿接种卡介苗

E. 对小儿进行预防性化疗

33. 患儿,女,3 岁。两周来低热、盗汗,食欲缺乏,消瘦。体检两眼疱疹性结膜炎,听诊右肺下部呼吸音稍低,PPD 试验(＋＋＋),胸片显示"双极影"。该项患儿最可能的诊断为

A. 支气管肺炎

B. 继发性肺结核

C. 原发性肺结核

D. 急性粟粒型肺结核

E. 结核性脑膜炎

34. 张桥,男,4 岁,经检查确诊原发型肺结核,对其饮食护理,以下**不正确**的是

A. 清淡的流质或半流质饮食

B. 高蛋白饮食

C. 高维生素饮食

D. 富含钙质饮食

E. 保证热量供应

35. 粟粒型肺结核患儿出现高热、气促、发绀等表现,以下护理不恰当的是

A. 吸氧　　　　　　B. 观察神志变化

C. 降温　　　　　　D. 人工机械通气

E. 卧床休息

36. 护士在观察一名粟粒型肺结核患儿时认为她存在早期结核性脑膜炎的表现。护士有可能观察到以下的

A. 性情的改变　　　B. 持续性头痛

C. 喷射性呕吐　　　D. 脑膜刺激征明显

E. 反复惊厥

A₃ /A₄ 型题

(37～39 题共用题干)

　　1 岁小儿,持续高热、盗汗 2 周,呼吸困难 2 天。查体:体温 39.5℃,精神委靡、口唇发绀、三四征,两肺有湿啰音,肝脾轻度肿大,颈无抵抗,巴宾斯基征阳性,胸片可见大小一致、密度相同、分布均匀的粟粒状阴影。

37. 你认为该患儿的医疗诊断是

A. 腺病毒肺炎　　　B. 急性粟粒型肺结核

C. 结核性脑膜炎　　D. 原发型肺结核

E. 支气管肺炎

38. 治疗该患儿时,在应用足量抗结核药物的同时,应加用

A. 维生素 C　　　　B. 青霉素

C. 泼尼松　　　　　D. 利巴韦林

E. 呋塞米

39. 护理患儿过程中,发现患儿突然烦躁不安、呕吐、嗜睡、惊厥,你认为患儿可能是出现了

A. 高热惊厥　　　　B. 化脓性脑膜炎

C. 病毒性脑炎　　　D. 结核性脑膜炎

E. 败血症

(40～42题共用题干)

　　8个月小儿,反复发热10天,反复惊厥伴呕吐3天。未接种过卡介苗。查体:体温39.2℃,神志模糊,反应差。前囟饱满,颈有抵抗,布鲁津斯基征(＋),凯尔尼格征(＋)。PPD试验(＋＋＋)。血常规检查:WBC14.2×10^9/L,其中淋巴细胞66％。脑脊液涂片薄膜找抗酸杆菌(＋)。诊断为结核性脑膜炎。

40. 在护士观察患儿病情时,以下表现中说明患儿进入晚期的特征是

　　A. 偏瘫或肢体瘫痪

　　B. 脑膜刺激征

　　C. 颅神经受损

　　D. 腹壁反射消失

　　E. 昏迷或强直性惊厥频繁发作

41. 此时最主要的护理诊断是

　　A. 体温过高　　　　　B. 有传播感染的危险

　　C. 营养失调　　　　　D. 潜在并发症:脑疝

　　E. 知识缺乏

42. 目前最主要的治疗及护理措施是

　　A. 控制疾病传染　　　B. 健康宣教

　　C. 降低颅内压　　　　D. 密切观察病情变化

　　E. 改善营养状况

参考答案

1—5 AABDB　6—10 BCDBA　11—15 AAADE

16—20 CCEDC　21—25 DCBCE　26—30 EBADA

31—35 CDCAD　36—40 ABCDE　41—42 DC

（吴岸晶）

第13章 常见急症患儿的护理

第1节 小儿惊厥

一、定义

★惊厥是指全身或局部骨骼肌肌群突然发生不自主收缩，常伴意识障碍的神经系统功能暂时紊乱状态，是儿科常见的急症。婴幼儿多见。

二、病因

1. 感染性疾病
 - (1)颅内感染：各种细菌、病毒、原虫、寄生虫、真菌等引起的脑膜炎、脑炎及脑脓肿等。
 - ★(2)颅外感染：各种感染造成的高热惊厥、中毒性脑病和破伤风等，其中高热惊厥最常见，发病年龄多在6个月至3岁。

2. 非感染性疾病
 - (1)颅内疾病：各型癫痫、占位性病变、颅脑损伤、畸形等。
 - (2)颅外疾病：如中毒、水电解质紊乱(如脱水、低血钙、低血钠等)、高血压脑病、尿毒症、低血糖、阿斯综合征及脑栓塞等。

三、发病机制

1. 小儿大脑皮质功能发育未成熟。
2. 各种较弱刺激也能在大脑引起强烈的兴奋与扩散，神经细胞突然大量异常反复放电活动所致。

四、临床表现

★1. 惊厥
 - (1)典型表现：突然发生意识丧失，眼球上翻，凝视或斜视，局部或全身肌群出现强直性或阵挛性抽动。
 - (2)持续时间：数秒至数分钟，严重者可持续数10分钟或反复发作，抽搐停止后多入睡。

★2. 惊厥持续状态
 - (1)定义：惊厥发作持续超过30分钟，或两次发作间歇期意识不能恢复者称惊厥持续状态。
 - (2)表现：脑水肿、脑损伤、颅内压增高。

★3. 热性惊厥
 - (1)多由上感引起。
 - (2)典型特点
   - 1)发生在6个月至3岁小儿，男孩多于女孩。
   - 2)大多发生于急骤高热开始后12小时之内。
   - 3)发作时间短，在10分钟之内，发作后短暂嗜睡。
   - 4)在一次发热性疾病过程中很少连续发作多次，可在以后的发热性疾病时再次发作。
   - 5)无神经系统异常体征，热退后1周做脑电图正常。

五、辅助检查

1. 血生化检查：查血糖、血清钙、血清钠、血尿素氮等。

2. 脑脊液检查：主要鉴别有无颅内感染。

3. 眼底检查：若有视网膜下出血提示颅内出血，视神经盘(视神经乳头)水肿提示颅内压增高。

4. 其他检查：脑电图检查有利于预后推测(主要用于癫痫)，颅脑B型超声波检查主要查脑室内出血及脑积水，颅脑CT检查主要查颅内占位性病变和颅脑畸形。

六、治疗要点

1. 控制惊厥
　　1)应用抗惊厥药物：★①首选地西泮(安定)静脉注射；②其他止惊药：苯妥英钠、苯巴比妥、10%水合氯醛等。
　　2)针刺法：针刺人中、百会、涌泉、十宣、合谷、内关等穴。

2. 对症及支持治疗
　　1)监测生命体征。
　　2)保持呼吸道通畅。
　　3)矫正治疗血气、血糖、血渗透压及电解质异常。

七、护理问题

1. **有窒息的危险**：与惊厥发作、意识障碍、呼吸道分泌物增多造成阻塞、误吸有关。

2. 有受伤的危险：与惊厥发作、意识障碍可能造成跌伤或咬伤有关。

3. 潜在并发症：颅内压增高。

4. 体温过高：感染或惊厥持续状态。

八、护理措施

1. 防止窒息
　　★1)发作时就地抢救，保持安静，**禁止一切不必要的刺激。**
　　★2)立即让患儿**去枕平卧位，头偏向一侧**，松解患儿衣领，以防衣服对颈、胸部的束缚，影响呼吸及呕吐物误吸发生窒息。
　　3)将舌轻轻向外牵拉，防止舌后坠阻塞呼吸道，及时清除呼吸道分泌物及口腔呕吐物，保持呼吸道通畅。
　　4)按医嘱应用止惊药物，观察患儿用药后的反应并记录。

2. 防止受伤
　　★1)对有可能发生皮肤损伤的患儿应将纱布放在患儿的手中或腋下，防止皮肤摩擦受损。
　　2)已出牙的患儿应在上、下牙之间放置牙垫或纱布包裹的压舌板，防止舌咬伤。
　　★3)有栏杆的儿童床应在栏杆处放置棉垫，防止患儿碰撞栏杆，同时将周围的一切硬物移开，以免造成损伤。
　　4)切勿用力强行牵拉或按压患儿肢体，以免发生骨折或关节脱位。

3. 预防脑水肿
　　1)保持安静，避免对患儿的一切刺激，如声、光及摇晃等。
　　2)惊厥较重或时间长者应按医嘱给予吸氧，密切观察其血压、呼吸、脉搏、意识及瞳孔变化。

九、健康教育

1. 介绍惊厥的医疗知识、预后及影响因素。

2. 讲解惊厥的预防与急救处理原则。

3. 对于惊厥发作持续时间较长的患儿，指导家属注意观察患儿的日常行为活动，及时发现神经系统后遗症，尽早实施康复治疗。

第 2 节　心跳、呼吸骤停

一、概述

★1. 心跳、呼吸骤停是临床上最危重的急症,表现为心跳、呼吸停止,意识丧失或抽搐,脉搏消失,血压测不出。

★2. 心电图提示心动极缓——停搏型或心室纤颤。此时患儿面临死亡,如及时抢救可挽救患儿生命。

二、病因

★1. 窒息:是小儿心跳、呼吸骤停的主要直接原因,见于各种原因所致的新生儿窒息。

2. 突发意外事件:严重外伤及大出血、中毒、淹溺和电击等。

3. 心脏疾病:心肌炎、心肌病、先天性心脏病等。

4. 药物中毒及过敏:强心苷中毒、青霉素过敏、血清反应等。

5. 电解质紊乱及酸碱平衡失调:血钾过高或过低、低钙、喉痉挛等。

6. 医源性因素:心导管检查或造影、麻醉意外、心脏手术等。

7. 婴儿猝死综合征。

三、病理生理

★1. 心跳、呼吸骤停导致缺氧和二氧化碳潴留。

2. 缺氧使心肌收缩力减弱,心率缓慢,心排血量减少,血压下降,心律失常;无氧酵解增加导致代谢性酸中毒;脑组织对缺氧的耐受性很差,一旦呼吸心跳停止,脑血循环也停止,迅速出现昏迷。

3. 二氧化碳潴留可抑制窦房结及房室结的传导,引起心动过缓和心律不齐,并直接抑制心肌收缩力。

★4. 心跳呼吸停止 4~6 分钟可导致脑细胞死亡。

★四、临床表现

1. 意识突然丧失,出现昏迷,抽搐。

2. 大动脉搏动消失,血压测不出。

3. 心跳、呼吸骤停,心音消失。

4. 瞳孔散大,对光反射消失,面色苍白迅速转为发绀。

5. 心电图显示多为心搏徐缓、心室停搏,室性心动过速及心室纤颤少见。

五、辅助检查

心电图显示:①心脏完全停跳,呈一水平直线或仅有 P 波。②缓慢而无效的心室波。③心室纤颤。

六、治疗要点

★1. 心肺脑复苏抢救:A(airway)呼吸道通畅;B(breathing)建立呼吸;C(circulation)胸外心脏按压;D(drugs)应用复苏药物;E(ECG)心电监护;F(defibrillation)消除心室纤颤。

2. 抢救过后还需进行脑复苏,并对原发病及并发症进行救治,防治多器官衰竭。

七、护理问题

1. 生命体征改变:与呼吸衰竭脑缺氧有关。

2. 有外伤的危险:与心肺复苏的实施有关。

3. 有感染的危险:与异物吸入或长期机械呼吸有关。

4. 恐惧(家长):与患儿濒临死亡有关。

八、护理措施

★使心跳、呼吸骤停患儿迅速恢复呼吸、循环功能所采取的抢救措施称为心肺复苏(CPR)。CPR 的过程包括基础生命支持、高级生命支持和持续生命支持三个阶段。

1. 基础生命支持 (BLS)

★(1)心肺复苏：操作要点

1)开放气道(A)：①首先清除呼吸道及口内的分泌物、异物或呕吐物，将患儿头向后仰，抬高下颌，清除呼吸道及口内异物。②淹溺者迅速将小儿转为俯卧位，救治者用手托起胃部，使头低腰高将水压迫排出。

2)人工呼吸(B)：①口对口人工呼吸：吹气时先迅速连续的吹气2次，以便打开阻塞的呼吸道和小的肺泡，避免肺脏回缩。②口对鼻人工呼吸：适用于牙关紧闭而不能张口或口腔有严重损伤者。③口对口、鼻人工呼吸法主要适用于抢救婴幼儿。④吹气量以胸廓上抬为准。⑤人工呼吸的频率：**婴儿20次/分，儿童15次/分。**

3)人工循环(C)：①胸外心脏按压部位在两侧肋弓交点处的胸骨下切迹上两横指上方，或婴儿乳头连线与胸骨交点下一横指处，或胸骨中、下1/3交界处。②年长儿用双手掌法，幼儿可用单手掌法，婴儿用双拇指重叠环抱按压法，新生儿亦可采用环抱法或单示指、中指按压法。③按压频率：**新生儿100～120次/分；婴幼儿及儿童100次/分。**④胸廓下陷幅度：**婴幼儿下陷1～2cm，儿童下陷2～3cm。**⑤胸外心脏按压与人工通气之比：**双人操作15∶2，单人操作30∶2。**

★(2)心肺复苏有效标志

1)扪到颈、肱、股动脉跳动，测得血压>60mmHg(8kPa)。

2)听到心音，心律失常转为窦性心律，自主呼吸恢复。

3)**瞳孔收缩**，为组织灌流量和氧供给量足够的最早指征。

4)口唇、甲床颜色转红。

(3)出现以下指征，且进行了30分钟以上的心肺复苏者可考虑停止心肺复苏

1)深昏迷，对疼痛刺激无任何反应。

2)自主呼吸持续停止。

3)瞳孔散大、固定。

4)脑干反射全部或大部分消失。

5)无心跳和脉搏。

2. 高级生命支持(ALS)

(1)继续基础生命支持。

(2)应用辅助设备及特殊技术，如各种通气管道或气管内置管等。

(3)建立静脉输液给药通路，肘前静脉插管是首选。

(4)药物治疗促进复跳，包括纠正心律失常、低血压、高钾血症及酸中毒等。

(5)心电监测。

(6)电击除颤、复律或应用起搏器。

3. 持续生命支持(PLS)：重点是脑复苏，**防止脑缺氧和脑水肿**，对原发病、继发病及并发症进行救治，防治多器官衰竭。

模拟试题栏——识破命题思路，提升应试能力

一、专业实务

A₁型题

1. 高热惊厥多发生的年龄组为

　　A. 1个月以内　　　　　B. 1～3个月

　　C. 2～3个月　　　　　D. 3～4个月

　　E. 6个月至3岁

2. 婴幼儿时期最常见惊厥的原因是

　　A. 高热惊厥　　　　　B. 癫痫

　　C. 中毒性脑病　　　　D. 脑炎和脑膜炎

　　E. 低血糖和水、电解质紊乱

3. 下列有关惊厥的概念性描述，不正确的是

　　A. 神经细胞大量异常、反复放电引起

B. 全身或局部肌群发生自主收缩

C. 收缩为强直性或阵挛性

D. 同时伴有意识障碍

E. 为神经系统功能暂时紊乱

解析: 惊厥是指由于神经细胞异常放电引起全身或局部肌群发生不自主的强直性或阵挛性收缩,同时伴有意识障碍的一种神经系统功能暂时紊乱的状态,而并非肌群的自主收缩。

4. 一般情况下,心跳呼吸骤停患者大脑缺血缺氧的耐受时间是

　　A. 2～3分钟　　　　　B. 3～5分钟

　　C. 2～5分钟　　　　　D. 4～6分钟

　　E. 5～10分钟

5. 小儿心跳呼吸骤停的直接原因主要为

　　A. 严重外伤　　　　　B. 心脏疾病

　　C. 药物中毒　　　　　D. 窒息

　　E. 电解质紊乱

A₂型题

6. 患儿,2岁,咳嗽、流涕1天,今起发热,来院途中抽搐,呈全身性。查体:体温39.5℃,脉搏130次/分,呼吸28次/分,神志清楚。考虑为高热惊厥,其发病机制主要为

　　A. 神经细胞突然异常放电引起

　　B. 下呼吸道不畅引起低氧血症

　　C. 脑实质及液体量超过了代偿限度

　　D. 血钙降低,神经肌肉兴奋性增高

　　E. 脑组织突然缩小所致

7. 患儿,男,10个月。因发热,咳嗽,惊厥来院就诊。查体:体温39.8℃,咽充血,前囟平,神经系统检查无异常。请问该患儿惊厥的原因可能是

　　A. 癫痫发作　　　　　B. 高热惊厥

　　C. 低钙惊厥　　　　　D. 中毒性脑病

　　E. 化脓性脑膜炎

8. 患儿,7岁,突然发生惊厥,全身肌肉强直性痉挛,眼球上翻,口吐白沫,牙关紧闭,呼吸不规则,发绀,大小便失禁,惊厥发作持续30分钟以上。最可能的诊断是

　　A. 高热惊厥　　　　　B. 癫痫小发作

　　C. 惊厥持续状态　　　D. 中毒性脑病

　　E. 婴儿手足搐搦症

9. 患儿,女,突然神志丧失,呼之不应,判断其心脏停搏的主要方法是

　　A. 听心音　　　　　　B. 做心电图

　　C. 观察瞳孔　　　　　D. 摸颈动脉

　　E. 测血压

A₃/A₄型题

(10、11题共用题干)

患儿,男,7岁,因严重外伤大出血入院。入院后突然神志丧失,呼吸停止。护士见状后立即心肺复苏。

10. 该患儿胸外按压的部位是

　　A. 胸骨上段　　　　　B. 胸骨中段

　　C. 胸骨下段　　　　　D. 胸骨中下1/3处

　　E. 胸骨中点

11. 胸外按压时使胸骨下陷

　　A. 1～2cm　　　　　B. 2～3cm

　　C. 3～4cm　　　　　D. 4～5cm

　　E. 5～6cm

(12～14题共用题干)

患儿,1岁半。半天来发热、流涕、咳嗽,半小时前突然抽搐一次,持续约5分钟,为全身大抽搐。1岁时发热曾发作1次,情况与本次类似。查体:体温39℃,神志清楚,一般情况好。咽红,呼吸音稍粗,神经系统检查未见异常,来院急诊。

12. 该患儿抽搐的原因最可能是

　　A. 化脓性脑膜炎

　　B. 癫痫

　　C. 维生素缺乏性手足搐搦症

　　D. 高热惊厥

　　E. 中毒性脑病

13. 该患儿的预后

　　A. 患儿会越来越重

　　B. 随年龄增长,多数会自愈

　　C. 需服用抗癫药治疗

　　D. 需长期服用钙片、鱼肝油治疗

　　E. 需加大抗生素的量治疗

14. 小儿惊厥时,脑电图检查常用于鉴别是否为

　　A. 癫痫　　　　　　　B. 阿斯发作

　　C. 低血钙　　　　　　D. 颅脑损伤

　　E. 脑膜炎

二、实践能力

A₁型题

15. 惊厥持续状态时间

　　A. >10分钟　　　　　B. >20分钟

　　C. >30分钟　　　　　D. >40分钟

E. ＞60分钟

16. 下列符合心跳呼吸骤停表现的是
　　A. 双瞳孔大小不等、对光反射消失
　　B. 婴儿心率180次/分,肝肋下3cm
　　C. 心电图呈心室停搏
　　D. 呼吸呈潮式呼吸
　　E. 颈项强直,凯尔尼格征(＋)

17. 为心跳、呼吸骤停患儿实施心肺复苏时最关键的是
　　A. 大声呼救　　　　B. 口对口人工呼吸
　　C. 清理呼吸道　　　D. 心脏按压
　　E. 心电监护

18. 下列不属于小儿惊厥的典型表现的是
　　A. 突然意识丧失
　　B. 眼球上翻
　　C. 凝视或斜视
　　D. 局部或全身肌群出现强直性或阵挛性抽动
　　E. 角弓反张

19. 小儿惊厥时应重点观察
　　A. 体位变化　　　　B. 呼吸、瞳孔变化
　　C. 发绀程度　　　　D. 呕吐情况
　　E. 肌肉张力改变

A₂型题

20. 李红,女,9个月,因上呼吸道感染出现发热,体温39℃,突然出现双目凝视,意识丧失,全身抽搐,应首先采取的措施是
　　A. 立即给予物理降温
　　B. 立即给予吸氧
　　C. 立即测量血压
　　D. 立即将患儿送入抢救监护室
　　E. 立即针刺人中穴

21. 一小儿在非医院场所突然发生惊厥,在就地抢救措施中错误的是
　　A. 立即抱着患儿急送医院
　　B. 针刺或指压人中
　　C. 松解衣服领口
　　D. 去枕仰卧位,头偏向一侧
　　E. 保持安静,不能摇晃

22. 患儿,3岁,惊厥反复发作入院,为防止该患儿惊厥时外伤,以下处理错误的是
　　A. 将纱布放在患儿的手中
　　B. 移开床上一切硬物
　　C. 用约束带捆绑四肢

D. 床边设置防护栏
E. 压舌板裹纱布置上下磨牙之间

23. 患儿,男,2岁。以上呼吸道感染、高热惊厥1次入院,现治愈出院,下列实施的健康指导正确的是
　　A. 高热惊厥日后不会再发
　　B. 如有发作,立即抱往医院抢救
　　C. 患儿发作时应摇晃呼喊,将其唤醒
　　D. 如患儿日后再有体温升高,应积极实施物理降温
　　E. 指导其高热惊厥可以自行好转,好转后不需就医处理

24. 患儿,10个月,因高热惊厥入院。经治疗痊愈,准备出院,对其家长健康指导的重点是
　　A. 合理喂养的方法　　B. 体格锻炼的方法
　　C. 惊厥预防及急救措施　D. 预防接种的时间
　　E. 小儿体检的时间

A₃/A₄型题

(25、26题共用题干)

患儿,2岁,晨起打喷嚏、流鼻涕。午后开始发热,19时突然抽搐,持续2分钟。去医院途中抽搐停止。神志清楚,查体:发育正常,体温39.5℃,前囟已闭,咽部充血,心肺无异常,颈无抵抗。

25. 该患儿最可能是
　　A. 中枢神经系统感染　　B. 败血症
　　C. 癫痫发作　　　　　　D. 上感伴高热惊厥
　　E. 婴儿痉挛症

26. 若再次发作,首选的药物是
　　A. 苯巴比妥　　　　　B. 苯妥英钠
　　C. 地西泮　　　　　　D. 水合氯醛
　　E. 复方氯丙嗪

(27～30题共用题干)

患儿,男,6岁,车祸致大腿开放性骨折大量出血,半小时后患儿出现面色苍白,呼之不应。

27. 应首先采取的措施是
　　A. 止血　　　　　　　B. 骨折复位
　　C. 判断呼吸心跳情况　D. 抬上救护车
　　E. 包扎

28. 心肺复苏首先应采取的措施是
　　A. 开放气道　　　　　B. 人工呼吸
　　C. 胸外心脏按压　　　D. 心前区叩击
　　E. 心内注射

29. 进行心肺复苏,心脏按压频率是

A. 50～60 次/分　　　B. 60～80 次/分　　　　　　E. 持续心电监护

C. 80～100 次/分　　　D. 100～120 次/分　　　**参考答案**

E. 120～130 次/分　　　　　　　　　　　　　　　1—5 EABDD　6—10 ABCBD　11—15 BDBAC

30. 心肺复苏后最重要的处理措施是　　　　　　　16—20 CCEBE　21—25 ACDCD　26—30 CCACD

　　A. 纠正酸中毒　　　　B. 应用抗生素

　　C. 强心利尿　　　　　D. 防止脑缺氧和脑水肿　　　　　　　　　　　　　　　　　　　（谢琼华）

模拟试卷

专业实务

一、以下每道题下面有 A、B、C、D、E 五个备选答案，请从中选择一个最佳答案。

1. 一般患者入院进行卫生处置的主要目的是
   A. 皮肤清洁
   B. 换上患者服装
   C. 隔离处理
   D. 讲究卫生
   E. 防止医院内交叉感染

2. 有关嗜睡症的说法，下面哪项是错误的
   A. 脑器质性疾病或躯体疾病引起的嗜睡，不能诊断为嗜睡症
   B. 因睡眠不足而出现的睡眠过多，也可诊断为嗜睡症
   C. 患者有时有睡眠发作，但频率不高，患者能有意识地阻止其发生
   D. 嗜睡症可运用小剂量的精神振奋药物治疗
   E. 患者无夜间睡眠的时间减少，但白天睡眠过多

3. 引起慢性胃炎的主要病因是
   A. 幽门螺杆菌感染
   B. 自身免疫反应
   C. 机械因素影响
   D. 化学因素影响
   E. 黏膜退变

4. 长效口服避孕药服药一次可避孕
   A. 1 个月
   B. 2 个月
   C. 3 个月
   D. 6 个月
   E. 1 年

5. 中医藏象所提"六腑"指
   A. 胆、胃、大肠、小肠、肝、子宫
   B. 胆、胃、大肠、脾、肝、子宫
   C. 心、肺、大肠、小肠、肝、子宫
   D. 胆、胃、大肠、小肠、膀胱、三焦
   E. 心、肺、脾、胰、肝、肾

6. 患者自身无改变卧位的能力，躺在被安置的卧位，属于
   A. 主动卧位
   B. 被动卧位
   C. 被迫卧位
   D. 强迫卧位
   E. 自主卧位

7. 关于护士执业资格考试，阐述正确的是
   A. 实行全国统考，但试卷各地不一
   B. 每年有春夏 2 次考试
   C. 各地、市根据自己实际情况组织考试
   D. 实行全国统一办法、统一组织、统一标准
   E. 每 2 年举行 1 次考试

8. 下列循环系统疾病中，患者最常出现呼吸困难的是
   A. 急性心肌梗死
   B. 高血压性心脏病
   C. 急性右心衰竭
   D. 心脏压塞
   E. 急性左心衰竭

9. 脑血栓发病常在
   A. 剧烈运动时
   B. 安静睡眠时
   C. 静坐工作时
   D. 情绪激动时
   E. 用力排便时

10. 血肿局限于某一颅骨，以骨缝为界且有波动感的是
    A. 硬膜外血肿
    B. 硬膜下血肿
    C. 骨膜下血肿
    D. 皮下血肿
    E. 帽状腱膜下血肿

11. 传染性非典型肺炎被列入哪类传染病，按照哪类传染病管理
    A. 列入乙类传染病，流行时按甲类传染病管理
    B. 列入甲类传染病，流行时按乙类传染病管理
    C. 列入丙类传染病，流行时按甲类传染病管理
    D. 列入乙类传染病，流行时按丙类传染病管理
    E. 列入丙类传染病，流行时按乙类传染病管理

12. 发生细菌性肝脓肿时，细菌侵入肝脏最主要的途径是
    A. 门静脉
    B. 肝动脉
    C. 肝静脉
    D. 胆道系统
    E. 十二指肠

13. 在护患交往中，护士微笑的作用不包括
    A. 改善护患关系
    B. 化解护患矛盾
    C. 优化护士形象
    D. 缩短护患之间距离
    E. 缓解患者不安心理

14. 诱发和加重心力衰竭最常见因素是
    A. 劳累　　　　　　B. 情绪激动
    C. 呼吸道感染　　　D. 输液过快、过多
    E. 心律失常

15. 胃癌的好发部位是
    A. 贲门部　　　　　B. 胃大弯
    C. 胃小弯　　　　　D. 幽门部
    E. 胃窦部

16. 医院内感染主要发生于
    A. 门诊患者　　　　B. 探视者
    C. 陪护家属　　　　D. 医务人员
    E. 住院患者

17. 护士进行晨间护理的内容不包括
    A. 问候患者
    B. 协助患者排便,收集标本
    C. 协助患者进行口腔护理
    D. 发放口服药物
    E. 开展健康教育

18. 原发性肝癌最早、最常见的转移途径是
    A. 肝外血行转移　　B. 肝内血行转移
    C. 肝内淋巴转移　　D. 肝外淋巴转移
    E. 种植转移

19. 小肠扭转多见于
    A. 晚期妊娠者　　　B. 习惯性便秘者
    C. 排尿困难者　　　D. 长期负重者
    E. 饱餐后剧烈运动者

20. 《献血法》规定,血站是
    A. 采集、提供临床用血的机构
    B. 负责本辖区内无偿献血组织发动
    C. 采集、提供临床用血的机构,是不以营利为目的的公益性组织
    D. 不以营利为目的的公益性组织
    E. 自收自资营利机构

21. 急性肾炎小儿可以上学的标准是
    A. 尿常规正常
    B. 红细胞沉降率(血沉)正常
    C. 血压正常
    D. 尿艾迪计数正常
    E. 抗链球菌溶血素"O"滴定度正常

22. 蛛网膜下腔出血最常见的原因
    A. 血液病　　　　　B. 高血压动脉硬化
    C. 外伤　　　　　　D. 先天性脑动脉瘤
    E. 脑血管畸形

23. 大肠癌最常见的转移方式为
    A. 胎盘垂直转移　　B. 血行转移
    C. 淋巴转移　　　　D. 种植转移
    E. 直接浸润

24. 强迫症与恐惧症的区别在于
    A. 出现焦虑反应　　B. 是否回避
    C. 明知不对难以控制　D. 有无精神因素
    E. 有无自主神经症状

25. 预防产后乳房胀痛,下列措施不正确的是
    A. 分娩后马上吸吮
    B. 确保正确的含接姿势
    C. 坚持按时喂哺
    D. 做到充分有效的吸吮
    E. 按需哺乳

26. 留置针输液一般保留不超过
    A. 3 天　　　　　　B. 5 天
    C. 7 天　　　　　　D. 10 天
    E. 15 天

27. 采集细菌培养标本时,正确的做法是
    A. 容器中加防腐剂
    B. 餐前取标本
    C. 已用抗生素的患者,不可采集标本
    D. 在血药浓度最低时采标本
    E. 采用干燥试管

28. 急性乳腺炎最常见的病因是
    A. 乳管堵塞　　　　B. 乳汁淤积
    C. 乳头破损　　　　D. 乳腺手术
    E. 乳头内陷

29. 十二指肠溃疡的好发部位是
    A. 球部　　　　　　B. 升部
    C. 水平部　　　　　D. 降部
    E. 降部和升部

30. 腹膜炎引起的肠梗阻属于
    A. 血运性肠梗阻　　B. 机械性单纯性肠梗阻
    C. 麻痹性肠梗阻　　D. 机械性绞窄性肠梗阻
    E. 痉挛性肠梗阻

31. 濒死患者最后消失的感觉是
    A. 视觉　　　　　　B. 听觉
    C. 嗅觉　　　　　　D. 味觉
    E. 触觉

32. 在病情观察中,运用中医的"四诊"方法是
    A. 视、触、扣、听　　B. 望、触、问、切
    C. 望、闻、问、切　　D. 视、摸、按、压

E. 触、摸、扣、听

33. 有关宫内节育器避孕原理,正确的是
   A. 改变宫颈黏液性状
   B. 阻止精子进入宫腔及输卵管
   C. 干扰受精卵着床
   D. 干扰下丘脑-垂体-卵巢轴
   E. 抑制卵巢排卵

34. 护士执业注册的有效期为
   A. 2 年　　　　　　B. 5 年
   C. 8 年　　　　　　D. 10 年
   E. 终生

35. 2～3 岁正常小儿的心率为
   A. 120～140 次/分　B. 110～130 次/分
   C. 100～120 次/分　D. 80～100 次/分
   E. 70～90 次/分

36. 中医五行学说最基本的概念是
   A. 阴、阳、气、血、精
   B. 青、红、黄、蓝、紫
   C. 金、木、水、火、土
   D. 心、肝、脾、肺、肾
   E. 生、长、化、牧、藏

37. 腹部受到冲击伤时,最容易发生破裂的脏器是
   A. 肺　　　　　　　B. 胃
   C. 肝　　　　　　　D. 脾
   E. 肾

38. 成人排便时肛门滴血,有痔核脱出,便后自行回纳,属于
   A. 一期内痔　　　　B. 二期内痔
   C. 三期内痔　　　　D. 四期内痔
   E. 血栓性外痔

39. 某白血病患者,诉胸骨下端常有压痛,提示该患者
   A. 合并心绞痛
   B. 合并气胸
   C. 合并肺栓塞
   D. 胸骨下端骨髓内白血病细胞浸润
   E. 合并冠心病

40. 患者,男,55 岁。有风湿性心脏病史。入院时出现气促、咳嗽、咳白色泡沫样痰,乏力,出汗较多。查体:口唇发绀,两侧肺底部可闻及湿啰音。该患者出现乏力的原因是
   A. 心排血量减少　　B. 血容量负荷过重
   C. 压力负荷过重　　D. 肺循环淤血
   E. 体循环淤血

41. 某产妇,胎儿、胎盘娩出后,护士应安排其在产房内观察
   A. 30 分钟　　　　　B. 1 小时
   C. 2 小时　　　　　 D. 3 小时
   E. 4 小时

42. 患者,男,19 岁,中耳炎半年,3 天前感冒,出现发热,体温 38.1℃,继而出现剧烈头痛、呕吐、抽搐和意识障碍,送到医院查血白细胞 13×10⁹/L,颈项强直,并抽取脑脊液检查,医生诊断化脓性脑膜炎。其典型的化脓性脑脊液变化是
   A. 细胞数增高,蛋白增高,外观浑浊
   B. 细胞数增高,蛋白升高,外观清亮
   C. 细胞数增高,糖下降,外观浑浊
   D. 细胞数下降,蛋白升高,外观脓性
   E. 细胞数下降,蛋白降低,外观浑浊

43. 患者,男,76 岁。慢性支气管炎 24 年,护士收集的资料中属于主观资料的是
   A. 体温 38.7℃
   B. 肺部听诊可闻及干、湿啰音
   C. 咳嗽无力
   D. 咳黄色黏痰
   E. 氧分压 60mmHg

44. 患者,女,患有急性子颈炎,医生给予全身抗生素治疗。患者询问护士不给她阴道上药治疗的原因。护士正确的回答是
   A. 避免炎症扩散,引起盆腔炎
   B. 为患者节省医疗费用
   C. 局部用药刺激太大
   D. 抗生素作用快
   E. 阴道上药太麻烦,不好操作

45. 患儿,男,1 岁。阵发性哭闹,进乳后呕吐,排果酱样粪便,右中上腹扪及 6cm×5cm×4cm 腊肠样肿块,首先考虑
   A. 肠扭转　　　　　B. 肠道畸形
   C. 蛔虫性肠梗阻　　D. 肠套叠
   E. 盲肠肿瘤

46. 护士为患者实施心肺复苏时,判断及评价呼吸的时间不得超过
   A. 3 秒　　　　　　B. 5 秒
   C. 6 秒　　　　　　D. 10 秒
   E. 15 秒

47. 由责任护士和其辅助护士负责一定数量患者从入院到出院,以护理计划为内容,包括入院教育、

各种治疗、基础护理和专科护理、护理病历书写、观察病情变化、心理护理、健康教育、出院指导。这种形式的护理方式是

A. 个案护理　　　　B. 功能制护理

C. 责任制护理　　　D. 小组护理

E. 临床路径

48. 患者,男,怀疑急性脑血管病,首选的检查项目是

A. 脑脊液检查　　　B. CT

C. MRI　　　　　　D. 脑电图

E. 头颅 X 线摄片

49. 患者,女,38 岁,已婚,阴道分泌物增多伴外阴瘙痒 10 天,妇科检查分泌物呈豆渣样,阴道黏膜有白色膜状物,轻轻擦去后可见糜烂及浅表溃疡。该患者首选辅助检查是

A. 所有患者都应做分泌物细菌培养

B. 取分泌物前可以先做双合诊检查

C. 进行氨臭味试验

D. 取分泌物进行革兰染色

E. 取分泌物前应先用 0.2‰聚维酮碘消毒会阴部

50. 某地区发生大规模灾难事件,护士在灾难现场应首先抢救的伤员是

A. 头部开放伤

B. 股骨干骨折

C. 腹部开放伤有肠管脱出

D. 动脉破裂大出血

E. 腰椎骨折合并截瘫

51. 患者,男,56 岁,有肝硬化病史 10 余年。近日食欲明显减退,黄疸加重。今晨因剧烈咳嗽突然呕咖啡色液体约 1200ml,黑便 2 次,伴头晕、眼花、心悸。急诊入院。查体:神志清楚,面包苍白,血压 80/60mmHg,心率 110 次/分。患者上消化道出血最可能的原因是

A. 消化性溃疡出血

B. 食管胃底静脉曲张破裂出血

C. 急性糜烂出血性胃炎

D. 应激性溃疡

E. 胃癌出血

52. 护士巡视病房时,发现某患者的胸膜腔闭式引流管脱出,该护士应首先

A. 通知医师紧急处理

B. 将脱出的引流管重新置入

C. 嘱患者缓慢呼吸

D. 给患者吸氧

E. 用手指捏闭引流口周围皮肤

53. 护士在给某患者执行输液操作过程中,另一位患者要求护士协助其上厕所,此时,护士回答符合礼仪要求的是

A. "请稍候"

B. "我正忙着呢。"

C. "你自己慢慢走过去好吗?"

D. "我没有分身术啊,现在怎么帮你?"

E. "我没空,你叫其他护士帮你吧!"

54. 患者,女,16 岁,因急性心肌炎入院,患者意识清醒,语言表达准确,此时收集资料的直接来源是指

A. 患者亲属　　　　B. 患者本人

C. 门诊病历　　　　D. 文献资料

E. 医生

55. 某患者,深静脉血栓形成,护士告知患者急性期应绝对卧床休息 10～14 天,床上活动时避免动作幅度过大,禁止按摩患肢。其目的是

A. 防止血栓脱落　　B. 防止血栓再次形成

C. 促进静脉回流　　D. 缓解局部疼痛

E. 预防局部出血

56. 患者,女,31 岁。测体温 39℃,医嘱即刻肌内注射复方氨基比林 2ml。护士执行此项医嘱属于

A. 非护理措施　　　B. 独立性护理措施

C. 协作性护理措施　D. 依赖性护理措施

E. 预防性护理措施

57. 患者,女,从分娩后第 3 天起,持续 3 天体温在 37.9℃左右,子宫收缩好,无压痛,会阴伤口红肿、疼痛,恶露淡红色,无臭味,双乳软,无硬结。其发热的原因最可能的是

A. 会阴伤口感染　　B. 乳腺炎

C. 产褥感染　　　　D. 上呼吸道感染

E. 乳头皲裂

58. 患者,男,46 岁。有慢性肝病史 20 余年。近 1 个月自觉腹胀,尤以近 1 周明显加重。B 超示大量腹水。腹水发生的主要原因是

A. 肾衰竭

B. 黄疸

C. 门脉高压和血浆蛋白降低

D. 饮水过多

E. 高钠饮食

59. 门诊护士小李在常规情况下,依据医院规定,按照挂号顺序安排患者就诊,这是基于下列哪一项护理伦理原则

A. 自主原则　　　　　B. 不伤害原则

C. 行善原则　　　　　D. 公平原则

E. 尊重原则

60. 新生儿,女,出生 4 天,近 2 天家长发现其尿液放置后有红褐色沉淀,原因应是

A. 尿酸盐结晶　　　　B. 盐类结晶

C. 红细胞　　　　　　D. 管型沉淀

E. 白细胞

61. 某产妇,护士将其送入产房,准备接生的指征正确的是

A. 初产妇、经产妇有规律宫缩时

B. 初产妇宫口开至 3～4cm,经产妇宫口开大3～4cm,宫缩好

C. 初产妇宫口开至 3～4cm,经产妇宫口开大10cm,宫缩好

D. 初产妇宫口开至 10cm,经产妇宫口开大10cm,宫缩好

E. 初产妇宫口开至 10cm,经产妇宫口开大 3～4cm,宫缩好

62. 患者,男,25 岁。左侧腹股沟斜疝 2 年。6 小时前提重物时,疝块突然增大、不能回纳,出现阵发性腹痛伴频繁呕吐,查疝块明显压痛。根据临床表现该嵌顿性疝被嵌顿的内容物可能是

A. 小肠　　　　　　　B. 大网膜

C. 膀胱　　　　　　　D. 结肠

E. 乙状结肠

63. 患者,男,39 岁,因车祸致右下肢外伤,伤口大量出血,被送至急诊室,在医生未到之前,值班护士首先应

A. 通知病房,准备暂空床

B. 详细询问发生车祸的原因

C. 向保卫部门报告车祸的情况

D. 注射镇痛剂,减轻伤口疼痛

E. 止血,测血压,配血,建立静脉通道

64. 护士小红为产房护士,在巡视过程中,发现产房的温度与相对湿度有偏差,应将其调节为

A. 15～16℃,40%～50%

B. 16～18℃,40%～50%

C. 18～20℃,40%～50%

D. 20～22℃,50%～60%

E. 22～24℃,50%～60%

65. 患者,男,33 岁,因近 1 周食欲减退、上腹部不适、疲乏无力。伴巩膜及皮肤黄染 2 天。既往体健。

入院 3 天后出现嗜睡,有扑翼样震颤,肝未扪及。血清总胆红素 200μmol/L,血清丙氨酸氨基转移酶 150U/L,血清 HBsAg(＋),此患者的肝炎类型是

A. 急性黄疸型乙型肝炎

B. 慢性重型乙型肝炎

C. 急性重型乙型肝炎

D. 亚急性重型乙型肝炎

E. 淤胆型肝炎

66. 某 ICU 护士,毕业工作 3 年来,基本上是一个人护理某个患者,患者需要的全部护理由她全面负责,实施个体化护理。该护理工作方式是

A. 个案护理　　　　　B. 功能制护理

C. 责任制护理　　　　D. 小组护理

E. 临床路径

67. 护士甲在参与抢救失血性休克的患者时需要电话联系上级主管医师,在执行电话医嘱时应注意

A. 听清医嘱立即执行

B. 听到医嘱后直接执行

C. 迅速执行自己听到的医嘱

D. 听到医嘱应简单复述 1 次

E. 重复 1 次,确认无误后执行

68. 某患者,诊断为系统性红斑狼疮,其皮肤红斑主要的原因是

A. 皮肤过敏　　　　　B. 日晒过多

C. 长期使用免疫抑制剂　D. 青春痤疮

E. 免疫复合物沉积

69. 患者,女,34 岁,不规则发热伴大小关节疼痛 1 个月余。查体:面部未见红斑,口腔、鼻腔有溃疡,右膝及左踝关节轻度红肿,有压痛,但无畸形。实验室检查:尿蛋白(＋),颗粒管型(＋),外周血白细胞计数 $3.5×10^9$/L,网织红细胞 0.021,抗核抗体(＋),抗 ds-DNA 抗体(＋),LE 细胞(一),该患者可诊断为

A. SLE　　　　　　　B. 类风湿关节炎

C. 肾小球肾炎　　　　D. 上呼吸道感染

E. 风湿性关节炎

70. 患者,男,65 岁,胃癌,行胃大部切除术,术中生命体征正常,术后回病房。护士应遵照医嘱给予该患者

A. 特级护理　　　　　B. 一级护理

C. 二级护理　　　　　D. 三级护理

E. 四级护理

71. 朱先生,50 岁,因腰椎骨折住院,要去 B 超室检

查,护士搬运患者的正确方法是

A. 护理人员双臂将患者抱起,移至平车上

B. 甲托颈肩背,乙托臀膝部,搬运至平车上

C. 甲托头肩部腘部,乙托背臀部,丙托膝腿部,搬运至平车上

D. 甲托头颈肩,乙托两腿,丙丁分别站病床和平车两侧,握中单四角合力搬运至平车上

E. 护理人员帮助患者将上身、下肢、臀部移向平车

72. 张某,女,40岁,因急性阑尾炎手术后出院,护士整理患者出院病历时,首页是

A. 体温单　　　　　B. 护理记录单

C. 病史首页　　　　D. 住院病历首页

E. 手术记录首页

73. 陈某,男,36岁,甲状腺大部分切除术后出现饮水呛咳,发音时音调无明显改变,可能的原因是

A. 气管塌陷

B. 伤口内出血

C. 单侧喉返神经损伤

D. 喉上神经外侧支损伤

E. 喉上神经内侧支损伤

74. 患者,女,30岁。颈椎骨折行骨牵引,现需更换卧位,错误的是

A. 核对患者

B. 做好解释

C. 固定床轮

D. 放松牵引后再翻身

E. 翻身动作应轻巧

75. 患儿,男,2岁,神志清楚,二便正常,查体:头围48cm,胸围49cm,身长85cm,该患儿的体重应是

A. 6kg　　　　　　B. 8kg

C. 10kg　　　　　D. 12kg

E. 14kg

76. 某手术室护士,使用2%戊二醛浸泡手术刀片,为了防止刀片生锈,应在消毒液中加入

A. 1%～2%碳酸氢钠　B. 5%亚硝酸钠

C. 5%碳酸氢钠　　　D. 0.5%亚硝酸钠

E. 0.5%醋酸钠

77. 患者,男,27岁,因深夜酒后驾驶发生车祸,全身多处骨折、严重颅脑损伤,被送至某医院急诊科,值夜班护士处理措施错误的是

A. 应立即通知医师

B. 医师不能马上到达,护士应先行实施必要的紧急救护

C. 护士实施必要的抢救措施,但要避免对患者造成伤害

D. 因为值夜班,护士有权独立抢救危重患者

E. 护士必须依照诊疗技术规范救治患者

78. 患儿,男,4岁。自幼青紫,生长发育落后,杵状指(趾),喜蹲踞,诊断为法洛四联症。20分钟前,在剧烈活动后突然发生昏厥,其可能为

A. 癫痫　　　　　　B. 重度贫血

C. 缺氧发作　　　　D. 呼吸衰竭

E. 心力衰竭

79. 24cm长的无菌持物镊浸泡于盛有2%戊二醛的无菌容器内,其液面应浸泡镊子的高度为

A. 9cm　　　　　　B. 11cm

C. 12cm　　　　　D. 13cm

E. 14cm

80. 护士小王,选用纯乳酸对外科门诊小手术室进行熏蒸法空气消毒,该小手术室长5m、宽4m、高3m,应取用纯乳酸的量是

A. 0.12ml　　　　　B. 0.72ml

C. 1.2ml　　　　　D. 7.2ml

E. 72ml

81. 吴某,71岁,因慢性支气管炎合并铜绿假单胞菌感染入院,患者高热,疲乏无力,护士为其实施口腔护理时,应选用的漱口溶液是

A. 0.9%氯化钠

B. 0.1%醋酸溶液

C. 0.2%呋喃西林

D. 1%～3%过氧化氢

E. 1%～4%碳酸氢钠

82. 患儿,女,8个月,体重6.4kg,人工喂养未及时添加辅食,被诊断为婴儿营养不良,引起本病最常见的原因是

A. 铁缺乏　　　　　B. 缺乏锻炼

C. 喂养不当　　　　D. 疾病影响

E. 免疫缺陷

83. 患者,男,78岁。呼吸困难,安置半坐卧位,护士评估该患者最容易导致压疮的力学因素是

A. 水平压力　　　　B. 垂直压力

C. 剪力　　　　　　D. 摩擦力

E. 反作用力

84. 患者,男,30岁。体温持续升高达39℃以上,但波动幅度大,24小时波动超过1℃,最低体温仍

超过正常水平,属于

A. 弛张热   B. 稽留热

C. 间歇热   D. 不规则热

E. 波状热

85. 患者陈某,急性外伤至多脏器衰竭,需进入 ICU 进一步治疗。进入 ICU 前,医护人员告知家属有关患者的治疗目的、治疗方案、预后和费用,经家属同意后,患者被送入 ICU 治疗。此案例体现了患者的

A. 知情同意权   B. 疾病认知权

C. 隐私权   D. 平等医疗权

E. 免除责任权

86. 患者,男,66 岁。因心房颤动入院,护士在测脉搏前推断患者的脉搏最可能为

A. 间歇脉   B. 二联律

C. 三联律   D. 绌脉

E. 洪脉

87. 患者,男,47 岁。因误服大量巴比妥类药物入院。住院期间,患者呼吸呈周期性变化:呼吸由浅慢逐渐变为深快,然后转为浅慢,经过一段时间呼吸暂停,又重复上述变化,其形态如潮水起伏。该患者的呼吸节律称为

A. 陈-施呼吸   B. 毕奥呼吸

C. 浮浅性呼吸   D. 鼾声呼吸

E. 库斯莫呼吸

88. 患儿,2 岁,因急性扁桃体炎,需静脉输液治疗,护士操作时,与患儿保持距离适宜的是

A. 0~0.45m   B. 0.45~1.2m

C. 1.2~3.5m   D. 3.5~5.2m

E. >5.2m

89. 患儿,女,2 岁,1 天前出现发热、声音嘶哑、喉鸣和吸气性呼吸困难,双肺可闻及喉传导音或管状呼吸音,心率加快,该患儿最可能的诊断是

A. 喘憋性肺炎

B. 支气管哮喘

C. 急性感染性喉炎

D. 支气管肺炎合并心衰

E. 腺病毒性肺炎合并心衰

90. 患者,女,69 岁。连续 3 天测血压 85/50mmHg,该患者血压属于

A. 低血压

B. 正常血压

C. 临界低血压

D. 收缩压正常,舒张压降低

E. 收缩压降低,舒张压正常

91. 患者,女,43 岁。因头晕头痛原因待查入院,医嘱测血压每日 3 次。为其测血压时,应

A. 定血压计、定部位、定时间、定护士

B. 定血压计、定部位、定时间、定听诊器

C. 定听诊器、定部位、定时间、定体位

D. 定血压计、定部位、定时间、定体位

E. 定听诊器、定护士、定时间、定体位

92. 患者,男,59 岁,大学教授,长期患有慢性支气管炎,护士与患者相处时,应采用哪种护患关系模式

A. 主动-被动系统 B. 指导-合作型

C. 部分补偿系统 D. 支持-教育系统

E. 共同参与型

93. 患者,男,35 岁。因"急性肾炎"入院,应给予

A. 低蛋白饮食   B. 要素饮食

C. 低脂饮食   D. 低胆固醇饮食

E. 少渣饮食

94. 患者,女,46 岁,风湿性心脏病伴心功能不全,双下肢及身体下垂部位严重水肿,该患者每日饮食中应控制

A. 摄入盐量不超过 8.0g

B. 摄入盐量不超过 6.0g

C. 摄入盐量不超过 5.0g

D. 摄入盐量不超过 2.0g

E. 摄入盐量不超过 1.0g

95. 患者,女,22 岁,患甲状腺功能亢进,需做吸碘试验,在检查前 7~60 天需忌食

A. 河鱼   B. 紫菜

C. 牛奶   D. 鸡蛋

E. 白菜

96. 某抑郁症患者告诉其主管护士:"别再在我身上浪费时间了,去和那些值得你花费时间的人谈谈吧。"责任护士最佳的反应是

A."您这样说话可不对了"

B."不要担心,我有的是时间"

C."您这样拒人千里之外,对您没有好处"

D."别这么说,您应该振作一点"

E."如果您不想说话,我们就在这坐一会儿吧"

97. 护士巡视病房时,发现患者王某正在挤压面部"危险三角区"内的疖,护士应告知患者,该动作容易导致

A. 全身性感染　　　　B. 颅内感染

C. 局部脓肿形成　　　D. 面神经瘫

E. 破伤风

98. 患者,男,45 岁。因脑外伤入院,神志不清,意识昏迷。查体:体温 39℃,心率 108 次/分,呼吸 24 次/分,血压 195/120mmHg,现需通过鼻饲维持营养。当胃管插至会厌部时,护士应

A. 使患者头后仰

B. 嘱患者做吞咽动作

C. 将患者的头侧向一边

D. 将患者的头靠近胸骨

E. 减慢插管动作

99. 患者,男,45 岁。因脑外伤入院,神志不清,意识昏迷。查体:体温 39℃,心率 108 次/分,呼吸 24 次/分,血压 195/120mmHg,现需通过鼻饲维持营养。胃管插入后,应验证其在胃内,正确的方法是

A. 注入少量温开水,于胃部听气过水声

B. 注入少量温开水,听肠鸣音

C. 注入少量气体,听肠鸣音

D. 注入少量气体,于胃部听气过水声

E. 将胃管末端放入水中,见有气泡溢出

100. 患者,男,45 岁。因关节疼痛,需每日红外线照射 1 次,在照射过程中,应随时观察局部皮肤反应,出现紫红色

A. 为适宜剂量,继续照射

B. 应立即停止照射,涂凡士林保护皮肤

C. 应停止照射,改用热敷

D. 应改用小功率灯头

E. 应改用大功率灯头

101. 患者,女,68 岁,膀胱高度膨胀而又极度虚弱,为其导尿时,首次放尿的量不超过

A. 500ml　　　　　B. 800ml

C. 1000ml　　　　 D. 1200ml

E. 1500ml

102. 患者,男,49 岁。医嘱口服磺胺药抗感染,护士嘱其服药后需多饮水,目的是

A. 避免损害造血系统　 B. 维持血液 pH

C. 减轻胃肠道刺激　　 D. 增强药物疗效

E. 增加药物溶解度,避免结晶析出

103. 患儿,男,7 岁。咳嗽、咳痰 5 天,医嘱给予氧气雾化吸入治疗。执行操作时错误的是

A. 氧气雾化吸入器与氧气装置连接紧密,不漏气

B. 氧气湿化瓶内放 1/2 冷蒸馏水

C. 调节氧流量 6 ～8L/min

D. 口含嘴放入患儿口中,嘱其紧闭口唇深吸气

E. 吸入完毕,先取下雾化器再关氧气开关

104. 患者,男,25 岁。患化脓性扁桃体炎,在注射青霉素数秒钟后出现胸闷、气促、面色苍白、出冷汗。护士首先应

A. 给予氧气吸入

B. 应用呼吸兴奋剂

C. 开放静脉通道,大量快速输液

D. 皮下注射 0.1‰盐酸肾上腺素 1ml

E. 静脉注射地塞米松 5mg

105. 患者,男,45 岁,护士为其静脉注射 25% 葡萄糖溶液时,患者自述疼痛,推注时稍有阻力,推注部位局部隆起,抽无回血,此情况应考虑是

A. 静脉痉挛

B. 针头部分阻塞

C. 针头滑出血管外

D. 针头斜面紧贴血管壁

E. 针头斜面部分穿透血管壁

106. 患者,男,76 岁。需输 500ml 液体,用滴数为 20 滴/分的输液器,每分钟 40 滴,输完需用

A. 2 小时 10 分　　　 B. 2 小时 30 分

C. 3 小时 10 分　　　 D. 3 小时 30 分

E. 4 小时 10 分

107. 患者,男,14 岁。晨起眼睑水肿,排尿不适,疑为急性肾小球肾炎,需作尿蛋白定量,在标本中应加入的防腐剂为

A. 甲醛　　　　　　 B. 冰醋酸

C. 甲苯　　　　　　 D. 浓硫酸

E. 浓盐酸

108. 患者,女,49 岁。行气管切开术,使用电动吸引器吸痰时正确的是

A. 使用前先调节负压为 20～33.3kPa

B. 插管过程中,注意边插边吸引

C. 严格无菌操作,每次更换吸痰管

D. 吸痰时一定要上下移动吸痰管抽吸

E. 每次吸痰时间不超过 20 秒

109. 患者,男,因敌百虫中毒急送医院,护士为其洗胃。禁用的洗胃溶液是

A. 高锰酸钾　　　　 B. 生理盐水

C. 碳酸氢钠　　　　 D. 温开水

E. 牛奶

110. 护士张某,给病区一名病情危重的患者实施抢救后,补写护理记录,书写过程中发现有错别字,她应该采用的的处理方法是
　　A. 用双线划在错字上,注明修改时间,签全名
　　B. 把原记录涂黑,在旁边写上正确的字
　　C. 采用刮、粘、涂等方法掩盖或去除原来的字迹
　　D. 用红笔注明"取消"字样并签全名
　　E. 为了保持病历美观,重抄整页护理记录单

二、以下提供若干个案例,每个案例下设若干个考题,请根据各考题题干所提供的信息,在每题下面 A、B、C、D、E 五个备选答案中选择一个最佳答案。

(111、112 题共用题干)
　　患者,女,40 岁。手术后 2 小时。医嘱:哌替啶 50mg,肌内注射,q6h,prn。

111. 医嘱中的"prn"中文意思是
　　A. 需要时(长期)　　　B. 需要时(临时)
　　C. 停止　　　　　　　D. 即刻
　　E. 每晚

112. 选择臀大肌肌内注射时,用连线法定位,正确的是
　　A. 髂前上棘外侧三横指处
　　B. 髂嵴与脊柱连线的外 1/3
　　C. 髂嵴与尾骨连线的外 1/3
　　D. 髂前上棘与脊柱连线的外 1/3
　　E. 髂前上棘与尾骨连线的外 1/3

(113~115 题共用题干)
　　患者,男,71 岁。诊断为慢性阻塞性肺疾病,血气分析结果显示:动脉血氧分压 4.6kPa,二氧化碳分压 12.4kPa。

113. 该患者吸氧适宜的是
　　A. 高浓度、高流量、持续给氧
　　B. 高浓度、高流量、间断给氧
　　C. 低浓度、低流量、持续给氧
　　D. 低浓度、低流量、间断给氧
　　E. 低浓度与高流量交替持续给氧

114. 装氧气表时,先打开总开关是为了
　　A. 检查氧气筒内有无氧气
　　B. 观察氧气流出是否通畅
　　C. 估计氧气筒内氧气量
　　D. 清洁气门,保护压力表

E. 测定氧气筒的压力

115. 吸氧过程中需要调节氧流量时,正确的是
　　A. 先关总开关,再调氧流量
　　B. 先关流量表,再调氧流量
　　C. 先拔出吸氧管,再调氧流量
　　D. 先分离吸氧管与氧气连接管,再调氧流量
　　E. 先拔出氧气连接管,再调氧流量

(116、117 题共用题干)
　　李某,男,55 岁,体检时 B 超发现肝脏有 6cm×5cm 包块,初步诊断为"原发性肝癌"。李某感觉自己身体状况良好,对检查结果不相信,打算到其他医院再做检查。

116. 李某此时的心理反应处于
　　A. 否认期　　　　　　B. 愤怒期
　　C. 协议期　　　　　　D. 抑郁期
　　E. 接受期

117. 对李某的护理正确的是
　　A. 告诉他已确诊无需再作检查
　　B. 附和他说检查结果不可信
　　C. 安慰他是良性肿瘤不用担心
　　D. 与医生、家属统一口径并协助其做进一步检查
　　E. 对患者的任何反应不表态、不作为

(118~120 题共用题干)
　　患者,男,76 岁。偏瘫,长期卧床。近日发现其骶尾部皮肤出现红、肿、热、麻木,有触痛,但皮肤表面无破损。

118. 该患者骶尾部皮肤症状属于压疮的
　　A. 淤血红润期　　　　B. 炎性浸润期
　　C. 浅度溃疡期　　　　D. 深度溃疡期
　　E. 坏死期

119. 此期给予患者的护理措施正确的是
　　A. 每 3~4 小时翻身 1 次,防止局部长时间受压
　　B. 定期用 0.9%氯化钠溶液冲洗受压部位,保持局部清洁
　　C. 定时用红外线照射,保持局部干燥
　　D. 定时用乙醇局部按摩,促进血液循环
　　E. 给予低蛋白、低脂肪、低盐、低糖饮食

120. 若该患者骶尾部皮肤组织转为紫红色,触摸皮下有硬结,表皮出现小水疱。正确的护理措施是
　　A. 剪破小水疱表皮,引流

B. 呋喃西林溶液冲洗局部皮肤后,无菌纱布擦干

C. 无菌纱布包裹,减少摩擦,促进小水疱自行吸收

D. 外喷抗生素,防止感染

E. 乙醇局部按摩,促进血液循环和炎症吸收

(121、122 题共用题干)

患儿,男,6 岁,因不规则发热,出血,肝、脾、淋巴结肿大,为进一步明确诊断收入院。

121. 在护理患儿的过程中,体现护士照顾者角色的护理行为是
    A. 做好入院介绍
    B. 对患儿和其陪护的母亲进行健康教育
    C. 与陪护患儿的母亲共同制订护理计划
    D. 做好病区内物品的管理
    E. 帮助患儿做好清洁、饮食等护理

122. 在为患儿执行治疗时,最容易让患儿接受治疗的语言沟通技巧是
    A. 问候式语言　　　　B. 夸赞式语言
    C. 命令式语言　　　　D. 关心式语言
    E. 安慰式语言

(123~125 题共用题干)

患者,男,25 岁。因左腰部被刺伤入院,血压 70/50mmHg,伤口持续溢出淡红色液体。左上腹触痛,但无肌紧张

123. 诊断首先考虑
    A. 脾破裂　　　　　　B. 胃穿孔
    C. 肾损伤　　　　　　D. 肠破裂
    E. 胰腺损伤

124. 为了进一步明确诊断,首选的检查是
    A. B 超检查　　　　　B. 钡餐检查
    C. 胃镜检查　　　　　D. 钡剂灌肠
    E. 伤口溢出液淀粉酶测定

125. 该患者的处理原则是
    A. 非手术治疗
    B. 立即手术探查
    C. 抗休克
    D. 出现肉眼血尿时手术探查
    E. 出现腹膜炎时手术探查

(126、127 题共用题干)

患者,男,42 岁,间歇性上腹痛 3 年,有嗳气、反酸、食欲不振,冬春季节较常发作。近 3 天来腹痛加剧,且突然呕血 300ml。

126. 该患者出血的原因,最有可能的是
    A. 慢性胃炎　　　　　B. 消化性溃疡
    C. 胃癌　　　　　　　D. 胃肠道黏膜糜烂
    E. 肝硬化

127. 为确诊原因,应首选
    A. X 线钡餐检查　　　B. 超声检查
    C. 大便潜血试验　　　D. 纤维内镜检查
    E. 胃液分析

(128、129 题共用题干)

患儿,女,8 个月。因肺炎入院,现突然烦躁不安,发绀且进行性加重。查体:呼吸 60 次/分,脉搏 180 次/分,心音低钝,两肺布满细湿啰音。

128. 目前患儿最可能发生了什么情况
    A. 心力衰竭　　　　　B. 感染性休克
    C. 脓气胸　　　　　　D. 呼吸窘迫综合征
    E. 感染性心内膜炎

129. 该患儿宜选择的体位是
    A. 平卧位　　　　　　B. 侧卧位
    C. 半卧位　　　　　　D. 端坐位
    E. 头低卧位

(130~133 题共用题干)

患者,男,72 岁,因慢性阻塞性肺气肿住院治疗,今晨 9:00 时开始静脉输入 5% 葡萄糖溶液 500ml 及 0.9% 氯化钠溶液 500ml,滴速 70 滴/分,10:00 时护士巡视病房,发现患者咳嗽、呼吸急促、大汗淋漓、咳粉红色泡沫痰。

130. 根据患者症状表现,患者可能发生了
    A. 发热反应　　　　　B. 过敏反应
    C. 空气栓塞　　　　　D. 细菌污染反应
    E. 心脏负荷过重反应

131. 护士首先应做的事情是
    A. 安慰患者　　　　　B. 给患者吸氧
    C. 立即通知医生　　　D. 立即停止输液
    E. 协助患者坐起两腿下垂

132. 为减轻患者呼吸困难的症状,护士可采用乙醇湿化加压给氧,选用乙醇的浓度应为
    A. 10%~20%　　　　　B. 20%~30%
    C. 30%~40%　　　　　D. 40%~50%
    E. 50%~70%

133. 为缓解症状,护士可协助患者采取的体位是
    A. 仰卧,头偏向一侧
    B. 左侧卧位,头高足低
    C. 端坐位,两腿下垂

D. 抬高床头 15～30cm

E. 抬高床头 20°～30°

参考答案

1—5 EBAAD 6—10 BDEBC 11—15 ADDCE

16—20 EDBEC 21—25 BDCCC 26—30 CDBAC

31—35 ACCBC 36—40 CDBDA 41—45 CACAD

46—50 DCBDD 51—55 BEABA 56—60 DADDA

61—65 EAEEC 66—70 AEEAB 71—75 DDEDD

76—80 DDCCD 81—85 BCCAA 86—90 DAACA

91—95 DEAEB 96—100 EBDDB 101—105 CEBDC

106—110 ECCCA 111—115 AECDD

116—120 ADADC 121—125 EBCAB

126—130 BDACE 131—133 DBC

实践能力

一、以下每道题下面有 A、B、C、D、E 五个备选答案，请从中选择一个最佳答案。

1. 某护士不慎被沾有乙型肝炎患者血液的针头刺破皮肤后,主要宜采取

   A. 碘酊消毒　　　　　B. 注射转移因子

   C. 注射丙种球蛋白　　D. 应用干扰素

   E. 注射高价免疫血清

2. 慢性粒细胞白血病最突出的体征为

   A. 贫血貌　　　　　　B. 浅表淋巴结肿大

   C. 皮肤瘀斑　　　　　D. 脾肿大

   E. 绿色瘤

3. 大咯血患者发生窒息时,首要的护理措施是

   A. 止血　　　　　　　B. 输血

   C. 吸氧　　　　　　　D. 心理安慰

   E. 维持气道通畅

4. 护理慢性肾衰竭患者,每天最重要的是

   A. 测血压　　　　　　B. 记录 24 小时出入量

   C. 测脉搏　　　　　　D. 测体温

   E. 尿常规检查

5. 胰头癌的典型表现是

   A. 腹痛、腹胀　　　　B. 进行性黄疸

   C. 食欲不振　　　　　D. 消化不良

   E. 乏力、消瘦

6. 大面积烧伤患者第一个 24 小时内最重要的护理措施是

   A. 镇静止痛　　　　　B. 心理护理

   C. 预防感染　　　　　D. 保持呼吸道通畅

   E. 保证液体输入

7. 妊娠合并心脏病的孕妇最易发生心衰的时间是孕

   A. 24～28 周　　　　　B. 32～34 周

   C. 28～32 周　　　　　D. 34～36 周

   E. 36～38 周

8. 胎儿骶右前位,胎心音听诊最清楚的部位在

A. 脐下左侧　　　　　B. 脐下右侧

C. 脐上右侧　　　　　D. 脐上左侧

E. 脐周

9. 对发热的血液患者护理措施不妥的是

   A. 降温措施主要是乙醇擦浴

   B. 体温超过 38.5℃应降温

   C. 药物降温,药量不宜过大

   D. 每日液体入量在 3000ml 左右

   E. 给高蛋白、高热量、高维生素饮食

10. 应用呼吸机辅助通气,若患者通气过度,通常表现为

    A. 皮肤潮红、多汗　　B. 抽搐,昏迷

    C. 烦躁,脉率快　　　D. 血压升高

    E. 胸部起伏规律

11. 低盐饮食指每日食盐量不超过

    A. 2g　　　　　　　　B. 4g

    C. 6g　　　　　　　　D. 8g

    E. 10g

12. 多尿是指

    A. 24 小时尿量 1000～2000ml

    B. 24 小时尿量大于 2500ml

    C. 24 小时尿量小于 400ml

    D. 24 小时尿量小于 100ml

    E. 24 小时尿量小于 17ml

13. 下列哪项对支气管哮喘发作的诊断最有帮助

    A. 胸廓饱满

    B. 肋间隙增宽

    C. 听诊两肺广泛哮鸣音

    D. 触诊胸部语颤减弱

    E. 叩诊胸部过清音

14. 肥厚型心肌病不需要避免的是

    A. 剧烈运动　　　　　B. 用洋地黄类药物

    C. 情绪激动　　　　　D. 屏气

E. 高蛋白饮食

15. 小儿出生时存在,以后不消失的反射是
    A. 觅食反射　　　　B. 握持反射
    C. 角膜反射　　　　D. 拥抱反射
    E. 提睾反射

16. 3 岁小儿的平均身长是
    A. 71cm　　　　　B. 75cm
    C. 81cm　　　　　D. 85cm
    E. 91cm

17. 排除胸腔积气时,胸腔闭式引流管放置在
    A. 锁骨中线第 2 肋间　B. 腋后线第 2 肋间
    C. 锁骨中线第 6 肋间　D. 腋中线第 6 肋间
    E. 腋后线第 6 肋间

18. 大隐静脉剥脱术后,应指导患者
    A. 卧床休息 10 天　　B. 患肢制动
    C. 只允许床上活动　　D. 早期下床活动
    E. 一周后方可行走

19. 结核病作为慢性消耗性疾病,饮食护理应
    A. 高热量、高蛋白、低维生素饮食
    B. 高热量、高蛋白、高维生素饮食
    C. 低热量、低蛋白、低维生素饮食
    D. 高热量、低蛋白、高维生素饮食
    E. 低热量、高蛋白、高维生素饮食

20. 糖尿病酮症酸中毒时尿液呈
    A. 烂苹果味　　　　B. 氨臭味
    C. 酸味　　　　　　D. 大蒜味
    E. 苦味

21. 嵌顿性疝手法复位后,应重点观察
    A. 生命体征　　　　B. 神志变化
    C. 腹痛、腹部体征　D. 呕吐腹胀
    E. 肛门排气

22. 内痔患者护理中,与预防便秘措施无关的是
    A. 每天坚持适当活动
    B. 多饮水、多吃蔬菜
    C. 忌酒和辛辣食物
    D. 养成每天定时排便习惯
    E. 坚持每晚肛门坐浴

23. 急诊物品要做到"五定"是指
    A. 定时更换数量品种、定点安置、定人保管、定期消毒灭菌和定期检查维修
    B. 定数量品种、定点安置、定人保管、定期消毒灭菌和定期检查维修
    C. 定数量品种、定人保管、定期消毒灭菌、定期

维修和定期检查
    D. 定数量品种、定点安置、定人保管、定期消毒灭菌、定期维修
    E. 定数量品种、定点安置、定人保管、定期消毒灭菌、定期检查

24. 中凹卧位的要求是
    A. 头胸部抬高 5°～10°,下肢抬高 10°～20°
    B. 头胸部抬高 10°～20°,下肢抬高 20°～30°
    C. 头胸部抬高 20°～30°,下肢抬高 10°～20°
    D. 头胸部抬高 30°～40°,下肢抬高 20°～30°
    E. 下肢抬高 30°～40°,头胸部抬高 20°～30°

25. 有关预防新生儿臀红的措施,不正确的是
    A. 勤换尿布
    B. 大便后用温水洗净臀部
    C. 包裹不可过松或过紧
    D. 垫塑料布防止床单潮湿
    E. 避免尿液和粪便长时间刺激

26. 无并发症的水痘患儿应隔离至
    A. 体温正常　　　　B. 发病后 1 周
    C. 出疹后 3 天　　　D. 疱疹开始结痂
    E. 疱疹全部结痂

27. 当孕妇发生仰卧位低血压综合征时,正确的护理措施是
    A. 改为左侧卧位　　B. 给予口服升压药
    C. 立即坐起　　　　D. 改为右侧卧位
    E. 立即站立

28. 异位妊娠患者就诊的主要症状是
    A. 停经　　　　　　B. 晕厥
    C. 腹痛　　　　　　D. 阴道流血
    E. 有便意感

29. 对颅底骨折伴脑脊液漏患者的护理,下列不正确的是
    A. 抬高床头　　　　B. 取患侧卧位
    C. 记 24 小时漏出量　D. 耳鼻冲洗或滴药
    E. 不考虑立即手术

30. 肛门停止排气排便提示
    A. 肠梗阻　　　　　B. 结肠癌
    C. 肠麻痹　　　　　D. 腹膜炎
    E. 严重便秘

31. 患者,女,40 岁,患有肝硬化、冠心病,2 小时前晚餐后突然呕血 2 次,每次约 300ml,急诊入院,考虑为食管胃底静脉曲张破裂出血。以下可考虑采用的处理措施除外

A. 用三腔二囊管压迫止血

B. 使用生长抑素止血

C. 使用垂体后叶素止血

D. 可内镜直视下局部给予硬化剂

E. 保守治疗效果不佳时可手术治疗

32. 患者,男,28 岁,全身重度水肿,查血压 130/80mmHg,血红蛋白 130g/L,尿蛋白（＋＋＋＋）,血浆白蛋白 14g/L,首选治疗药物为

A. 血浆   B. 白蛋白

C. 维生素   D. 环磷酰胺

E. 糖皮质激素

33. 24 岁初孕妇,在门诊检查确诊为妊娠 33 周轻度子痫前期。为防止发展为重度子痫,下列措施哪项不妥

A. 适当减轻工作,每天保证睡眠 10 小时

B. 严格限制食盐摄入量

C. 睡眠时取左侧卧位

D. 适当增加产前检查次数

E. 适当服用镇静药物

34. 患者,男,48 岁。多尿、多饮 2 个月,诊断为 2 型糖尿病,体型肥胖,控制血糖首选

A. 磺脲类   B. 双胍类

C. α-糖苷酶抑制剂   D. 胰岛素增敏剂

E. 胰岛素

35. 患者,女,41 岁。既往有胆结石,晚餐后突然出现中上腹痛,阵发性加剧,频繁呕吐,呕吐物含胆汁,呕吐后腹痛未减轻,化验血淀粉酶 2500U/L,于今日住院治疗。饮食护理应

A. 禁食   B. 少食多餐

C. 高脂饮食   D. 低蛋白饮食

E. 低纤维饮食

36. 患者,女,45 岁。因餐后出现右上腹疼痛而入院,诊断为胆囊结石,应忌食

A. 蛋白食物   B. 纤维食物

C. 高热量食物   D. 油腻食物

E. 高维生素食物

37. 患者,女,25 岁,面部有蝶形红斑,严重关节疼痛,最近查血红蛋白 90g/L。乏力,Sm 抗体阳性,抗双链 DNA 抗体阳性,需要首先解决的护理问题是

A. 皮肤完整性受损   B. 乏力

C. 疼痛   D. 有感染的危险

E. 输营养液

38. 患者,男,40 岁。有乙肝病史 10 年,近 3 周来,食欲缺乏,右上腹持续性胀痛,巩膜黄染,未予重视。今日突发腹部剧烈疼痛急诊入院。应重点观察患者

A. 疼痛性质的变化   B. 大便情况

C. 有无休克征象   D. 心理状况

E. 肝功能变化

39. 足月新生儿,女,生后 1 天,出生时有产钳助产史,生后 4 小时发现患儿两眼凝视,偶有尖叫。查体:心肺无异常,拥抱反射减弱,前囟紧张,诊断为新生儿颅内出血。主要的护理问题是

A. 营养失调

B. 清理呼吸道无效

C. 皮肤完整性受损的危险

D. 潜在并发症:颅内压增高

E. 感染的危险

40. 患儿,男,3 岁。患有法洛四联症。20 分钟前,剧烈活动后,突然发生昏厥,可能是缺氧发作,此时护理应采取的体位是

A. 平卧位   B. 俯卧位

C. 膝胸卧位   D. 头高脚低位

E. 头低脚高位

41. 患者,女,30 岁,近 3 个月经常排便后滴少量鲜血。肛门指检无异常发现,肛门镜检查截石位见 3 点、7 点各有一突于肛管内的暗红色圆形软结节,考虑该患者为

A. Ⅰ期内痔   B. Ⅱ期内痔

C. Ⅲ期内痔   D. Ⅳ期内痔

E. 直肠息肉

42. 患者,男,52 岁。骑车路滑摔倒,头部触地,当即昏迷,送来急诊。经查神志不清,呼之不应,瞳孔无明显改变,对光反射存在,血压在正常范围内,约 10 分钟醒来,神志恢复正常,诉头痛、头晕,对受伤的经过不能回忆,神经系统检查正常。观察过程中应特别警惕出现

A. 血压下降   B. 再昏迷

C. 全身抽搐   D. 瞳孔双侧散大

E. 呼吸骤停

43. 患者,女,41 岁。既往有胆结石,晚餐后突然出现中上腹痛,阵发性加剧,频繁呕吐,呕吐物含胆汁,呕吐后腹痛未减轻,化验血淀粉酶 2500U/L,于今日住院治疗。饮食护理应

A. 禁食   B. 少食多餐

C. 高脂饮食　　　　D. 低蛋白饮食

E. 低纤维饮食

44. 患者,女,38 岁,春暖花开季节哮喘发作,昨天看电影时银幕上出现满园春色,张女士突然哮喘发作。主要的护理措施应是

　　A. 休息　　　　　　B. 湿化呼吸道

　　C. 氧气吸入　　　　D. 使用支气管舒张剂

　　E. 心理护理

45. 刘女士,32 岁,停经 40+ 天,阴道有少许出血,下腹部轻微疼痛。检查子宫如孕 40 天大小,软,宫口闭,妊娠反应(十),在健康指导中哪项不妥

　　A. 卧床休息　　　　B. 少食纤维素食品

　　C. 心理调适　　　　D. 保持外阴清洁

　　E. 按医嘱用药

46. 李某,女,20 岁。平素月经规则,月经周期为 30 天,经期 6 天。推算其排卵日大约在月经周期

　　A. 第 10 天　　　　B. 第 14 天

　　C. 第 15 天　　　　D. 第 16 天

　　E. 第 18 天

47. 患者,女,42 岁,糖尿病史 3 年,某日餐前突然感到饥饿难忍、全身无力、心慌、出虚汗,继而神志恍惚。护士应立即采取的措施是

　　A. 配血、备血　　　B. 协助患者饮糖水

　　C. 进行血压监测　　D. 建立静脉通路

　　E. 注射胰岛素

48. 患者,女,65 岁,长期便秘,护士对其进行健康教育,其中错误的是

　　A. 告知患者选择合适的时间,养成定时排便的习惯

　　B. 增加富含维生素的食物,多饮水

　　C. 鼓励患者打太极拳

　　D. 保证充足的睡眠

　　E. 教会患者简易通便剂的使用方法,并长期使用

49. 患者,男,30 岁,患阿米巴痢疾,其病变部位在回盲部,对其进行保留灌肠时,应取

　　A. 仰卧位　　　　　B. 头低脚高位

　　C. 头高脚低位　　　D. 左侧卧位

　　E. 右侧卧位

50. 患者,女,65 岁,自感全身不适来医院就诊。门诊护士巡视时发现其面色苍白,出冷汗,呼吸急促,主诉腹部疼痛难忍。门诊护士应首先采取的措施是

A. 安排该患者提前就诊

B. 安慰患者,仔细观察

C. 为患者测量脉搏血压

D. 让患者就地平卧休息

E. 让医生加快诊治速度

51. 患者,男,45 岁,患胃溃疡 5 年。现出现腹部不适、恶心,继而呕吐大量鲜血。查体:呼吸急促,脉搏细速,血压 70/50mmHg。护士应安置患者取

　　A. 平卧位　　　　　　B. 侧卧位

　　C. 屈膝仰卧位　　　　D. 中凹卧位

　　E. 头低足高位

52. 患者,男,28 岁,左侧肱骨干骨折后行切开复位内固定术,术后护士帮助其更换上衣的步骤是

　　A. 先脱左侧,后穿右侧　B. 先脱左侧,不穿右侧

　　C. 先脱左侧,后穿左侧　D. 先脱右侧,后穿右侧

　　E. 先脱右侧,后穿左侧

53. 方先生,63 岁,晨起取牛奶的路上突然摔倒,意识丧失,大动脉搏动消失。恰巧被张护士遇到。请问张护士对该患者应立即采取的措施是

　　A. 呼叫医生迅速来抢救

　　B. 呼叫 120 来抢救

　　C. 立即送医院实施抢救

　　D. 先通畅气道,再行人工呼吸、心脏按压

　　E. 先人工呼吸、心脏按压,再通畅气道

54. 患者,女,32 岁,患白血病,长期用抗生素,护士在评估口腔的过程中,应特别注意观察

　　A. 口腔黏膜有无溃疡

　　B. 口腔有无特殊气味

　　C. 口腔黏膜有无真菌感染

　　D. 口腔黏膜有无出血

　　E. 口唇有无干裂

55. 患者,男,23 岁,安眠药中毒后意识模糊不清,呼吸微弱、浅而慢,不易观察,护士应采取的测量方法是

　　A. 以 1/4 的脉率计算

　　B. 测脉率后观察胸腹起伏次数

　　C. 听呼吸音响计数

　　D. 用手感觉呼吸气流通过计数

　　E. 用少许棉花置于患者鼻孔前观察棉花纤维飘动次数计算呼吸频率

56. 患儿住院过程中,晨起突然神志不清,面色苍白,脉搏细弱,呼吸浅表,多汗,首先应采取的紧急措

施为

A. 静脉注射洛贝林　　B. 静脉注射毛花苷丙

C. 静脉注射氨茶碱　　D. 静脉注射甘露醇

E. 静脉注射高渗葡萄糖

57. 患者,女,29岁,妊娠34周,全身水肿,抽搐3次,急诊入院。护理中不妥的是

A. 左侧卧位

B. 做好床边生活护理

C. 尿常规检查

D. 光线好的病室便于抢救

E. 加强胎儿监护

58. 患者,女,60岁,患慢性心功能不全,服用地高辛,0.25mg,qd,护士发药前应首先测量

A. 血压　　　　　　B. 心率

C. 呼吸　　　　　　D. 瞳孔

E. 体温

59. 患者,女,35岁,因支气管哮喘需做雾化吸入,医嘱要求使用氨茶碱,其目的是

A. 消除炎症　　　　B. 减轻黏膜水肿

C. 解除支气管痉挛　D. 保持呼吸道湿润

E. 稀释痰液

60. 某急性心肌梗死患者,入院第2周,护士帮助他做床上四肢被动活动,主要是为了

A. 增加心排血量

B. 防止肢体失用性萎缩

C. 增强抵抗力

D. 防止下肢静脉血栓形成

E. 防止便秘

61. 患者,女,28岁,反复血尿、蛋白尿3年,5天前感冒后出现乏力、食欲减退,查眼睑、颜面水肿,蛋白尿(＋＋),尿红细胞5个/HP,血压149/90mmHg,Hb90g/L,夜尿增多,对患者应采取的健康教育是

A. 嘱患者预防感冒　B. 嘱患者可以妊娠

C. 饮食无特殊要求　D. 保持卫生,每日洗澡

E. 每周测量血压1次

62. 患者,女,36岁,因突发性头晕、头痛伴恶心、呕吐入院,入院后诊断为高血压性脑出血。医嘱要求给予脱水治疗,首选的液体是

A. 低分子右旋糖酐　B. 中分子右旋糖酐

C. 代血糖　　　　　D. 浓缩白蛋白

E. 20%甘露醇

63. 患者,男,36岁,患十二指肠溃疡。2小时前突然

呕血,面色苍白,脉搏120次/分,血压70/50mmHg,医嘱输血400ml,其目的是补充

A. 抗体　　　　　　B. 血容量

C. 血小板　　　　　D. 凝血因子

E. 血红蛋白

64. 患者,男,50岁,患肾脏疾病,需做尿蛋白定量检查。需在标本中加入

A. 甲醛　　　　　　B. 乙醛

C. 甲苯　　　　　　D. 稀盐酸

E. 浓盐酸

65. 患儿,男,1岁。生后常在哭闹时出现下肢青紫,胸前左侧第2肋间可闻及连续性粗糙杂音,有水冲脉。经常患肺炎,对该患儿的护理应选择

A. 加强体育锻炼　　B. 增加进食量

C. 增加补液量　　　D. 监测血压变化

E. 避免到人多的公共场所

66. 患儿,女,9个月,母乳喂养,腹泻2天,稀水便,每日5～6次,护士正确的饮食指导是

A. 禁食4～6小时

B. 继续母乳喂养

C. 继续添加辅食

D. 给予高营养富有热量的饮食

E. 不能饮水

67. 患者,女,35岁,患急性细菌性心内膜炎,须采集血标本做细菌学培养,采血的量为

A. 2ml　　　　　　B. 4ml

C. 6ml　　　　　　D. 8ml

E. 10ml

68. 患者,男,70岁。因前列腺增生造成排尿困难、尿潴留,已15小时未排尿。目前正确的护理措施是

A. 让患者坐起排尿　B. 让患者听流水声

C. 用温水冲洗会阴部　D. 热敷下腹部

E. 行导尿术

69. 患者,女,42岁。诊断为焦虑症,整日处于惶恐不安中,感觉"太难受了",有自杀企图,服用苯二氮草类药治疗。该患者主要的护理问题是

A. 焦虑　　　　　　B. 社交障碍

C. 预感性悲哀　　　D. 自杀的危险

E. 思维过程的改变

70. 患者,女,因头痛、头晕入院,护士为其进行评估收集到下列资料。其中属于客观资料的是

A. 头痛　　　　　　B. 咽部充血

C. 头晕　　　　　　D. 睡眠不好、多梦

E. 感到恶心

71. 患者，女，42岁。腹部外伤3小时，疑有内脏损伤，护理措施不包括
A. 禁食　　　　　　B. 做好术前准备
C. 严密观察病情变化　D. 防治休克
E. 吗啡止痛

72. 刘某，男，20岁。足底刺伤后发生破伤风，频繁抽搐。控制痉挛的主要护理措施是
A. 住单人隔离病室
B. 限制亲属探视
C. 避免声、光刺激
D. 按时用镇静剂，集中护理操作
E. 静脉滴注破伤风抗毒素

73. 患者，男，54岁，头痛、头晕、失眠、注意力不集中1个月余，因工作劳累、精神紧张病情加重来就诊。查体：体温36.5℃，脉搏78次/分，呼吸18次/分，血压143/90mmHg，左上臂一周前因摔伤用绷带包扎，患者有高血压家族史。测量血压的注意事项中，错误的是
A. 打气不可过猛、过高
B. 应选择左上臂测量
C. 听诊器的胸端不可放在袖带下面
D. 做到"四定"，以保证血压的准确性
E. 血压未听清应将袖带内气驱尽后重测

74. 患者，男，50岁，患冠心病3年，护士应指导患者摄入
A. 低盐饮食　　　　B. 少渣饮食
C. 低蛋白饮食　　　D. 高蛋白饮食
E. 低胆固醇饮食

75. 患者，女，28岁，甲状腺功能亢进病史半年，妊娠3个月后，甲状腺功能亢进症状加重，宜选
A. 丙基硫氧嘧啶　　B. 卡比马唑
C. 甲基硫氧嘧啶　　D. 甲巯咪唑
E. 普萘洛尔

76. 患儿，女，14岁。月经周期25～45天，经期7～15天，量多。贫血貌，基础体温呈单相型，无内外生殖器官性疾病。合适的治疗是
A. 诊断性刮宫　　　B. 子宫切除
C. 静脉用止血药　　D. 雌孕激素序贯疗法
E. 大剂量孕激素

77. 患儿，男，7岁。左膝部碰伤后6天开始持续高热、寒战，患肢活动受限。左胫骨上端剧痛，且有

深压痛。血白细胞16×10⁹/L，中性粒细胞0.9，X线片正常。可能是
A. 左膝化脓性关节炎　B. 急性血源性骨髓炎
C. 急性蜂窝织炎　　　D. 膝关节结核
E. 创伤性关节炎

78. 患者，男，45岁，诊断为胆总管结石，拟行胆总管切开取石、T管引流术，放置T管的目的不包括
A. 引流胆汁　　　　B. 引流残余结石
C. 引流腹腔渗液　　D. 经T管造影
E. 支撑胆道

79. 患者，女，40岁，甲状腺大部切除术后6小时，护士发现患者呼吸困难，颈部肿胀，血压80/60mmHg，紧急处理措施是
A. 注射止血剂
B. 马上氧气吸入
C. 床边拆除缝线去除血块
D. 立即气管插管
E. 加压包扎

80. 患者，男，62岁。外伤性肠穿孔修补术后2天，肛门未排气，腹胀明显，最重要的护理措施是
A. 禁食　　　　　　B. 半卧位
C. 胃肠减压　　　　D. 针刺穴位
E. 肛管排气

81. 患儿，1岁，因婴儿腹泻脱水入院。经补液脱水基本纠正，但患儿精神委靡、四肢无力、心音低钝、腹胀、腱反射减弱。应考虑为
A. 低血糖　　　　　B. 低钙血症
C. 低镁血症　　　　D. 低钾血症
E. 酸中毒

82. 患儿，女，5岁。2周前与水痘患儿有密切接触。现该患儿体温为39℃，胸前区出现红斑疹、丘疹，护士不能采用的降温措施是
A. 冰枕
B. 温水浴
C. 阿司匹林口服
D. 适量对乙酰氨基酚口服
E. 吲哚美辛栓直肠用药

83. 患者，男，67岁。出现脓血便，进行性消瘦3月余。经纤维结肠镜检查确诊为"乙状结肠癌"，施以结肠癌根治术。现术后5日，患者仍无排便，以下措施错误的是
A. 口服缓泻剂
B. 鼓励患者多饮水

145

C. 轻轻顺时针按摩腹部

D. 低压灌肠

E. 多吃新鲜蔬菜

84. 患者,男,49岁。肝区隐痛6个月。查体无特殊发现。化验:甲胎蛋白阳性,B超见肝左叶一2cm×3cm肿块。诊断为原发性肝癌。术前护理哪项是错误的

A. 给予维生素'K

B. 检查肝功能和凝血功能

C. 肥皂水灌肠

D. 适量输血和白蛋白

E. 术前3天口服肠道不吸收抗菌药

85. 患者,女,60岁。跌倒致右股骨颈骨折,现给予持续皮牵引处理。该患者最易发生的并发症是

A. 休克

B. 右坐骨神经损伤

C. 髋关节创伤性关节炎

D. 右股骨头缺血性坏死

E. 骨化性肌炎

86. 患者,女,68岁。慢性充血性心力衰竭。医嘱:地高辛0.25mg,po,qd。护士发药时应

A. 嘱患者服药后多饮水

B. 先测脉率、心率,注意节律

C. 看患者服下后多饮水

D. 将药研碎后喂服

E. 嘱患者服药后不宜饮水

87. 患者张某,滴虫性阴道炎,对患者的健康指导不正确的是

A. 每日清洗外阴,勿用手搔抓外阴

B. 经期、产褥期及流产后注意预防感染

C. 局部症状消失后即可停药

D. 教会患者局部用药的方法

E. 指导患者及时复查

88. 患者,女,28岁,妊娠35周,突感有较多液体自阴道流出,入院后诊断为胎膜早破。护士应协助患者取

A. 半坐卧位　　　　B. 去枕仰卧位

C. 头低脚高位　　　D. 头高脚低位

E. 端坐位

89. 患者,因上消化道出血,出现休克症状,此时护士应采取的首要护理措施为

A. 准备急救用品和药物

B. 迅速配血备用

C. 去枕平卧,头偏向一侧

D. 遵医嘱应用止血药

E. 建立静脉通道

90. 患者,男,28岁,因咳嗽,呼吸困难,以"肺炎球菌肺炎"收入院,患者主诉头痛,恶心,食欲差,全身无力。查体:体温39.5℃,心率112次/分,呼吸浅快,口唇指端发绀。患者目前存在的首要护理问题是

A. 舒适的改变:头痛　　B. 气体交换受损

C. 活动无耐力　　　　　D. 体温过高

E. 有窒息的危险

91. 患者,女,48岁,因乳腺癌住院,患者情绪低落,常常哭泣,焦虑不安。护士正确的处理是

A. 说服患者理智面对病情

B. 热情鼓励,帮助其树立信心

C. 指导用药,减轻患者痛苦

D. 安排患者与亲朋好友会面,让家属陪伴在身旁

E. 对患者的任何反应不表态、不作为

92. 患儿,女,2岁,发热、咳嗽6天,痰液黏稠,不易咳出。查体:体温38.5℃,呼吸24次/分,心率72次/分,肺部听诊有大量痰鸣音和少量湿啰音。该患儿的主要护理问题是

A. 清理呼吸道无效　　B. 低效性呼吸型态

C. 气体交换受损　　　D. 心排血量减少

E. 营养失调

93. 患儿,女,足月顺产,5天。现母乳喂养,拟出院。家长询问小儿卧室内应保持的温度。护士正确的告知是

A. 18～22℃　　　　B. 20～22℃

C. 22～24℃　　　　D. 24～26℃

E. 26～28℃

94. 患儿,男,13个月,站立不稳,查有方颅、鸡胸,血钙磷乘积<30,诊断为佝偻病激期,下列处理措施哪项不妥

A. 护理动作要轻柔

B. 加强站、立、行训练以促进运动发育

C. 增加富含维生素D及矿物质的食物

D. 鼓励母亲抱患儿到户外多晒太阳

E. 遵医嘱给予维生素D治疗

95. 张先生,40岁,食管癌术后住院行第二次化疗期间,复查白细胞2.9×10^9/L,正确的处理是

A. 加强营养　　　　B. 减少用药量

C. 少量输血　　　　　D. 服用生血药物

E. 暂停用药,对症处理

96. 患者,男,36 岁。发热 3 天,今晨起呼吸困难,鼻导管吸氧未见好转。查体:体温 39℃,心率 108 次/分,呼吸 26 次/分,血压 115/75mmHg。双肺闻及细湿啰音。动脉血气分析显示:PaO_2 55mmHg,$PaCO_2$ 45mmHg。X 线见双肺密度增高的大片状阴影。临床诊断为急性呼吸窘迫综合征。该患者主要的护理问题是

A. 清理呼吸道无效　　B. 低效性呼吸型态

C. 气体交换受损　　　D. 知识缺乏

E. 恐惧

97. 患儿,男,10 岁,因头痛、呕吐,发热,颈强直入院,现发现全身抽搐,意识丧失,初步诊断为化脓性脑膜炎。该患儿首要的护理诊断是

A. 体温升高　　　　　B. 疼痛

C. 有体液不足的危险　D. 急性意识障碍

E. 调节颅内压能力下降

98. 患儿,男,3 岁。有饮食不洁史,高热 2 小时,体温 40℃,呕吐 1 次,面色苍白,四肢冷,神志不清。护士考虑该患儿最可能的诊断是

A. 流行性乙型脑炎　　B. 中毒型菌痢

C. 病毒性脑炎　　　　D. 结合型脑膜炎

E. 败血症

99. 豆豆,男,9 个月。因"支气管肺炎"入院,给予青霉素抗感染治疗。使用青霉素的时间应持续到

A. 体温恢复正常

B. 临床症状消失

C. 体温恢复正常后 3 天

D. 体温正常后 5～7 天

E. 临床症状消失后 7 天

100. 患者,男,80 岁,脑出血入院,出现意识模糊,频繁呕吐。右侧瞳孔大,血压 208/120mmHg,左侧偏瘫,不宜使用的护理措施是

A. 绝对卧床休息

B. 应用脱水,降颅压治疗

C. 遵医嘱降血压

D. 置瘫痪肢体于功能位

E. 灌肠保持大便通畅

101. 患者,男,25 岁。因颈部蜂窝织炎入院。患者颈部肿胀明显,观察中应特别注意的是

A. 呼吸　　　　　　　B. 体温

C. 神志　　　　　　　D. 血压

E. 吞咽

102. 患者,女,35 岁,患子宫肌瘤,术前 1 日晚患者睡眠不佳,医嘱地西泮 5mg 肌内注射,sos,此医嘱属于

A. 长期医嘱　　　　　B. 临时备用医嘱

C. 长期备用医嘱　　　D. 口头医嘱

E. 临时医嘱

103. 先天性心脏病的产妇,足月妊娠,正常分娩,预防产后出血的最佳方法是

A. 手法按摩子宫

B. 胎儿娩出后肌注缩宫素

C. 胎盘娩出后肌注缩宫素

D. 胎儿前肩娩出后肌注缩宫素

E. 胎儿娩出后肌注麦角新碱

104. 曹女士,26 岁,初孕妇,妊娠 20 周,第一次前来产前检查,自述日常活动后感到乏力、心悸、气急。经检查确认为妊娠合并心脏病,心功能 Ⅱ 级。曹女士的自我保健措施,不妥的是

A. 休息时取右侧卧位

B. 每日保持 10 小时睡眠

C. 保持大便 1 次/日

D. 减少到公共场所活动

E. 增加产前检查次数

105. 患者,女,40 岁。右输尿管上段结石 1.2cm× 0.8cm 大小,伴右肾轻度积水,经 3 个月非手术治疗后,摄片提示结石位置无变动,其治疗应改为

A. 继续非手术治疗　　B. 局部理疗

C. 体外冲击波碎石　　D. 输尿管切开取石

E. 经膀胱镜行输尿管套石

106. 张某,男,59 岁。因肺癌行全肺切除术后,予以钳闭胸腔引流管,使纵隔位于中间位置,每次放液量不宜超过

A. 100ml　　　　　　B. 200ml

C. 500ml　　　　　　D. 800ml

E. 1000ml

107. 初孕妇,妊娠 37^{+2} 周,基础血压不高。近几天头痛、眼花,血压 160/100mmHg,尿蛋白(++),胎心 148 次/分,此时如何处理最恰当

A. 治疗至孕 39 周时终止妊娠

B. 治疗 24～48 小时后终止妊娠

C. 积极治疗,等待自然分娩

D. 静脉滴注缩宫素引产

E. 立即行剖宫产

108. 侯女士,35 岁,妊娠 35 周并发妊高征,2 小时前突然发生持续性腹痛伴阴道少量流血。首先考虑为
    A. 先兆早产
    B. 先兆临产
    C. 先兆子宫破裂
    D. 前置胎盘
    E. 胎盘早期剥离

109. 患者,女性,38 岁。车祸后 3 小时入院。查体:下腹部疼痛,少量肉眼血尿。置导尿管顺利,导尿试验提示进出水量差异很大,应考虑为
    A. 后尿道损伤
    B. 前尿道损伤
    C. 膀胱损伤
    D. 肾损伤
    E. 输尿管损伤

110. 患者,男,23 岁,因股骨干骨折行持续骨牵引,其护理措施中错误的是
    A. 抬高床头 15~30cm
    B. 每天用酒精滴牵引针孔
    C. 保持有效的牵引作用
    D. 定时测量肢体长度
    E. 指导患者功能锻炼

二、以下提供若干个案例,每个案例下设若干个考题,请根据各考题题干所提供的信息,在每题下面 A、B、C、D、E 五个备选答案中选择一个最佳答案。

(111~113 题共用题干)

患者,男,65 岁,桡骨下端伸直型骨折行前臂超腕关节石膏外固定术后。

111. 该患者腕关节应固定于
    A. 伸直位
    B. 屈曲位
    C. 功能位
    D. 任意位
    E. 掌屈尺偏位

112. 石膏固定后,最应注意观察的是
    A. 石膏是否松脱
    B. 石膏变形
    C. 肘关节血液循环
    D. 手部血液循环
    E. 压迫性溃疡

113. 该患者如果石膏绷带固定时间过长,最易出现的并发症是
    A. 肘关节僵硬
    B. 肘、腕关节僵硬
    C. 肘、掌关节僵硬
    D. 腕关节僵硬
    E. 压迫性溃疡

(114、115 题共用题干)

陈女士,39 岁,心脏病史 8 年。因"急性胃肠炎"输液后出现气促、咳嗽、咳白色泡沫痰,查体:心率 120 次/分,两肺底湿啰音。诊断为左心衰竭,心功能 III 级。

114. 患者此时最适宜的体位为
    A. 半坐位
    B. 平卧位
    C. 侧卧位
    D. 俯卧位
    E. 头低脚高位

115. 护理措施不妥的是
    A. 给氧吸入
    B. 注意保暖
    C. 保持大便通畅
    D. 记录出入水量
    E. 给予高热量饮食

(116、117 题共用题干)

王先生,20 岁,因急性肺炎球菌肺炎入院。住院次日突然出现烦躁,恐惧,四肢厥冷,血压 80/62mmHg,脉细速,120 次/分。

116. 该患者最主要的护理问题是
    A. 中毒性休克
    B. 组织灌注不足
    C. 恐惧
    D. 体温过高
    E. 舒适的改变

117. 此时护士应立即
    A. 设置适宜环境
    B. 告知家属
    C. 通知医师
    D. 建立静脉通路
    E. 心理护理

(118、119 题共用题干)

祁某,男,36 岁,车祸中钢棒刺伤其左腋下,出现烦躁不安,呼吸困难,口唇发绀。左腋下胸壁有伤口,呼吸时能听到空气出入伤口的"嘶嘶"响声,气管向健侧移位,患侧胸部叩诊呈鼓音。

118. 该患者最重要的护理问题是
    A. 疼痛
    B. 皮肤完整性受损
    C. 清理呼吸道无效
    D. 低效性呼吸型态
    E. 有感染的危险

119. 该患者的急救措施首先是
    A. 输血输液
    B. 使用抗生素
    C. 开胸手术
    D. 闭式胸膜腔引流
    E. 迅速封闭伤口

(120、121 题共用题干)

胡先生,30 岁。儿童时曾患麻疹肺炎,被诊断为支气管扩张症已 10 余年,近 1 周来咳嗽、咳痰加重,痰呈脓性,每日约 500ml,伴低热。

120. 针对胡先生的病情,最主要的护理问题是
    A. 体温过高
    B. 清理呼吸道无效
    C. 气体交换障碍
    D. 潜在咯血
    E. 潜在窒息

121. 对胡先生采取哪种护理措施最有效

A. 指导有效咳嗽　　　　B. 拍背
C. 湿化呼吸道　　　　　D. 体位引流
E. 导管吸痰

（122、123题共用题干）

患儿,男,3岁,发热10小时,体温39.5℃,来医院就诊时突然出现双手紧握,双眼凝视,呼之不应,持续3分钟;查体:神志清楚,精神委靡,颈软无抵抗。医生考虑患儿是高热惊厥。

122. 该患儿目前最重要的护理问题是
　　A. 窒息的危险 与惊厥有关
　　B. 皮肤受损危险 与惊厥有关
　　C. 潜在并发症:颅内压增高
　　D. 潜在并发症:电解质紊乱
　　E. 潜在并发症:脑功能障碍

123. 首要护理措施是
　　A. 防止受凉　　　　　B. 降低颅内压
　　C. 健康指导　　　　　D. 饮食指导
　　E. 防止窒息

（124、125题共用题干）

患儿,男,2岁。自幼单纯母乳喂养,经常腹泻,体重为7kg,身高75cm,头围47cm,精神较委靡,腹壁皮下脂肪消失。

124. 该患儿目前最重要的护理问题是
　　A. 有皮肤受损的危险
　　B. 营养失调:低于机体需要量
　　C. 有感染的危险
　　D. 潜在并发症:低血糖
　　E. 腹泻

125. 对该患儿每天供应的热量为
　　A. 由少量迅速增至正常需要量
　　B. 由少量逐渐增至正常需要量
　　C. 由少量逐渐增至超过正常需要量
　　D. 由少量迅速增至超过正常需要量
　　E. 由少量逐渐增至稍低于正常需要量

（126、127题共用题干）

患者,女,27岁。未婚,否认有性生活史,体检发现左侧卵巢囊肿4年,未予处理。早晨锻炼时突感左下腹剧烈疼痛,伴恶心和呕吐。

126. 该患者最可能的诊断是
　　A. 卵巢囊肿蒂扭转　　B. 异位妊娠
　　C. 子宫破裂　　　　　D. 卵巢囊肿恶变
　　E. 急性阑尾炎

127. 目前该患者最合适的处理是

A. 不予处理,观察病情
B. 做胃镜明确诊断
C. 若腹痛不缓解需行急诊剖腹探查
D. 化疗
E. 给予高蛋白、高维生素易消化清淡饮食

（128~131题共用题干）

患者,女,45岁,因风湿性心脏病住院治疗。入院后查体心功能Ⅲ级。在一次输液过程中,患者擅自将滴速调至80滴/分,输液进行20分钟以后,患者出现呼吸困难,咳嗽、咳粉红色泡沫痰。

128. 根据患者的临床表现,护士考虑患者出现了哪种输液反应
　　A. 急性肺水肿　　　　B. 静脉炎
　　C. 空气栓塞　　　　　D. 发热反应
　　E. 过敏反应

129. 为了缓解症状,护士可协助患者取
　　A. 半卧位　　　　　　B. 中凹卧位
　　C. 平卧位　　　　　　D. 端坐位
　　E. 头高脚低位

130. 护士应首先采取的措施是
　　A. 立即停止输液　　　B. 通知医生
　　C. 给予强心剂、扩管药　D. 高流量吸氧
　　E. 四肢轮流结扎

131. 为降低肺泡表面张力,护士可采用
　　A. 10%~20%乙醇湿化给氧
　　B. 20%~30%乙醇湿化给氧
　　C. 30%~40%乙醇湿化给氧
　　D. 40%~50%乙醇湿化给氧
　　E. 50%~60%乙醇湿化给氧

（132~135题共用题干）

132. 患者,男,38岁,体重80kg,从高空坠落后导致肝破裂,须立即进行手术治疗。在现场应立即采取的措施是
　　A. 给予卫生处理　　　B. 通知医院医生
　　B. 办理住院手续　　　D. 护送患者入院
　　E. 收集病情资料

133. 将该患者移上担架的方法为
　　A. 挪动法　　　　　　B. 一人搬运法
　　C. 二人搬运法　　　　D. 三人搬运法
　　E. 四人搬运法

134. 患者被送到急诊室,为了进一步明确诊断,可选用下列哪项检查
　　A. 腹部平片　　　　　B. 测量生命体征

C. 腹腔穿刺　　　　　　D. 腹部叩诊

E. 血常规检查

135. 患者手术后血压平稳,应采取的卧位是

A. 侧卧位　　　　　　　B. 半卧位

C. 平卧位　　　　　　　D. 头低足高位

E. 中凹位

参考答案

1—5 EDEBB　6—10 EBCAB　11—15 ABCEC

16—20 EADBA　21—25 CEBBD　26—30 EACDA

31—35 BEBBA　36—40 DCCDC　41—45 ABAEB

46—50 DBEEA　51—55 DDDCE　56—60 EDBCD

61—65 AEBCE　66—70 BEEAB　71—75 EDBEA

76—80 DBCCC　81—85 DCDCD　86—90 BCCEB

91—95 DACBE　96—100 CEBDE　101—105 ABDAC

106—110 ABECA　111—115 EDDAE

116—120 BDDEB　121—125 DAEBC

126—130 ACADA　131—135 BDDCC

参 考 文 献

全国护士执业资格考试用书编写专家委员会. 2011. 2011 全国护士执业资格考试指导. 北京：人民卫生出版社

崔焱. 2008. 儿科护理学. 第 4 版. 北京：人民卫生出版社

范玲. 2007. 儿科护理学. 第 2 版. 北京：人民卫生出版社

罗先武. 2011. 2011 护士执业资格考试轻松过. 北京：人民卫生出版社

杨锡强，易著文. 2006. 儿科学. 第 6 版. 北京：人民卫生出版社

叶春香. 2009. 儿科护理. 第 2 版. 北京：人民卫生出版社